U0090911

古典文學研究輯刊

二八編

第 15 冊

中國美學縱橫新論
（第二冊）

周 錫 山 著

國家圖書館出版品預行編目資料

中國美學縱橫新論（第二冊）／周錫山 著 -- 初版 -- 新北市：
花木蘭文化事業有限公司，2023〔民112〕
目 4+186 面；19×26 公分
（古典文學研究輯刊 二八編；第15冊）
ISBN 978-626-344-459-1（精裝）
1.CST：中國美學史 2.CST：中國文學 3.CST：文學評論
820.8 112010498

ISBN-978-626-344-459-1

古典文學研究輯刊
二八編 第十五冊 ISBN：978-626-344-459-1

中國美學縱橫新論（第二冊）

作　　者　周錫山
總 編 輯　杜潔祥
副總編輯　楊嘉樂
編輯主任　許郁翎
編　　輯　張雅淋、潘玟靜　美術編輯　陳逸婷
出　　版　花木蘭文化事業有限公司
發 行 人　高小娟
聯絡地址　235 新北市中和區中安街七二號十三樓
　　　　　電話：02-2923-1455／傳真：02-2923-1452
網　　址　http://www.huamulan.tw 信箱 service@huamulans.com
印　　刷　普羅文化出版廣告事業
初　　版　2023 年 9 月
定　　價　二八編 18 冊（精裝）新台幣 47,000 元

版權所有・請勿翻印

中國美學縱橫新論
（第二冊）

周錫山　著

目次

貳、首創性的理論

中國之石和西方之玉——中國文論評論和研究西方文藝名著方法論綱

提要：

　　以中國古代文學理論為主，兼及戲曲理論、音樂理論和書畫理論的中國古代文論，取得了罕與倫比的輝煌而獨特的巨大成就。中國古代文論的眾多學說為西方所無，是中國獨特的傑出創造，但其中多種理論可用作評論和研究西方文藝名著。這既體現了中國古代文論的現代轉換，也是中國文論發展的一個重要新方向。

　　本文認為「五四」以後至 20 世紀末的中國並未產生有自己民族特色、有重大理論價值的新的文學和藝術理論，因此本文所說的中國文論實即是古代文論。

　　本文作者自 1979 年起，開始了學習和從事中國古代文論研究的學術生涯；自 1989 年起即提出：應以中國（古代）文論評論和研究西方文藝名著，作為中國古代文論發展的一個新方向；自 1992 年起，開始發表初步的成果，今為 2009 年年會特撰此文，作一較為全面的簡要論述，以期引起學術界尤其是中國古代文學理論研究界的重視和關注，並共襄盛舉。

　　我於 1989 年在上海召開的中國古代文論第 6 屆年會上小組發言，首次創議我們應該使用中國古代文論來評論和研究西方文藝名著，作為古代文論發展的一個新方向，並在 1992 年出版的專著《王國維美學思想研究》[註 1] 中「意境說的世界性意義」一節作了初步的嘗試：運用意境說來評論和分析西方名著。又於呈交 1997・北京・王國維誕辰 120 週年紀念學術研討會（北京大

〔註 1〕拙著《王國維美學思想研究》，中國社會科學出版社，1992 年。

學、清華大學、香港大學、臺灣清華大學中文系聯合主辦）的拙文《論王國維的偉大學術成就在當代世界的價值》〔註2〕；中的第二部分再加闡發，此文獲得張岱之教授所作大會總結報告的重點讚揚；著名學者古風在其重要論文《關於當前意境研究的幾個問題》（《復旦學報》，2004 年第 5 期）中摘引了拙文的重要觀點，並作高度肯定。在 1997・桂林・中國古代文論第 10 屆年會暨國際研討會（學會與廣西師大聯合主辦）所作的大會發言中，以情景交融說為例，結合中西有關理論和創作的發展，簡敘情景交融說的中西歷史進程，受到熱烈歡迎。這個發言的前半部分內容，整理成論文《情景交融說的中西進程簡敘》（《文藝理論研究》，2004年第 6 期），又於 2005・西安・中國古代文論第 14 屆年會（學會與西北大學聯合主辦）呈交《中國古代文論的獨特貢獻及東學西用》，重申這個主張，可惜歷次的「會議綜述」都沒有反映和報導我的這個重要倡議和發言的內容。2007・中國古代文論第 15 屆年會（學會與雲南大學聯合主辦）呈交《意志悲劇說與意志喜劇說》論文，用本人首創的這個理論評論和研究西方名著。會議綜述報導了拙文的宗旨，第 27 期會刊發表拙文並於「編輯部報告」中對此文的理論成果和觀點表示肯定和支持，給我和拙文以很大的鼓勵。

俄蘇和東歐文學、拉美文學（由西、葡萄文化發展而來，並與印第安文化相結合）與西歐、北美文化、文學同屬一個文化體系，皆以古希臘、羅馬和希伯來文化、文學為共同源頭，故本文認為俄蘇和東歐、拉美文學應屬於西方文學的範圍之中。

本次第 16 屆年會（學會與四川師範大學文學院、四川大學文學與新聞學院聯合主辦）非同尋常，意義重大：今年是學會成立 30 週年；這次年會由富有生氣的年輕一代著名學者擔任學會領導後首次負責住持。本學會歷屆會長和主要領導都是成就卓著的老一輩權威學者，本會在他們的領導下走過了成績巨大、聲譽卓著的 30 年。古人認為 30 年是一世，在前任領導培養下成長的現任的年輕新領導，長江後浪推前浪，必會作出新的成績。這次年會，在這樣富有象徵意義的時刻，進入了一個新的發展階段。我本人自 1980 年出席第二屆年會（學會與武漢大學聯合主辦），至今也有 30 年，我自 1979 年作為徐中玉師的首屆研究生學習中國古代文論專業，並堅持研究至今，也是 30 週年〔註3〕。

〔註 2〕 全文刊於《廣州師院學報》，1998 年 8 月號；又收入孫敦恒、錢競編《紀念王國維先生誕辰 120 週年學術論文集》，廣東教育出版社，1999 年。

〔註 3〕 我國自 1978 年起首次公開招收研究生，我當年報考華東師範大學古籍研究所的研究生（唐宋文史古籍整理研究專業方向），雖然順利通過初、複試，卻因

在這樣富有意義的這次年會上，我呈上本文，希望引起與會者和廣大同行的注意和重視，將中國古代文學理論的發展推向一個新的階段：用評論和研究西方文藝名著的方法，我們的這個學科就可積極參與世界文學和文化的發展，同時也使中國古代文學理論在這個宏偉莊嚴的事業中，獲得新生、獲得發展的新空間，並讓中國和世界學術界瞭解中國古代文學理論的偉大成就和重大意義。

一則因中國古代文學理論，按學術界慣例，可以換稱為中國文學理論；二則 20 世紀「五四」以後，到新世紀為止，中國文學和美學學術界沒有產生堪與古近代中國和古今西方媲美的文學理論，中國古代（包括近代）文學理論所取得的偉大成就代表著中國文學理論的總體成就，因此中國古代文學理論可以稱為中國文學理論。又因為中國文學理論實際上也已包括屬於藝術學科的戲曲理論、繪畫理論和音樂理論；更且，為了適應現當代影視文學的產生，本文以古代文論為主幹，評論和研究的對象涵蓋戲劇、繪畫、影視等藝術門類，因此以「中國文論」（兼含文學和文藝之意）為名，予以論述。

自 1904 年王國維在《紅樓夢評論》中首創性地運用西方美學和文藝理論分析評論中國文學名著以來，整個 20 世紀中國學術界流行使用西方美學和文藝理論來評論研究中國文藝的方法，取得了極大的成就。

可以堅信，在國內外同行的努力下，自 21 世紀起，運用中國文論評論和研究西方和東方文藝作品，也會取得極大的成就。

一、中國文論評論和研究西方文藝名著的現狀

由於五四新文化運動全盤否定中國傳統文化的影響，中國古代文論的繼承和運用，在 20 世紀 20 年代以後，未受文壇主流重視，甚至被拋棄。

在這樣的情勢下，除了少數學者堅持中國古代文論的研究之外，還有極少數學者依舊重視中國文論在文學批評的實踐中的運用，彌足珍貴。例如，前輩學者宗白華評論歌德詩歌時譽其佳作「不隔」，含蘊著宇宙的「神韻」，分析《海上的寂靜》的「境界」，並說是「意境」最寂靜的一首詩，用了一些古代文論的術語。只是這樣的運用是很少的。後繼學者也偶有此類做法。此外，在 50～60 年代，個別外國小說的個別譯本（如屠格涅夫《貴族之家》）的內容簡介或

工作單位不放行，未能入學。1979 年報考華東師範大學中文系古代文論專業研究生。

評論文章提及此書有情景交融的描寫。但都沒有展開分析和深入研究，且皆非自覺地運用中國文論來評論西方名著。

進入新世紀後，已有個別論文運用中國文論中的著名理論，評論和研究西方名著。如臺灣省佛光大學黃維梁教授嘗試用《文心雕龍》對中外作品做實際批評，已有一些成果，近年發表了兩篇文章：《論雕龍成為飛龍──〈文心雕龍〉理論「用於今」「用於洋」舉隅》〔註4〕和《請劉勰來評論顧彬──〈文心雕龍〉「古為今用」一例》〔註5〕前文用《麗辭》篇「反對」法議論美國黑人民權領袖馬丁‧路德‧金的短篇講話《我有一個夢》，後文假借劉勰的語氣來評論德國漢學家顧彬批評中國當代文學的言論，主要用《知音》篇「積學以儲寶」、「會己則嗟諷，異我則沮棄」和《辨騷》篇「將覈其論，必徵言焉」這幾句西方文論也有類似論點的基本原則，反駁顧彬否定中國當代文學的觀點。此皆隨感式的議論文章，不是學理論文。

另有福建師大外語學院李嘉娜《〈詩品〉視野下的濟慈詩歌創作──兼論西方濟慈詩評》〔註6〕認為：濟慈詩歌至今未能被西人完全闡發，只有通過中式詩評方法才能彰顯其成就。她試圖借《二十四詩品》對濟慈詩歌做一種中式闡釋，即從意境說的「韻外之致」觀照：《秋頌》接近悲慨和實境二品；《夜鶯頌》整體意境歸沖淡一品；而《希臘古甕頌》屬典雅、含蓄和高古三品，然其意境卻歸雄渾一品。濟慈的作品並沒有達到「韻外之致」的藝術高度，總體上還是比較直露的，作者作為外文系出身的青年學者尚未精通古代文論，故而此文把握不准。

浙江大學外語學院何輝斌《西方悲劇的中國式批判》〔註7〕提出「自覺而系統地利用中國固有的智慧來研究西方悲劇」，並用孔子和莊子的中庸理論、命運觀、道德觀、生死觀、人格觀和憂患意識、生存意識，批判西方悲劇的不足。這是一個有意義的嘗試。但此書的大量篇幅是介紹孔、莊和中國哲學的知識性內容，對西方悲劇的分析評論的篇幅很少，評論的作品也很少。如第二章「西方悲劇的中庸式批判」，共五節14頁，分析西方悲劇的只有4頁，僅涉及《羅密歐與朱麗葉》《櫻桃園》《亨利四世》和阿伽門農三部曲，都只是蜻蜓點

〔註4〕 《追求與創新──復旦大學第二屆中國文論國際學術會議論文集》，中國文聯出版社，2006年。
〔註5〕 2007年12月中國古代文學理論學會年會論文。
〔註6〕 《中國比較文學》，2007年第3期。
〔註7〕 中國社會科學出版社，2007年。

水式的印象式批評，連臺詞也一句不引，沒有細緻深入的分析。作為外文系出身的青年學者，對中國原著缺乏深入獨特的體會，還時有對中西原著把握不准的毛病。對西方悲劇人物缺乏同情的理解和深入的研究，生硬地將孔、莊原著對人的完美要求，硬套到西劇中有性格缺陷的悲劇人物身上，給以不適當的苛求、批判和整體性的否定。例如不加分析地指責羅密歐與朱麗葉（年僅十三）「這對年輕的戀人代表著絕端的激進思想，把個人的幸福和自由看得至高無上，完全忽略了傳統的意義和父母的情感。」（第35頁）全書的狀況與水平基本都如此。

以上已發表之書文之作者，做出了可貴的努力，但多為零星的寫作實踐，沒有整體上建立以中國文論分析、評論和研究西方文藝著作的方法論的意識，僅是就事論事的論文，而且研究的成果也多不如人意。

縱觀當今中國和世界文壇，目前的現狀是：

（一）中國文學創作至今沒有達到世界一流的水平，首要的原因是中國作家缺乏中國古典文學和古代文藝理論的根基和修養〔註8〕。中國作家自覺接受西方文學的影響而無視中國文學的偉大傳統，連描寫鬼怪、占卜等神秘文化題材的作品也都自稱接受的是拉美魔幻現實主義文學的影響〔註9〕。

（二）整個中國文壇自 1920 年以後，是西方文論的一統天下，作家和評論家都用西方文論分析和評論古今中國文學作品。

〔註 8〕德國著名漢學家顧彬認為中國當代文學是垃圾，離開世界一流水平很是遙遠，其主要原因是中國作家不懂外文，不能及時、準確吸收西方文學的精華，以提高自己的寫作水平。2008 年 9 月，由上海比較文學學會組織和安排，我以中國比較文學旅法學會會刊《對流》中方主編的身份，與顧彬教授對話，參與對話的有海外漢學研究中心正副主任許光華、袁英志教授和上海外國語大學文學院副院長查明建教授等多位專家，《中國比較文學》副主編宋炳輝教授和全體編輯。我在對話中提出了與他不同的這個觀點。顧彬教授接受了我的這個觀點，他在《我的評論不是想讓作家成為敵人》（顧彬與劉江濤的對話）中介紹了我的這個觀點。（《上海文化》，2009 年第 6 期，第 111 頁），此後他作為重要觀點在談話或文章中出現。

〔註 9〕參見拙文《神秘現實主義和神秘浪漫主義文學藝術論綱》（上海比較文學學會第 8 屆年會論文；我的這個大會發言，《中國比較文學》，2005 年第 1 期、中國比較文學・文貝網和上海社聯網都有報導）、《戲曲中的神秘現實主義和神秘浪漫主義描寫略論──中國戲曲的首創性貢獻研究之一》（2008・香港中文大學主辦「重讀經典──中國傳統小說與戲曲國際學術研討會」論文集，牛津大學出版社，2009 年）和《宗璞小說中的神秘主義題材和表現手法試論》（中國比較文學旅法學會會刊《對流》第 6 期）。

（三）實際上，中國古代文論的總體成就超過西方，中國古近代文論的頂級五大家：儒家（孔孟）、道家（老莊）、劉勰、金聖歎、王國維，其總體成就，以及在文藝家和讀者的靈魂的塑造和改造、對宇宙人生的認識和反映、對文藝創作的理論和具體指導諸方面，都超過西方頂級五大家：柏拉圖、亞里士多德、康德、黑格爾和叔本華。中國文論家獨創的理論，成就輝煌，意義重大，本文下節再說。

面對這個現狀，我們應該盡快正式建立和大力提倡中國文論評論和研究西方文藝名著的方法，將中國古代文學理論的運用對象的「現代轉換」和當代發展推向一個新的階段。

二、中國文論評論和研究西方文藝名著的意義

當前，學術界提出了人文科學研究要「著力於學科體系、學術觀點和科研方法創新」的總體要求，十分重視中國文學與世界文化交流的意義。

他山之石，可以攻玉。自 1904 年王國維的論文《紅樓夢評論》首先運用西方美學和文藝理論來研究評論中國文學名著以來，整個 20 世紀流行著西方文論分析評論中國文學的研究方法，取得並且將繼續取得極大的成就，產生了巨大而深遠的影響。但是中國的美學和文藝理論，儘管有數千年歷史的極其豐厚的積累，取得與西方美學和文藝理論同樣輝煌的成就，還有不少超過西學的獨特貢獻，卻由於眾所周知的原因，對西方缺乏應有的影響，甚至不為西人所知。這對東西文化的交流和發展造成非常不利的影響。由於西方中心論的侷限，西方學者對此尚無認識，中國學者應該具備寬廣的胸襟和高遠的眼光，首先作出努力，力圖盡快改變這個不利局面，主動將中國美學和文藝理論的精華用多種有效的方法提供給國際學術界，為世界文化的發展作出自己的貢獻。我們用中國文論評論和研究西方以及其他國家的文學藝術名著，努力為實現這個宏偉目標而作出自己綿薄貢獻。

建立用中國美學和文藝理論來研究、評論西方文藝名著（也兼及東方別國的文藝名著）的理念和方法，為增強文化軟實力和在世界推廣中國優秀文化的基本國策服務，並具有以下 3 個重大的理論和實踐的意義：

其一，中國美學和文藝理論在分析和評論西方名著的實踐中，可以得到很大的提高和發展，對發展中國當代美學和文藝理論起著重要的推動作用。

其二，西方名著通過中國美學和文藝理論的觀照和剖析，可使西方美學

和文藝理論無法分析和總結的藝術特點和成就，得到鮮明揭示和解釋，並給中國和世界創作界以重大的啟發，從而對中國和世界的文藝創作起推動作用。本方法有效推廣和發展，能夠引導中西當代創作界自覺以中國傳統文論和美學為指導，提高創作水平。使中國和西方文藝創作者瞭解中國美學和文藝理論獨特的成就，尤其是西方和其他國家沒有而中國獨有的美學和文藝理論，對以學習西方美學、文藝理論為主而對中國美學、文藝理論不熟悉的中國和西方創作者，提供理論指導，從而形成新的追求，從而對中國和世界的文藝創作形成新的重大的推動作用。

前已指出，當代的中國作家一般都僅僅重視西方美學和文藝理論的學習，對中國傳統美學和文藝理論多不熟悉甚至不瞭解。這是中國當今創作界整體上與世界一流水平有較大距離的主要或重要原因之一。用中國文論評論和研究西方文藝名著的成果能夠促動當代創作界對此不足的認識，並啟示其產生學習中國傳統美學和文藝理論的興趣和熱情，並運用於創作實踐中。

其三，向西方美學和文藝理論界提供中國獨特的美學和文藝理論貢獻，促進其思考和探索的廣度和深度，提供其吸收中國美學和文藝理論的重要理論參照的內容，從而對西方和世界美學與文藝理論的發展作出我們應由的貢獻。

三、中國文論評論和研究西方文藝名著方法研究的主要內容、基本思路

圍繞中國文論評論和研究西方文藝名著的方法研究，我們首先要重新深入研究中國美學和文藝理論的獨特創造，將中國文學理論中西方所缺乏的獨特創造的理論成果，作為中國文論評論和研究西方文藝名著的主要內容。我們要圍繞整個主旨重新深入研究：

（一）中國美學和文論的獨特的哲學背景；中國美學和文論的總貌和體系闡述。

（二）中國文藝理論的獨特貢獻，如文氣說、妙悟說、神韻說和江山之助說等理論的內容和精義的深入闡發。

（三）可與西方文藝理論作對應性比較研究的獨特創造，比興說、典型說、意象說、和陽剛與陰柔與壯美優美說的異同等。

這一部分，在學術界已經取得的研究成果的基礎上，對以上美學和文藝理

論力求更從精深處推進，做簡明而又深入的闡發。

總之，中國的部分美學和文藝理論的獨特創造，因為西方的文化傳統和思維方法的侷限，其文藝作品尚無體現中國這些理論的作品，是西方文藝的重大缺憾。另有部分美學和文論，與西方的相關理論有同有異，可作比較性研究，並可用於西方作品的評論與研究。還有部分美學和文論雖為西方所無，但適用於部分西方文藝名著的評論與研究。

第二，我們學會的專家，應該首創性地提出用中國美學和文藝理論來研究、評論西方文藝名著的方法，運用部分中國理論成果做探索性的實踐；同時，在研究這些理論成果時，於學界已有成果的基礎上有所突破和進展。

用中國文論研究、評論的西方名著，以小說、戲劇為主，並涵蓋影視、詩歌和美術等。

在中國文論評論和研究西方文藝名著的初步實踐上，可以 20 世紀王國維總結並建立的意境說作為嘗試，以意境說評論和研究西方美學和文學藝術名著。圍繞這個主旨，可以就以下問題做深入的研究和闡發：

（一）20 世紀領先於世界的中國意境說美學體系概述。

（二）用意境說中的重要觀點評論和研究西方文藝名著。例如用王國維「借古人之境界為我之境界」理論，分析西方歷代創作的普羅米修斯題材、唐璜題材、浮士德題材、克里奧佩屈拉題材的作品的繼承、發展和創新。

（三）意境說美學體系中的情景交融說中西進程的研究：情景交融說在中國的產生、發展和形成，在 20 世紀中國的繼續發展；情景交融說在西方的進程；兼及在日本的狀況。

（四）用情景交融說評論和研究西方文藝名著。

前已述及，我已有拙文《意境說的中西進程簡敘》一文（《文藝理論研究》，2004 年第 6 期）做了初步的梳理和闡發。此文在梳理和論述西方和受西方影響的近代日本美學家文論家的論述後，指出自 19 世紀至今，雖多有涉及的論點和論述，卻終於未能建立情景交融說的美學理論。可見情景交融說是中國特有的理論，並以此來分析評論西方名著。但是，西方自 19 世紀初起，小說、詩歌和繪畫等，達到「情景交融」藝術高度的佳作頗多，並例舉西方的文學美術電影名著作分析說明。例如，前蘇聯蕭洛霍夫《靜靜的頓河》敘述阿克西妮亞隨葛里高利最後一次私奔時，她被當場擊斃，痛苦得猶如萬箭鑽心的葛里高利在埋葬情人後，抬頭看見的是「黑色的天空和太陽」。此為神來之筆，為俄蘇和

西方研究、評論界所激賞。但是西方研究、評論界無法講清妙在何處，按照中國的情景交融理論就可明晰分析：「黑色」是情，是葛里高利極其沉痛的內心感情造成的視覺錯覺和心理折射，「天空和太陽」是景；「黑色的天空和太陽」是他沉痛到極點的感情滲透到眼中所見的天空和太陽即景中的結果。所以，「黑色的天空和太陽」無疑是作家在有意或無意中用情景交融的高妙手段描寫此情此景的巧奪天工的神來之筆。

著名學者古風《關於當前意境研究的幾個問題——答王振復兼與葉朗、王文生商榷》〔註10〕引用拙文的觀點說：「意境說的主要理論內容，西方的文學藝術作品在近幾百年中已先後有所體現，但在西方文藝理論和美學的研究視野中卻付厥如」。「西方自 19 世紀初起，文藝創作尤其是小說創作中，已達此（按指情景交融）高度。」因而，「可用『意境』理論來分析和解讀西方名著」。〔註11〕

第三，21 世紀中國學者新創的美學和文藝理論：有原創性的並已得到學術界承認的美學理論，和當代國內學者提出的創新性理論等，並用這些理論評論西方名著。

前已述及，拙文《意志悲劇說和意志喜劇說》創立了意志悲劇說和意志喜劇說的理論，在此文中，我嘗試用意志悲劇說來觀照西方文學藝術，認為西方的古近代戲劇沒有此類作品，而現代則頗有此類佳作，雨果的長篇小說《九三年》《悲慘世界》和《巴黎聖母院》等近代名作也是廣義的意志悲劇；用意志喜劇說來觀照西方文學藝術，「西方雖然沒有創立意志喜劇理論，但在創作實踐上，由古希臘的阿里斯托芬《阿卡奈人》和米南德肇其端，後有古羅馬普勞圖斯的《撒謊者》、泰倫提烏斯的《福爾彌昂》等名著，繼中國之後，在西方文化史上首創了意志喜劇。這些喜劇多敘述僕人為了正義而主動介入糾紛，幫助主人或他人擺脫困境、成人之美。」拙文結合新的理論創立，在用中國文論研究評論和研究西方文藝名著方面做了新的嘗試。

當然，我雖然做出了一些初步的成績，但我深知這個初步成績是非常有限的。所以我呼籲我們中國古代文學理論專業的同行能熱情介入這個領域的研究，發揮集體的智慧，共襄盛舉。

〔註10〕《復旦學報》，2004 年第 5 期。
〔註11〕孫敦恒、錢競編《紀念王國維先生誕辰 120 週年學術論文集》，廣東教育出版社，1999 年，第 277、279 頁。

我認為，中國文論評論和研究西方文藝名著，主要應該由我們中國古代文論專業的學者首先做出成功的實踐。中國古代文論專業的學者對中國古代文論有著精深的研究，能夠正確理解中國古代文論，故而能夠正確使用中國古代文論評論和研究西方文藝名著。雖然，由於歷史的侷限，他們大多並不精通西文，只能用中文閱讀翻譯作品。但中國是文學翻譯大國，西方和其他國家的歷代名著已經全部翻譯成中文，20 世紀和新世紀的名作也大多翻譯成中文，所以完全可以根據中文譯本來做評論和研究。而我們專業的研究者中，不乏西方文學的愛好者，年輕時讀過不少外國文學名著，在大學學習期間，也修習過外國文學史和外國文學名著閱讀的課程，完全有能力從事中國文論評論和研究西方文藝名著這個工作。當今中國的外文系出身的外國文學研究的學者，總體水平不高，表現在很少有人真正精深地精通西文，所以西方美學和文藝理論的中譯本，錯誤很多，能翻譯外國文學名著的高手極少，研究成果也很少——即使有，大多是介紹性質的，精深的研究成果極為缺乏。他們更其缺乏中國傳統文化和文學的精深修養。所以他們根本無力承擔中國文論評論和研究西方文藝名著這個任務。西方漢學家一般對西方文學也缺乏精深研究，精通中國古代文論的學者也極少。因此，中國文論評論和研究西方文藝名著這個重大任務首先要由我們中國古代文學理論的研究者承擔起來。我們的學會——中國古代文學理論學會和會刊，可以起引導和領導作用，將這個重大任務推向實踐，然後培養精通中西文學的年輕學者、吸引西方有識見的學者投入到這個宏偉、壯麗的文學事業中來。

　　2009 中國古代文學理論學會·四川大學、四川師範大學主辦「中國古代文學理論學會第 16 屆年會」論文，中國古代文學理論學會《古代文學理論研究叢刊》第 30 輯，華東師大出版社，2010 年。
　　本文為擬撰之拙著《中國之石和西方之玉——中國文論和研究西方文藝名著方法研究》的導論。提交本次大會時，略作刪改

意志悲劇說和意志喜劇說

（《中國古代文學理論研究》第 27 輯）編輯部報告：

    本期新開設兩個欄目，一是「主題論文」，重在推薦一些富於新開拓的重要主題，以引起學界注意。二是爭鳴，旨在提倡有鋒芒的不同觀點，以期推動學術爭鳴。

    「悲劇」是一個重要的西方美學理論，同時也是二十世紀成功移植的一個外來理論。每一種理論旅行的學術傳統，都值得再認。周錫山二十年前發表《王國維曲論三義之探討》，八年前發表《論王國維的「意志」悲劇說》，現在，他又在長期深入研究王國維悲劇理論和著名論述的基礎上，建立意志悲劇說和意志喜劇說。作者通過比較戲劇的研究，認為元雜劇和明清傳奇的眾多意志悲劇，可以自成一種美學格局，足以將西方公認的悲劇三階段說，補正為世界悲劇的四階段說：即古希臘命運悲劇、中國意志悲劇、莎士比亞性格悲劇和以易卜生為首創的社會悲劇。同時，參與世界比較戲劇史，還可以發展出一種王氏沒有說到的「意志喜劇」。作者不滿足於僅僅復述王國維的思想，這是一種典型的「接著講」式的研究。稍有遺憾者，作者未能回應錢鍾書《中國古典戲曲中的悲劇》一文對於王國維的批評。

摘要：

    本文在王國維悲劇理論和著名論述的基礎上，建立意志悲劇說和意志喜劇說。本文論述了意志悲劇說和意志喜劇說的定義和西學背景，並認為元雜劇和明清傳奇的眾多意志悲劇，足以將西方公認的悲劇三階段說，補正為世界悲劇的四階段說：古希臘命運悲劇、中國意志悲劇、莎士比亞性格悲劇劇和以易卜生為首創的社會悲劇。本文

還以意志悲、喜劇說舉例分析和評論中西方此類名著。

關鍵詞：王國維；康德；叔本華；黑格爾；意志悲劇說；世界悲劇四階段；意志喜劇
　　　　說；中西佳例舉隅

　　中國文藝理論和美學有著多種獨特的學說，如江山之助、文氣說、妙悟
說、神韻說、意境說及其所包含的情景交融說〔註1〕等等，皆為西方所無，是
處於世界文化史上領先地位的傑出理論成果。以上諸種中國獨特美學理論，多
是印度的偉大佛教文化傳入中國，中國文化業已形成儒道佛三家鼎立、互補和
交融的宏偉格局之後，吸收了佛教文化的精華所作出的理論發展和光輝成
果。自20世紀初起，隨著中西文化交流的發展，在西學東漸的大勢下，由王
國維首倡，中國文藝理論和美學以中國文化歷來具有的博大胸懷全面接受了
西方文藝理論和哲學、美學的成果，並以此分析、評論和研究中國的古今文學
藝術，於是，20世紀中國文藝理論和美學的諸種新說和新論，多為中西文化
交融的成果，並作出諸多成績，王國維創立的意境說即是中、印、西三大文化
──美學體系「以中為主、三美交融」的一個典範。〔註2〕

　　進入21世紀，我在深受王國維意境說和悲劇理論的啟發的基礎上，發表
《論王國維的「意志」悲劇說》〔註3〕一文，發展了發表於1987年的拙文《王
國維曲論三義之探討》〔註4〕中的關於王國維建立了中國式的悲劇觀的觀點。

〔註1〕關於「情景交融」說是中國獨有的美學理論，19世紀以來的西方雖有諸多美學
　　　　大家涉及此題，卻僅涉此題之外圍，最終並未能建立起這個理論，已有拙文《情
　　　　景交融說的中西進程簡述》（《文藝理論研究》，2004年第6期）給以論證。
〔註2〕我已有多篇論文如《王國維的偉大學術成果在當代世界的價值》（北京大學、清
　　　　華大學、香港大學、臺灣新竹清華大學聯合主辦《王國維誕辰120週年紀念
　　　　學術研討會論文集》，廣東教育出版社，1999年；又刊《廣州師範學院學報》，
　　　　1998年第8期）和專著《王國維美學思想研究》（中國社會科學出版社，1992
　　　　年）論述這個觀點，茲不贅述。
〔註3〕《論王國維的「意志」悲劇說》是中國藝術研究院戲曲研究所、浙江省戲劇家
　　　　協會和浙江省海寧市聯合舉辦的「首屆（王國維杯）中國戲曲論文獎」徵文，
　　　　按照徵文截止的時間規定，於2000年8月前完成並提交，2001年1月宣布此
　　　　文獲得二等獎，並全文刊登於中國藝術研究院戲曲研究所主辦的《戲曲研究》
　　　　第56輯即獲獎論文專輯（中國戲劇出版社，2001年10月出版），後又收入
　　　　《2001～2002上海作家作品雙年選》（上海文藝出版社，2003年）。《上海文
　　　　化年鑒》，2004年卷記載並高度肯定了此文。
〔註4〕《王國維曲論三義之探討》是我提交「1987‧上海──海寧‧國際王國維學術研討
　　　　會」（華東師範大學和浙江省海寧市聯合舉辦）的論文，收入《王國維學術研究
　　　　論集》第三輯（國際學術研討會論文專輯），華東師範大學出版社，1990年版。

指出：「王國維作為中國戲曲史學科的創始人，他在一代名著《宋元戲曲考》中提出的『意志』悲劇說，亦為他學自西方又能超越西方的卓異學術成果。」

王國維談論「意志」悲劇的言論僅有一處：

其（按指元雜劇）最有悲劇之性質者，則如關漢卿之《竇娥冤》，紀君祥之《趙氏孤兒》，劇中雖有惡人交構其間，而其蹈湯赴火者，仍出於其主人翁之意志，即列之於世界大悲劇中，亦無愧色也。〔註5〕

我認為從王國維此言出發，我們可以建立意志悲劇和意志喜劇的理論。但在這段言論中，王國維實際上並沒有直接提出「『意志』悲劇」這個概念，這個概念是我對這段話經過提煉之後所作的概括和發展，而且王國維只舉了元雜劇《竇娥冤》和《趙氏孤兒》等名著為例，其他的作品他是不承認的，尤其是他對包括了大量的意志悲劇和意志喜劇作品的明清傳奇堅持全盤否定的態度，更且「意志悲劇」在元雜劇之後，在明清傳奇的階段得到很大的發展，故而「『意志』悲劇說」不能說是王國維的理論成果。因此，我在《論王國維的「意志」悲劇說》的基礎上再撰此文，意圖正式建立中國特有的「意志悲劇」和「意志喜劇」理論，也即「意志戲劇」理論（悲、喜劇之外的戲劇也有意志戲劇，但重點還是悲、喜劇），並對元雜劇和明清傳奇中的意志悲劇和意志喜劇佳作作一較為全面完整的審視，以作為確立意志悲劇說和意志喜劇說的論證，並以這個理論分析和評論西方的此類佳作。

一、西方悲劇和中國悲劇

「悲劇」一詞出自西方，在文藝批評和文學史中有很多不同的意義和用法。在戲劇方面是指一種特定的戲劇類型。在詩歌和虛構的文學類型（特別是小說）方面，是指一批說明「人生悲劇意味」的作品。所謂「悲劇意味」的含意是：人類是注定要受苦、失敗和死亡的，不論由他們自身的失敗、錯誤甚至由於他們的德行，或者由於命運和自然環境等；而評定人生價值的準則是他或她如何對待這種不可避免的失敗。」〔註6〕

研究家公認，對悲劇不可能下特定的定義〔註7〕，悲劇只能以最籠統的術

〔註 5〕 《宋元戲曲考・元劇之文章》，拙編《王國維選集》第三冊，中國社會科學出版社，2008 年。

〔註 6〕 林驤華主編《西方文學批評術語辭典》，上海社會科學院出版社，1989 年版，第 10 頁。

〔註 7〕 林驤華主編《西方文學批評術語辭典》，第 10 頁。

語來解釋〔註8〕。概而言之，悲劇乃戲劇的主要類型之一，是以表現主人公與現實之間不可調和的衝突及其悲慘結局為基本特點〔註9〕。或釋為：戲劇主要體裁之一。淵源於古希臘，由酒神節祭禱儀式中的酒神頌歌演變而來。在悲劇中，主人公不可避免地遭受挫折，受盡磨難，甚至失敗喪命，但其合理的意願、動機、理想、激情，預示著勝利、成功的到來。〔註10〕

西方美學家公認：悲劇最能表現矛盾鬥爭的內在生命運動，從有限的個人窺見那無限的光輝的宇宙蒼穹，以個人渺小的力量體現出人類的無堅不摧的偉大。在這個意義上，悲劇不愧「是戲劇詩的最高階段和冠冕」。悲劇是人類精神極致的藝術豐碑〔註11〕。因此，一個國家的悲劇創作所取得的成就，代表著這個國家的藝術所取得的最高成就之一。

悲劇有多種的分類方式，其中圍繞主人公的悲劇衝突而劃分的三種悲劇，高度概括了西方悲劇發展的三個最重要的階段：古希臘的命運悲劇，莎士比亞時代的性格悲劇，和易卜生時代的社會悲劇。

以上是西方關於悲劇的定義和分類。西方悲劇自古希臘悲劇起，歷史長、名家名作眾多，取得了令人讚歎的輝煌成就。西方自古希臘亞里士多德《詩學》起，至19世紀末，已建立全面完整的悲劇理論體系。王國維是近代中國最早引進西方悲劇理論的學者，在中國取得開創性的重大學術成果。

但是中國戲曲向無「悲劇」之稱。言及悲劇，古代戲劇美學家稱之為「怨」、「苦」等。如明代徐渭認為「《琵琶》一書，純是寫怨。」〔註12〕陳洪綬評《嬌紅記》：「此書真古今一部怨譜也。」（陳洪綬《嬌紅記·仙圓》評批）呂天成論《教子記》曰：「真情苦境」〔註13〕都從「興觀群怨」中的「怨」和人生中的「苦」的角度著眼，未能點出悲劇的實質。因此中國向無「悲劇」之稱。

中國戲曲中的「悲劇」這個名稱，首先是西方人提出的。18世紀30年代，法國漢學家普雷馬雷（漢名馬約瑟）翻譯的《趙氏孤兒：中國悲劇》收入迪阿爾德編著的《中華帝國全志》第三卷，於1835年在巴黎出版。這便首次將中國

〔註 8〕〔英〕羅傑·福勒《現代西方文學批評術語辭典》，春風文藝出版社，1988 年版，第 8 頁。

〔註 9〕《漢語大詞典》「悲劇」詞條釋義。

〔註10〕《中國大百科全書·戲劇》卷，中國大百科全書出版社，1999 年，第 39 頁。

〔註11〕《中國大百科全書·戲劇》卷，第 41 頁。

〔註12〕《成裕堂繪像第七才子書〈琵琶記〉》卷一。

〔註13〕呂天成《曲品》卷下·吳書蔭校注本，中華書局，1990 年，第 179 頁。

戲曲中的有關作品稱之為「悲劇」。《中華帝國全志》在此後的幾十年內被陸續翻譯為英、德、俄文出版，於是中國悲劇《趙氏孤兒》蜚聲於西方文壇，尤其在英國，1741 年，倫敦查爾斯‧科貝特印刷所出版了威廉‧哈奇特據馬約瑟法文譯本翻譯的《趙氏孤兒》的英譯本《中國孤兒：歷史悲劇》，引起極大震動。此後，公元 1793 年（清乾隆五十八年），英國使臣馬嘎爾尼出使中國，他寫了《乾隆英使觀見記》（劉半農譯），他談及北京「戲場所演各戲，時時更變。有喜劇，有悲劇。」〔註14〕，又一次注目中國戲曲中的悲劇。可是五年之後程瑛在《龍沙劍傳奇》卷首色目次第和《讀曲偶評》中繼明末清初的杜濬之後再次提出「苦戲」的概念。西方人言及中國戲曲中的悲劇的觀點，在中國由於歷史條件的限制，未能產生影響，中國依舊沒有「悲劇」之稱，更未產生悲劇理論，依舊停留在「怨譜」、「苦戲」的認識階段。

直到一百多年後的 1904 年，王國維在上海《教育世界》雜誌發表《紅樓夢評論》，在這篇宏文中，他在近代中國，首先引進了西方的悲劇理論，並以此為指導，評論和研究《紅樓夢》。他譯引亞里士多德的著名論點說：

> 昔雅里大德勒於《詩論》中，謂悲劇者，所以感發人之情緒而
> 高尚之，殊如恐懼與悲憫之二者，為悲劇中固有之物，由此感發，
> 而人之精神於焉洗滌。故其目的，倫理學上之目的也。〔註15〕

〔註14〕 〔英〕馬嘎爾尼《1793 乾隆英使觀見記》（劉半農譯），天津人民出版社，2006年。

〔註15〕 《紅樓夢評論》，拙編《王國維文學美學論著集》，北嶽文藝出版社，1987 年版，第 14 頁。另可參見拙編《王國維選集》第一冊中的此文，中國社會科學出版社即出。
王國維的悲劇說，在當時沒有影響，直到 1908 年才有天僇生《中國三大小說家論贊》在評論《紅樓夢》時談到：「海寧王生，常言此書為悲劇中之悲劇；於歐西而有作者，則有如仲馬父子、謝來、雨苟諸人，皆以善為悲劇，聲聞當世。」（《月月小說》，1908 年第二卷（一作第二年）第二期）響應了王國維的觀點。天僇生即王鍾麒（1880～1914），字毓仁，號無生，別號天僇、天僇生等。安徽歙縣人。南社社員。曾任《神州日報》、《民吁報》、《天鐸報》等報主筆。著有《玉環外史》、《軒亭復活記》等。
黃藥眠、童慶炳主編《中西比較詩學體系》下冊第三十一章《中國現代悲劇意識與西方悲劇傳統》（本章撰稿人尹鴻）第一節《王國維：中國現代悲劇觀的不和諧前奏》：「這之前，晚清的王無生等人已經較早地使用過『悲劇』這一術語。（王無生《中國三大小說家禮讚》，《月月小說》第 14 期）」（人民文學出版社，1991 年，第 715 頁）可是這段文字搞錯了文章的篇名（應為「論贊」）、發表年代以及與王國維《紅樓夢評論》發表先後的次序。實際上，王無生此文要比王國維《紅樓夢評論》晚 4 年。

抓住亞里士多德《詩學》此論的原義，肯定悲劇對人的鼓舞和淨化作用，引進西方悲劇理論的源頭。

又譯引叔本華的著名論點說：

> 由叔本華之說，悲劇之中，又有三種之別：第一種之悲劇，由極惡之人，極其所有之能力，以交構之者。第二種，由於盲目的運命者。第三種之悲劇，由於劇中之人物之位置及關係而不得不然者；非必有蛇蠍之性質，與意外之變故也，但由普遍之人物，普通之境遇，逼之不得不如是；彼等明知其害，交施之而交受之，各加以力而各不任其咎，此種悲劇，其感人賢於前二者遠甚。何則？彼示人生最大之不幸，非例外之事，而人生之所固有故也。……則見此非常之勢力，足以破壞人生之福祉者，無時而不可墜於吾前；且此等慘酷之行，不但時時可受諸己而或以加諸人；躬丁其酷，而無不平之可鳴：此可謂天下之至慘也。〔註16〕

他進而指出：「若《紅樓夢》，則正第三種之悲劇也。」《紅樓夢》是「悲劇中之悲劇。」〔註17〕他將悲劇一詞引向廣義，給《紅樓夢》以極高評價。

王國維受西方美學尤其是悲劇理論的影響，破除中國正統文壇鄙視戲曲、小說的偏見，提出「而美術（按：指藝術）中以詩歌、戲曲、小說為其頂點，以其目的在描寫故」，是「最高之文學」〔註18〕，這樣超群拔俗的美學觀，並因此而引進西方的美學理論，取得眾多開創性的研究成果。

根據西方戲劇理論的指導，王國維肯定中國戲曲也有悲劇和喜劇之分。至1912年完成的劃時代巨著《宋元戲曲考》，王國維又進而提出本文前已引及的元雜劇中的悲劇名作是「世界大悲劇」、其主人公蹈湯赴火乃出於其意志的著名論點。在中國學術史上首先給元雜劇中的優秀悲劇以極高評價。

二、「意志」悲劇說、「意志悲劇說」和世界悲劇史的四階段論

我為王國維提煉的「『意志』悲劇說」，是根據《宋元戲曲考》（又名《宋元戲曲史》）的上引這段著名言論而概括的，因為王國維並未將「意志」和「悲劇」兩詞相連而結合成一個專門的名詞，所以我就用「『意志』悲劇」這樣一個詞

〔註16〕《紅樓夢評論》，拙編《王國維文學美學論著集》，北嶽文藝出版社，1987年，第14頁。
〔註17〕《紅樓夢評論》，拙編《王國維文學美學論著集》，第11、12頁。
〔註18〕《紅樓夢評論》，拙編《王國維文學美學論著集》，第5頁。

彙來表達,以示此詞尚不是一個完整、正式、成熟的美學概念。

本文提出「意志悲劇」說,意圖將「意志悲劇」作為一個正式、完整、成熟的美學概念推出,並試圖形成一個嚴密、完整的新的悲劇理論:「意志悲劇說」。

意志悲劇的定義是:悲劇主人公本與悲劇處境和結局無關,他(她)為了真理、正義和道義、俠義,利用自己處境和意志的自由,出於疾惡如仇、善意救人(或救國救民)的意志,犧牲自己的生存意志,以自己的生命為代價,主動幫助和拯救身陷或深陷悲劇處境的弱者,救出了對方,自己卻因此而陷入悲劇的境地,造成悲劇的結局,而且主人公對此無怨無悔,視死如歸,這樣的悲劇,可稱之為「意志悲劇」。

西方美學家和文藝理論家公認,世界悲劇史按照悲劇表現內容的類型,可分為三個發展階段,即古希臘命運悲劇、莎士比亞性格悲劇和以易卜生首創並為代表的社會悲劇。出於西方理論家常持的西方文化中心主義的立場,這實際上僅是西方悲劇史的概括。

由於中國意志悲劇在元代的出現及其所取得的巨大藝術成就,世界悲劇史應該分為四個階段,即古希臘命運悲劇、中國(元雜劇和明清傳奇)的意志悲劇、以莎士比亞為代表的性格悲劇和易卜生首創的社會悲劇。

古希臘悲劇從公元前 534 年起,至公元前 4 世紀衰落,約有 2 百年的時間。莎士比亞(1564~1616)悲劇自 1593~1594 年創作、演出的第一部《泰特斯・安德洛尼克斯》起,至 1605~1606 年創作和上演最後一部《麥克白》為止,他本人的悲劇創作期是 14 年;易卜生(1828~1906)的社會悲劇實際上是以他為代表的十九世紀至二十世紀初的西方社會悲劇的總稱,在廣義上說,並還可包括反映社會悲劇的同期小說。

中國的元雜劇和明清傳奇的創作和興盛期,自金末(金朝滅亡於公元 1234 年)的關漢卿約於 1230 年左右創作、上演他的悲劇名著《竇娥冤》等作品起,至元末約有一百年;自 1460 年左右至清末的明清傳奇則超過 4 百年:意志悲劇的創作期長達 5 百年。另自清代中期至 20 世紀的眾多京劇和地方戲,又創作了不少優秀的意志悲劇,其藝術成就依舊處於世界前列,成績卓著。

三、意志悲劇的西學背景

王國維在青年時代已用多年時間刻苦學習並已全面掌握了西方哲學和美學,尤其醉心於康德和叔本華哲學、美學,繼及尼采哲學和美學,並以此作為

自己建立中西融合的美學體系的學術根柢之一。值得注意的是，王國維上引此論明顯受到康德的意志論和叔本華唯意志論哲學、美學的重大影響。

「意志」一詞，中國古已有之，如先秦《商君書‧定分》：「夫微妙意志之言，上知之所難也。」西漢《淮南子‧繆稱訓》：「兵莫潛於意志。」晉葛洪《抱朴子‧自序》：「既性闇善忘，又少文，意志不專，所識者甚薄，亦不免惑。」意為：思想，志向，心志。〔註19〕古代戲曲作品也已使用此詞，如元末明初徐畽《殺狗記‧斷明殺狗》：「被告的沒理會，告狀的失了意志。」指決定達到某種目的而產生的心理狀態，常以語言或行動表現出來。〔註20〕又指指導思想和行動並能影響他人思想和行動的心理或精神能力。〔註21〕綜合以上兩種釋義，「意志」一詞的原義已頗為明晰和完整。

「意志」（will）後成為現代西方心理學名詞，並有廣狹二義。廣義指注意、欲望、思慮、選擇、決斷等作用，凡意識中一切能動要素，均包括於意志之下，故又稱動意（或意動）（conation）。狹義指意識中最佔優勢者之能動作用，為行為之所由決定者，亦曰執意，（或直接釋為意志、意志力）（volition）。在倫理學用語中，還有「意志自由」（Freedom of the will），此乃別於意志之受外界的制約而言。持此說者，以為意志有自由選擇行為之可能，不必盡受遺傳氣質或環境、教育等限制。反對此說者謂意志之決定與改變，完全視各種條件而定，吾人之行為，即為是等條件所決定，非意志作用之結果。前者多從哲學觀點出發，後者則多以科學為根據，其是非頗難論斷。〔註22〕

王國維精通西學，他對心理學和倫理學中的「意志」和「意志自由」必是掌握的，王國維在使用「意志」一語時，也包容著以上的含義。

此外，「意志」在西方哲學中另有特定的含義。西方哲學中影響巨大的唯意志論主張意志高於理性並且是宇宙本體或本質。唯意志論在歐洲中世紀已由鄧斯‧斯各脫開了先河。西方近現代哲學的祖師康德，認為實踐理性（其本質即為意志）優於純粹理性，能使人們探索到宇宙本體的真相。康德哲學具有明顯的唯意志論傾向，並提出意志自由論：「我們必須假設有一個擺脫感性世界而依理性世界法則決定自己意志的能力，即所謂自由。」〔註23〕康德認為人類

〔註19〕《辭源》（修訂本）和《中文大辭典》釋文。
〔註20〕《漢語大詞典》釋文。
〔註21〕《現代高級英漢辭典》釋文。
〔註22〕《中文大辭典》釋文。
〔註23〕康德《實踐理性批判》，商務印書館，1960年，第135頁。

的意志的產生基於自由的追求:「所以意志,作為欲求的能力,它是塵世間好些自然原因之一,就是說,它是那種按照概念起作用的原因,而一切被設想通過意志而成為可能(或必然)的東西,就叫作實踐上可能(或必然)的,以與某個結果的自然的可能性或必然性區別開來,後者的原因不是通過概念(而是像在無生命的物質那裡通過機械作用,在動物那裡通過本能)而被規定為原因性的。——而現在,就實踐而言在這裡還沒有規定,那賦予意志的原因性以規則的概念是一個自然概念,還是一個自由概念。」〔註24〕

康德進而認為意志的客體就是善,他說:「但無論快適和善之間的差異有多大,二者畢竟在一點上是一致的:它們任何時候都是與其對象上的某種利害結合著的,不僅是快適,以及作為達到某個快意的手段而令人喜歡的間接的善(有利的東西),而且就是那絕對的、在一切意圖中的善,也就是帶有最高利益的道德的善,也都是這樣。因為善就是意志(即某種通過理性規定的欲求能力)的客體,但意願某物和對它的存有具有某種愉悅感,即對之感到某種興趣,這兩者是同一的。」〔註25〕

叔本華繼承康德,發展和建立唯意志論哲學。他將「意志」的概念限定為生命意志或生存意志:「意志所要的既然總是生命,又正因為生命不是別的而只是這欲求在表象上的體現;那麼,如果我們不直截了當說意志而說生命意志,兩者就是一回事了,只是名詞加上同義的定語的用辭法罷了。」〔註26〕又進而從本體論角度,反覆強調:「意志本身根本是自由的,完全是自決的;對於它是沒有什麼法度的。」〔註27〕「意志不但是自由的,而且甚至是萬能的。」〔註28〕同時,「這意志在它個別的,為認識所照明的那些現象中,亦即在人和動物之中,卻是由動機決定的。」而受意志支配的「行為必然完全是從性格和動機的合一中產生的。」〔註29〕

叔本華繼承了康德關於意志具有自由的根本這個重要的觀點,同時將性格和動機與意志相聯繫。

康德另一位傑出的繼承者黑格爾,則直接用意志論來分析和論述戲劇:

〔註24〕 康德《判斷力批判》,鄧曉芒譯、楊祖陶校,人民出版社,2002 年,第 6 頁。
〔註25〕 康德《判斷力批判》,鄧曉芒譯、楊祖陶校,人民出版社,2002 年,第 44 頁。
〔註26〕 叔本華《作為意志和表象的世界》,商務印書館,1982 年,第 377 頁。
〔註27〕 叔本華《作為意志和表象的世界》,第 391 頁。
〔註28〕 叔本華《作為意志和表象的世界》,第 373 頁。
〔註29〕 叔本華《作為意志和表象的世界》,第 412 頁。

　　事實上戲劇不能落到抒情詩只顧到內在因素而和外在因素對立起來的地位，而是要把一個內在因素及其外在的實現過程一起表現出來。因此，事件的起因就顯得不是外在環境，而是內心的意志和性格，而且事件也只有從它對立體的目的和情慾的關係上才見出它的戲劇的意義。但是個別人物（主體）也不能停留在獨立自足的狀態，他必須處在一種具體的環境裏才能本著自己的性格和目的來決定自己的意志內容，而且由於他所抱的目的是個人的，就必然和旁人的目的發生對立和鬥爭。因此，動作總要導致糾紛和衝突，而糾紛和衝突又要導致一種違反主體的原來意願和意圖的結局。在這種結局中人物的目的，性格和衝突的真正內在本質就揭示出來了。這種在憑自己獨立發出動作的個別人物身上發生作用的實體性因素原是史詩原則中的一個方面，現在在戲劇體詩的原則裏也很活躍地起作用。

　　所以不管個別人物在多大程度上憑他的內心因素成為戲劇的中心，戲劇卻不能滿足於只描繪心情處在抒情詩的那種情境，把主體寫成只在以冷淡的同情對待既已完成的行動，或是寂然不動地欣賞，觀照和感受，戲劇必須揭示出情境及其情調取決於個別人物性格，這個別人物抉擇了某些具體目的作為他的起意志的自我所要付諸實踐的內容。因此，在戲劇裏，具體的心情總是發展成為動機或推動力，通過意志達到動作，達到內心理想的實現，這樣，主體的心情就使自己成為外在的，就把自己對象化了，因此就轉向史詩的現實方面。但是這種外在的顯現卻不只是出現在客觀世界裏的一個單純的事件，其中還包含著個別人物（主體）的意圖和目的。動作就是實現了的意志，而意志無論就它出自內心來看，還是就它的終極結果來看，都是自覺的。這就是說，凡是動作所產生的後果是由主體本身的自覺意志造成的，而同時又對主體性格及其情況起反作用。全體現實對自決的個別人物（主體）的內心生活的這種持續不斷的關係（這種個別人物既是這種現實的基礎，反過來又把現實吸收進來）正是在戲劇體詩中起作用的抒情詩的原則。

　　只有這樣，動作才能成為戲劇的動作，才能成為內在的意圖和目的的實現。主體和這些意圖和目的所面對的現實融成一片，使它成為他自己的一部分，要在其中實現自己，欣賞自己，而且以整個

人格對凡是由自我轉化於客觀世界的一切負完全責任。戲劇中的人物摘取他自己行動的果實。

　　但是戲劇的旨趣既然只限於內在目的，而這內在目的的主體也就是發出動作的個別人物，那麼，就只有與這種自覺決定的目的有本質關係的外在材料才能用在戲劇的藝術作品裏，所以戲劇首先比史詩較抽象（有選擇）。這可以從兩方面來看。第一，動作既然是由人物自己決定的，即從他的內心源泉流出的，它就無須有史詩所要有的那種要向四面八方伸展的廣闊的完整的世界觀作為先決條件，它的動作卻集中在主體定下的目的和實現這目的時所處的比較確定的簡單環境裏〔註30〕。

以上是西方三大家關於意志和戲劇中的意志的基本論點。其要點是將意志與自由和善結合在一起，並將後兩者作為前者的前提。

王國維在《三十自序》中明確介紹，他刻苦和反覆學習過作為以上引文的來源的康德《判斷力批判》和叔本華《作為意志和表象的世界》這兩本經典著作。

王國維在近代西方哲學和美學領域主要接受了康德和叔本華兩家的影響。王國維在評論、闡釋元雜劇中的優秀之作時，運用康德的實踐理性、康德和叔本華的意志自由和唯意志論的觀點，發前人所未發，取得卓著的成就。而上引「劇中雖有惡人交構其間，而其蹈湯赴火者，仍出於其主人翁之意志」一語，王國維談論悲劇是因主人公的意志時，我認為，他所用的「意志」一詞，既據漢語的原意，也有來源以上的康、叔著作的哲學意味。這個意志應該是包含動機、性格、自由和善的綜合，是繼承康德和叔本華理論的產物，但更突出了意志的主動的一面，即發展了自由意志的觀念，超越西方悲劇學說之樊籬，作出自己新的發展。

根據王國維的論述，根據王國維論述中「意志」一詞的以上西學背景，則意志悲劇天然地具有以上論述所代表的西學背景，是中西文化融合的結晶。

四、意志悲劇與西方悲劇

意志悲劇雖有濃鬱的西學背景，但意志悲劇與西方悲劇卻有一個本質上的不同，即第二節已經提到的主動與被動的區別。現再做具體分析。

〔註30〕黑格爾《美學》第三卷下冊，商務印書館，1981 年，第 244～246 頁。

西方悲劇的主人公都是被動地陷入悲劇的境地的。西方的命運悲劇、性格悲劇、社會悲劇都是如此。

命運悲劇中的主人公，或因命運的捉弄、決定，或陷入悲劇性困境而陷入悲劇。所謂悲劇性困境，指劇中人物被迫要在兩種行動之間作出抉擇，然而無論選擇哪一種，他都逃脫不了不幸的命運。黑格爾甚至認為：「（古希臘命運）悲劇英雄們既是無罪的，也是有罪的。」〔註31〕

性格悲劇中的主人公，或具有悲劇性格，或發生悲劇主角錯誤。前者指悲劇主人公個人的品質或性格上導致自己悲劇命運的缺點；後者指導致悲劇主人公命運發生突轉的錯誤、脆弱或失誤。這往往與主人公的性格有關，如壞脾氣，因急躁而判斷錯誤，或因性格軟弱、優柔寡斷從而引發悲劇，等等。性格悲劇的眾多主角也多可以說「悲劇英雄們既是無罪的，也是有罪的。」他們未能戰勝自己的性格侷限，在自己有缺陷的性格的支配下，身不由己地陷入了悲劇的境地和結局。

社會悲劇中的主人公的性格與他身不由己地處於其中的惡劣的社會環境產生衝突，從而引發悲劇直至失敗或毀滅。

總之，西方悲劇的主人公都是被動陷入悲劇困境的角色，他們是身不由己地陷入悲劇的局面。而王國維例舉的「出於其主人翁之意志」的悲劇中的主人公，本未陷入悲劇性困境，是他們出於自己善和自由的意志，主動向惡勢力挑戰、出擊而陷入悲劇命運的。〔註32〕此其一。

〔註31〕黑格爾《美學》第三卷下冊，商務印書館，1981年，第308頁。
〔註32〕但也有個別學者認為西方悲劇的主人公是主動承擔苦難的：
　　　　因為強調悲劇的哲學性、理想性，所以在西方悲劇觀看來，單是苦難還不能構成悲劇，雖然悲劇總要表現苦難，但不是一切苦難都能稱為悲劇。在他們看來，苦難，死亡之類的東西要成為悲劇，首先，「人就必須有所行動。就是說人必須通過自己的行動，進入注定會摧毀他的悲劇情境中去。」(1)苦難要是悲劇主人公主動承擔的，他要敢於挑起衝突，承擔厄運。對於他來說，「苦難絕不是強加的：他是通過他自己的決定遭受它的，或者，至少，最後他將把它作為完全依附於事物的本質、包括他自己內在的本質來接受的。」(2)因而，悲劇主人公雖然不一定是王公貴族、天才偉人，但即使是凡夫俗子，他也必須「擁有許許多多偉大的地方，我們才可以在他的錯誤和毀滅中清楚地意識到人類天性的各種可能的東西」(3)。正如阿瑟‧密勒所講，人們只有面對悲劇主人公「在必要的情況下為了維護自己的尊嚴挺身而出、準備獻出自己生命的時候，悲劇感情便會油然而生」(4)。總之，在西方悲劇觀中，受難並非悲劇的充分條件，在悲劇感中還必須表現出某種崇高感、尊嚴感。
　　　　（這段引文的原注：(1)雅斯貝爾斯《真理論》，譯文參見《悲劇是不夠的》，

其二，西方悲劇的主角一般都是受害者本人，他們受命運、社會的直接迫害，或自己性格缺陷之害。而意志悲劇的主角並未直接受害，他們因同情、幫助受害者而挺身而出，從而陷入悲劇結局。

西方雖然也有俠義精神的傳統，但表現俠義精神的悲劇卻罕見。叔本華儘管也曾說過：「只要一個人是堅強的生命意志。也就是他如果以一切力量肯定生命，那麼世界上的一切痛苦也就是他的痛苦，甚至一切只是可能的痛苦在他卻要看作現實的痛苦。」〔註33〕但其追隨者以存在主義哲學為代表，崇奉「他人即地獄」的人生哲學，其所創作的人物形象一般只沉醉於自己的痛苦，未能也沒有能力向弱者援手。

其三，即使受難者本人，往往也採取消極的忍耐、逃避態度；甚至其所陷入悲劇並因此而毀滅，全因其本人的失誤或錯誤，即西方悲劇理論所提出的「悲劇主角錯誤」造成的，也即黑格爾所說「有罪的」。

叔本華的悲劇觀便如此。他將這種對待命運的消極態度總結為「胸懷滿腔怨憤，卻要勉強按捺。」〔註34〕因此「在他看來，悲劇的最大作用必然是消極的，——使人聽天由命。」〔註35〕「叔本華關於悲劇的解釋卻有其特色。悲劇教人聽天由命：它對我們起著一種意志鎮定劑的作用；它提示了不僅在人生問題而且在生活意志本身均應取俯首認命的態度。」〔註36〕叔本華認為：「在悲劇裏，人生可怕的方面展示給我們。我們看到了人類的悲哀，機運和謬誤的支配，正直的人的失敗，邪惡的人的勝利。」「看到這樣一種景象，我們感到我

第 34 頁。（2）布魯克斯編《西方文學中的悲劇主題》（Cleanth Brooks: The tragic Thems in Western Literature），美國，1955 年版，第 5 頁。（3）布拉德雷《莎士比亞的實質》，引自《莎士比亞評論彙編》，中國社會科學出版社版。（4）阿瑟‧密勒《悲劇與普通人》，引自《悲劇：境觀與形式》（Tragedy: Vision and Frame），紐約，1981 年版。）

黃藥眠、童慶炳主編《中西比較詩學體系》下，人民文學出版社，1991 年，第 730～731 頁。

按，在這段論述中，「苦難要是悲劇主人公主動承擔的」一語是《中西比較詩學體系》作者對前後引文的誤讀。以上四位引文的西方作者的原意都是強調悲劇主人公在苦難臨頭的情況下，要採取主動積極的態度去應對、鬥爭，而不是苦難本與他無關，他卻搶著上前（代別人）「主動承擔」。

〔註33〕叔本華《作為意志和表象的世界》，商務印書館，1982 年，第 420 頁。
〔註34〕叔本華《作為意志和表象的世界》，第 40 頁。
〔註35〕鮑桑葵《美學史》（張今譯），商務印書館，1985 年，第 472 頁。
〔註36〕雷納‧韋勒克《近代文學批評史》第二卷（楊自伍譯），上海譯文出版社，1988 年，第 379 頁。

們自己必須拋棄生存意志，不要再想它。也不要再愛它。」「世界和人生不可能給我們真正的快樂，因而也就不值得我們留戀。悲劇的實質就在這裡：它最後引導到退讓。」〔註37〕也即「悲劇可以幫助人們認識生活，打開人們心靈的窗戶，從根本上揭示現實世界的罪惡本質。總而言之，悲劇藝術可以證明悲觀主義哲學的正確，但是，作為一種藝術，它割斷了同意志的聯繫，從而導致『斷念』(一譯退讓，指看破紅塵，喪失信心，自願退出人生舞臺) 情緒的出現。」〔註38〕甚至認為，面臨悲劇，「我們看到最大的痛苦，都是在本質上我們自己的命運也難免的複雜關係和我們自己也可能幹出來的行為帶來的，所以我們也無須為不公平而抱怨。這樣我們就會不寒而慄，覺得自己已到地獄中來了。」〔註39〕這便抹煞了是非和罪惡的界線，放棄正義和道義的原則，違背文藝創作所應追求的真善美理想。

王國維例舉的《竇娥冤》和《趙氏孤兒》等悲劇則與此完全不同。

從上述引論中例舉的「即列之於世界大悲劇中，亦無愧色也」的關漢卿之《竇娥冤》和紀君祥之《趙氏孤兒》來看，其主角竇娥、程嬰、韓厥、公孫杵臼等人本無必死於難 (程嬰本人雖最後未死，但他獻出了自己獨生幼兒的生命，失去了唯一後代的生命) 的情勢，卻都為道義和正義而主動承擔起干係，步入悲劇結局。「仍出於其主人翁之意志」，指悲劇主角主動承擔責任，以幫助別人解脫苦難，向「交構其間」之惡人 (商務版石沖白的譯文為：「造成巨大不幸的原因可以是某一劇中人異乎尋常的，發揮盡致的惡毒，這時，這角色就是肇禍人。」〔註40〕) 發起挑戰的主動精神和誓死不屈的堅強意志。「出於其主人翁之意志」是引起悲劇衝突的關鍵。而出於其意志的主動性，與被動地陷入惡運、性格缺陷和與社會、環境發生衝突的命運悲劇、性格悲劇和社會悲劇中的主角的人生態度有著根本的不同，此類悲劇可稱為意志悲劇。

竇娥為救助別人而犧牲自己，陷入冤案後堅貞不屈，臨刑還立下三樁無頭願，表現其誓與冤案製造者抗爭到底的鋼鐵意志和堅強決心，死後還要尋機伸冤報仇。程嬰、韓厥、公孫杵臼在搜孤救孤這一驚心動魄的救助他人的鬥爭及其隱含的「君子報仇，十年不晚」(此劇為 16 年) 的堅忍信念所表現的忠勇智信

〔註37〕轉引自程孟輝《西方悲劇學說史》，中國人民大學出版社，1994 年，第 330 頁。
〔註38〕吉爾伯特、庫恩《美學史》(夏乾豐譯) 下冊，上海譯文出版社，1989 年，第 618 頁。
〔註39〕叔本華《作為意志和表象的世界》，商務印書館，1982 年，第 353 頁。
〔註40〕叔本華《作為意志和表象的世界》，第 352 頁。

和有冤必伸，有仇必報的心理和意志，在一定程度上反映出中華民族疾惡如仇，敢於反抗、敢於勝利的民族心理和鬥爭傳統，由此種種，皆是這些「主人翁」主動「蹈湯赴火」的性格基礎和精神延伸。對悲劇人物蹈湯赴火的經歷和主動赴難的意志的推崇，見出王國維將悲劇美和宏壯美緊密結合而又突出「崇高」的戲劇美學觀。其「仍出於其主人翁之意志」一語中的「意志」一詞，我認為，這指放棄生命意志（或譯生存意志），捨生救人、捨生取義的善的意志，也是張揚其個性和人生理想的自由的善的意志。與叔本華認定悲劇藝術割斷、拋棄生存意志和斷念、退讓的消極觀點完全不同，「其主人翁之意志」是一種主動、積極、進取的心理動力，他們本無必遭災難的困境，更非因自己性格、素質缺陷而陷入困境，而是旁觀正義遭損、他人受難時，因出於義憤而主動投入與邪惡勢力的誓死鬥爭並義無反顧地獻出自己的生命。這樣的悲劇人物非常符合康德關於意志基於自由，意志的客體是善，而且是帶有最高利益的道德的善的觀點。他們中的優秀者，甚至可以成為正義和道德的化身。

　　王國維高度讚揚的這些悲劇「主人翁」，我認為，他們放棄生的權利之意志，具有向悲慘命運和邪惡勢力的主動挑戰精神和主動承擔不幸以幫助別人解脫苦難的崇高品質，與西方推重偉大的思想和高貴的感情的崇高觀雖有相似之處，但其品質更為高尚，性格極為堅強，其精神境界為西方悲劇主人公遠所不及。西方悲劇中只有埃斯庫羅斯的普羅米修斯三部曲中的主角普羅米修斯因為人類偷火、教人類配草藥治病、給人類輸入智慧，主動幫助人類而陷入悲劇。但他的悲劇僅僅是受到宙斯的懲罰，而他自知自己不會死，以後還會被救出，只要等待命運的轉機即可，而當命運轉折時，迫害他的宙斯將受到懲罰。所以這樣的悲劇結局，與一般的意志悲劇中的主人公必死於難的悲劇性質與程度是很不同的。更且這個三部曲今僅存《被縛的普羅米修斯》一劇，其救助人類的具體情節已不可知。另如索福克勒斯的《安提戈涅》，女主角雖是主動出手埋葬哥哥，但因其兄慘死，她作為妹妹已經陷入悲劇，她是在陷入悲劇之後的行動，而非與別人的悲劇毫無干係而投入悲劇的。

　　總之，王國維的這種悲劇觀，突破了西方美學的樊籬，顯出我國傳統美學的特色，是學自西方又能超越西方，達到中西交融作出自己創造的領先性學術成果。本文即以此為基礎，發展和建立這個悲劇意志理論。

五、中國戲曲史視野中的意志悲劇佳例

　　像本文這樣定義的意志悲劇，中國戲曲史上產生了不少佳例。除了《趙氏

孤兒》和《竇娥冤》之外，王國維《宋元戲曲考‧元劇之文章》論及「而元則有悲劇在其中」時例舉的《火燒介子推》、《張千替殺妻》也屬意志悲劇的範疇。介子推目睹晉獻公荒淫無道，朝中大臣無人勸諫，他則冒死進諫；回家隱居後，曾留重耳躲藏，又陪伴重耳流亡多年，伺機報仇。重耳當上晉國國君後，他又偕母歸隱山中，重耳燒山逼他出山，他與老母被焚山中。介子推為道義而歷險、喪身，他本來只要略退一步，便可確保平安快活。屠屍張千家境貧寒，與老母相依為命，本亦平安無事。鄰居員外與他結義為兄弟，其妻勾引張千，還要殺夫。張千感念員外的情誼與恩德，搶過刀子，替員外殺妻，又去公堂自首。臨刑前他告誡員外，應娶一個端莊穩重的賢妻。張千為了幫助員外消除後患而代他殺妻，自己喪命。

明代悲劇中，因政治黑暗而挺身出來鬥爭被殺的著名作品有李開先《寶劍記》、王世貞《鳴鳳記》、李玉《清忠譜》等戲文、傳奇，和徐渭《狂鼓史》、葉憲祖《易水寒》、茅維《秦逢築》等雜劇。《寶劍記》敘林沖上本彈劾童貫、高俅，受迫害而逼上梁山。《鳴鳳記》敘嚴嵩專權，欺君誤國，夏言等八個忠臣彈劾嚴嵩，均受迫害，四人被殺。《清忠譜》描寫顏佩韋等五人為救助受閹黨迫害的清官周順昌而大鬧府衙，慘遭殺害。《狂鼓史》表現禰衡擊鼓罵曹故事，《易水寒》、《秦逢築》皆敘荊軻等反抗暴政、謀刺秦始皇的歷史故實。

清代悲劇中此類作品有丁耀亢《表忠記》、周稚廉《翠忠廟》、汪光被《易水歌》。另有反抗異族凶侵害民的孔尚任《桃花扇》、楊潮觀《凝碧池》傳奇和陸世廉《西臺記》雜劇。另有黃燮清《桃溪雪》傳奇，描寫吳絳雪為保全鄉里，犧牲自己，讓叛賊抓去。

另有一類描寫義僕救主，犧牲自己的悲劇，明末清初的蘇州派諸家最擅於此。著名的有李玉《一捧雪》、朱素臣《未央天》和楊恩壽《理靈坡》等傳奇。莫成為主替死、雪豔刺湯自盡等皆非愚忠之舉，而是發揚勞動人民維護正義、道義、伸張正氣與邪惡勢力作主動、堅決鬥爭的精神。另如《五高風》中的王成，他們在主人遇難時甘心情願為主人代戮；《黨人碑》中的劉琴被誤以為是劉逵的女兒而被拘捕入獄時，竟說「小姐金閨弱質，正堪指鹿為馬，奴是村戶蒲姿，何妨以李代桃」；《未央天》中的臧婆為主自刎，馬義也甘心以自己與女兒的生命救主。如果說西方描寫僕人救助主人的戲劇多為喜劇，明清傳奇則多為悲劇。

這些悲劇的主角都非命運或情勢所迫，而是自願、主動承擔悲劇後果，表

現愛國或俠義的心胸。這也是我們民族優秀傳統的成功藝術反映。

　　尤其是出身底層（可能是奴僕出身的）的傑出劇作家李玉創作的《清忠譜》和《萬民安》是正面描寫聲勢浩大的救國救民的群眾運動的盛況。劇中，市民和織工的政治覺醒，充分展示晚明思想解放思潮的實績和資本主義萌芽時期的社會面貌。這樣宏大的群眾運動場面，不僅在中國文學史上是前所未有的，即使已處資產階級革命風起雲湧之勢的同期西方文學也未有表現。這無疑是明清傳奇名家為中國和世界文學史所作出的又一歷史性貢獻。《萬民安》所描述的葛成領導的蘇州市民的抗稅運動，是蘇州市民為了捍衛自己的經濟權益而進行的鬥爭。他們本可忍耐，但是他們選擇了鬥爭，這就體現了悲劇主角的主動性。李玉的另一傑作《清忠譜》描寫的是天啟六年（1626）蘇州氣勢磅礴的市民風暴，這是一次為聲援東林黨人周順昌而發起的純粹的政治鬥爭，其規模不亞於萬曆年間的抗稅運動。他們本可旁觀，但是他們選擇主動介入，介入到正義的政治鬥爭中去。另需強調的是，兩劇中描寫的蘇州人民中主動投入抗暴鬥爭的英雄兒女，豪氣萬丈，卻紀律井然，對無辜群眾秋毫無犯，對街市店鋪絕無騷擾，這樣的高素質的市民運動，才是真正的完全意義的正義的行動，這樣的正義行動通過劇作家的生花妙筆的表現，得到了千古讀者觀眾的由衷敬愛。

　　中國的悲劇有時以大團圓作為結尾，有的學者便否認這種作品是悲劇。實際上，正如陳瘦竹先生所指出的，這種結局圓滿的悲劇，在西方也是常見的，古希臘埃斯庫羅斯的悲劇就常以大團圓作結。例如《普羅米修斯》三部曲的第二部《普羅米修斯被釋》中，悲劇主角普羅米修斯就與宙斯言歸於好，而第三部《帶火的普羅米修斯》更表現了雅典人民感謝這位英雄的慶典活動。莎士比亞的悲劇《羅密歐與朱麗葉》的男女主角雖然不幸喪生，但蒙太古和凱普萊特兩個家族卻因此而盡釋前仇，以和解作結。這雖是一個「淒涼的和解」，但也是一種結局圓滿的悲劇。〔註41〕

六、意志喜劇論和中國戲曲作品的佳例

　　喜劇指通過選材和巧妙的編排來達到令人賞心悅目、開懷大笑的藝術效果的輕鬆的戲劇。劇情往往以主人公如願以償為結局。

　　西方喜劇也產生於古希臘，甚至比悲劇更早就產生了喜劇，第一位著名喜

〔註41〕陳瘦竹、沈蔚德《論悲劇與喜劇》，上海文藝出版社，1983年，第27頁。

劇家即古希臘的阿里斯托芬。而中國的喜劇萌芽雖也早就於古希臘同時的先秦時代就有了，當時稱為「俳優」、「優孟」，後又稱為「滑稽」，但自戲曲中的喜劇產生後，一直沒有專門的名詞稱呼之。

因此中國也向無「喜劇」這個名稱。戲曲中的「喜劇」這個名稱也是西方學者首先提出的。1817 年，英國漢學家德庇將元代武漢臣的雜劇《老生兒》譯成英文，名為《老生兒：中國戲劇》，在倫敦出版。1819 年，法國漢學家布律吉埃‧德索松根據這個英譯本翻譯成法文，書名改為：《老生兒：中國喜劇》，在巴黎出版。這是首次用「喜劇」這個名稱稱呼中國戲曲中的有關作品。

中國首先引進西方「喜劇」概念的還是王國維，他於 1907 年發表的《人間嗜好之研究》中，明確將中國原稱為「滑稽戲」的戲曲稱之為「喜劇（即滑稽劇）」。

由於自柏拉圖至現代，西方的喜劇理論僅僅論述被動地處於被嘲笑的地位的各類可笑腳色的喜劇，〔註42〕所以喜劇被定義為：一般以嘲笑的方式，對不受歡迎的、具有潛在危害的行為提出批評和進行矯正的喜劇類型。喜劇性的效果就是通過人的愚蠢來逗笑。劇中人物和他們的挫折困境引起的不是憂心愁緒而是含笑會意。〔註43〕

喜劇一般分為愛情喜劇、諷刺喜劇、風俗喜劇和鬧劇等。也有性格喜劇、風雅喜劇和世俗喜劇等名稱。

本文確立的「意志喜劇」，這個名稱和「意志悲劇」一樣，也是一個新的概念，具有特定的定義。意志喜劇與一般的喜劇不同，一般的喜劇的主人公一般都是被動地處於被嘲笑的地位，喜劇衝突多靠誤會巧合來組成，而意志喜劇中的主人公像意志悲劇一樣，也因出於正義和道義，主動幫助他人，都是主動地進入喜劇中的可笑腳色或造笑角色，正面的喜劇形象全靠自己的聰明、機智和靈慧，有時還用幽默的言行，愚弄了醜惡的反面的喜劇形象，造成笑料，並取得鬥爭的勝利。意志喜劇歌頌富於正義感的主人公的幽默、機智、狡黠，尤

〔註42〕柏拉圖的有關觀點，朱光潛先生有精闢的概括，見《朱光潛美學文集》第 1 卷，上海文藝出版社，1982 年，第 263 頁。西人的此類觀點另可參見雅里斯多德《詩學》，人民文學出版社，1962 年，第 15 頁；《車爾尼雪夫斯基論文學》中卷，上海譯文出版社，1979 年，第 89 頁；柏格森《笑──論滑稽的意義》，中國戲劇出版社，1980 年等，第 85、89 頁。

〔註43〕〔美〕M‧H‧艾布拉姆斯《歐美文學術語辭典》（朱金鵬、朱荔譯），北京大學出版社，1990 年，第 45 頁；林驤華《西方文學批評術語辭典》，上海社會科學院出版社，1990 年，第 377 頁。

其是伸張正義的主動精神和為正義而甘願冒險的犧牲精神。

在一定的意義上可以說最早的意志喜劇也是在中國的。司馬遷《滑稽列傳》記載的優孟和優旃，是最早演出意志喜劇的藝術家。

優孟是春秋末期楚國人（公元前 613 年～公元前 591 年前後在世），是先秦時代優人中最有名的一個，他被看作是中國古代第一位名伶，也即中國古代第一位著名演員。在《史記・滑稽列傳》中記錄了他的兩個故事：用幽默的語言和誇張的手段諷諫楚莊王厚葬愛馬，「賤人貴馬」的錯誤行徑；孫叔敖當楚國首相多年，盡忠為國，又保持廉潔，把楚國治理得這樣好，使楚國能夠強大起來，稱霸天下。可是他一旦身死，他的兒子竟一點得不到楚國的照顧，窮得家無立錐之地，還要靠自己每天背柴來維持生計。他目睹孫叔敖後人的慘況，就穿上已故名相孫叔敖的衣冠，栩栩如生、維妙維肖地裝扮成孫叔敖，勾起楚王對往日孫叔敖的回憶，想起孫叔敖生前的功績，打動楚莊王，啟發楚莊王撫恤其後人，讓其後代可以過上溫飽的日子。這就是二千多年來盛傳不衰的「優孟衣冠」的典故。這個典故，顯示了優孟主動發揮自己的才華，以他正直善良的人品，用幽默的喜劇性手段糾正昏君的錯誤言行。

司馬遷《史記・滑稽列傳》繼優孟之後記錄了優旃的三個故事，這些故事都是描寫他如何用智慧糾正皇帝的錯誤的：在秦始皇時代幫助雨中抖擻的衛士得到輪流休息，阻止秦始皇準備大規模擴大自己打獵的場地，趕走百姓，把東起函谷關、西至雍縣、陳倉的千百里沃野都開闢為養殖禽獸、麋鹿的皇家園林，供自己自由遊獵，這一件勞民傷財的壞事；阻止秦二世將城牆重新油漆一遍，以圖風光的蠢事。

宋朝大詩人蘇軾也寫詩讚美道「不如老優孟，談笑託諧美」，指出優孟能寓詼諧於談笑之中，以諷諫帝王，匡正時政得失。《文海披沙》更載錄了明代謝在杭的話說：「自優孟以戲劇諷諫，而後來優伶往往戲語，微發而中，且當言禁猛烈之時，而敢於言，亦奇男子也。」這就更明確地表明優孟用這種詼諧喜劇形式的表現手法，來對君主進行諷諫，奠定了我國戲劇技藝的現實主義基礎，也為後世優伶指明了方向，致使後來的優人藝伶，往往傚仿他的手法，在封建專制壓迫、滿朝文武無人敢言之時，能主動挺身而出，支持正義，為民呼喊。像敬新磨、阿醜等人，都繼承了他的這種優良傳統，而且這種傳統，一直流傳下去，直到近代，依然如此。其影響之大，可謂深遠。清末著名京劇丑角劉趕三就自稱：「吾其服優孟衣冠，效優孟，為眾生說法，庶可礪末

俗於萬一。」

優孟和優旃及其後世的優人，用其自由發言的權利，為了正義而挺身而出，與封建帝王的謬誤和邪惡作鬥爭，用自己的喜劇言行阻止暴君的昏庸行為或救助名臣後裔和幫助民眾脫離苦難，此後唐宋的參軍戲、滑稽戲也多此類作品。其他有正義感的人物演出的意志喜劇也是如此，王實甫《西廂記》中的紅娘就是如此。這些喜劇角色冒險助人皆出於本人之出於善心的自由意志，而不是被動捲入衝突之漩渦，參照意志悲劇突出「主動涉險」的界定，我們也可稱這些喜劇為「意志喜劇」。

元雜劇和明清傳奇也多這樣的作品，最著名的除《西廂記》中的紅娘之外，另如關漢卿名劇《救風塵》中的趙盼兒則是救助受難姐妹的妓女英俠，《望江亭》中的譚記兒則是救護自己身為遭難官員的丈夫的女中英豪。又如《李逵負荊》中的義士李逵等都是主動為救助別人，而成為喜劇角色的俠義人物，戲曲中此類劇目很多。

七、意志悲劇說和意志喜劇說視野中的西方名著佳例舉隅

當代西方學者也重視喜劇中善的體現，例如美國學者瑪・柯・斯華貝在其喜劇研究的名著《喜劇中的笑》（Comic Laughter）中說：「最高幽默的秘密在於慷慨寬宏，心胸開闊而且仁慈善良，它所關注是扭曲的、痛苦的、多少有些歡樂的生活過程，以及整個人類而不只是某一特殊社會或某一天的世態。它給我們新思想，走上發現之路，使得我們能從各個層次察看世界。」〔註44〕

但此論和西方眾多的喜劇理論著作一樣，沒有從喜劇主角因善念而主動介入或引發喜劇事件的角度認識和探討這個問題，所以西方沒有提出「意志喜劇」的概念。

而在創作實踐上，西方的意志喜劇頗多，這是因為西方表現俠義題材往往採用喜劇形式。

西方雖然沒有創立意志喜劇理論，但在創作實踐上，卻由古希臘的阿里斯托芬《阿卡奈人》和米南德肇其端，後有古羅馬普勞圖斯的《撒謊者》、泰倫提烏斯的《福爾彌昂》等名著，繼中國之後，在西方文化史上首創了意志喜劇。這些喜劇多敘述僕人為了正義而主動介入糾紛，幫助主人或他人擺脫困

〔註44〕 Marie Collins Swabey: Comic Laughter. 101~102 (Yale University Press, 1961.) 轉引自陳瘦竹《歐美喜劇理論概述》，陳瘦竹《戲劇理論文集》，中國戲劇出版社，1988年，第59頁。

境、成人之美。

　　普勞圖斯流傳至今的二十一部劇本中，大部分是計謀喜劇。計謀喜劇通常以年輕人的愛情為線索，男女真心相愛，然而遇到困難，全靠機智的奴隸巧於心計，幫助小主人擺脫困境，最後愛情完滿成功。《撒謊者》（公元前 191）是普勞圖斯最好的喜劇。劇中主要人物奴隸普修多盧斯足智多謀，樂於助人，此劇著重描寫他如何幫助少主人贏得心愛的人。另如《凶宅》也是計謀喜劇中比較出色的一部，劇中突出了特拉尼奧的機敏，以塞奧普辟德斯和西蒙的呆愚作陪襯。特拉尼奧雖然被視為「小人」，但他對主人的愚弄卻令人拍手稱快。莫利哀的許多喜劇都或多或少受到它的影響。

　　泰倫提烏斯的《福爾彌昂》也是這種類型的劇本。劇中塑造了一個機智的門客的形象，他樂於助人，運用策略，在僕人（奴隸）格塔的幫助和配合下成全了兩對青年男女的婚姻。喜劇的活力主要來自福爾彌昂的富於計謀的行動，其中也體現了一定的民主傾向。這部喜劇被莫利哀改編為《司卡班的詭計》，還有其他一些劇本模仿它。

　　忠僕幫助主人脫險或成其好事在西方喜劇中形成了一個悠久傳統，湧現了大量的優秀之作。後來法國莫利哀的《司卡班的詭計》、博馬舍《塞爾維亞的理髮師》等都是此類名著。如莫里哀喜劇《司卡班（一作史嘉本）的詭計》和《偽君子》中的僕人司卡班、女僕道麗娜幫助主人渡過難關、贏得愛情，頗顯輕鬆，履險如夷。另如莎士比亞《威尼斯商人》，安東尼奧為幫助朋友巴薩尼奧向鮑西婭求婚，不惜以自己的財產和生命抵押向宿敵夏洛克借錢從而陷入困境。此後有意大利哥爾多尼的《一僕二主》、法國博馬舍的《塞維勒的理髮師》和《費加羅的婚禮》等，皆描繪機智聰慧的僕人的精彩故事。

　　西方在古近代缺乏意志悲劇，但進入 20 世紀後，此類佳作漸多。如英國 1933 年諾貝爾文學獎獲得者高爾斯華綏的《最前的和最後的》（劇本〔註45〕，作者又有同名和同題材的小說），拉里在救助受欺弱女（此女後來成為他的未婚妻）時不慎將惡人殺死，他本可和情人遠逃澳洲，但因警方誤抓無辜者作為殺人犯處置，拉里為了維護法律的公正和救助無辜者的生命，他寫信自首後與情人一起自殺。這樣的悲劇，全出於拉里與其情人的善良意志，無疑屬於意志悲劇的範疇。

〔註45〕 參見《最前的和最後的》（三幕劇，英國約翰・高爾斯華綏著）的拙譯和拙論，
　　　　《名作欣賞》，1986 年第 1 期。按，已收入本書。

八、意志悲劇說和意志喜劇說的廣義運用

意志悲劇說和意志喜劇說，和其他的戲劇理論一樣，同時都可以作為廣義的美學理論，適用於中外小說、電影、電視連續劇等的分析、評論和研究；小說和影視中也有意志悲劇和意志喜劇。西方在古近代缺少意志悲劇，但在十九世紀的小說中頗有這樣的作品。例如法國文豪雨果的《九三年》、《巴黎聖母院》和《悲慘世界》等長篇小說巨著。

20 世紀的戲劇、小說、電影則有大量的意志喜劇，例如著名法國電影《佐羅》，即是令人暢懷大笑的意志喜劇的佳例。另如美國電影《午夜狂奔》（*The Midnight Run*）則是悲喜交集的意志戲劇。

中國的意志悲劇，例如《趙氏孤兒》本根據《左傳》和《史記》的有關篇章改編，兩書中的眾多人物的事蹟，都是意志悲劇的佳例。如企圖刺殺秦王的荊軻，《史記·遊俠列傳》中的諸多英雄和主動出戰兵敗投降的李陵，連《史記》作者、為李陵辯護的司馬遷也可以說是意志悲劇的主人公，《漢書·司馬遷傳》即可謂是意志悲劇。小說名著如《水滸傳》中的魯達，他本來處境還是比較優裕的，首先他擔任一定職務，既有一定社會地位，又有自在快活的生活，經濟上因沒有家室拖累，用錢也比較自由。第二，受到上司的器重和愛護。他因性格剛烈，武藝高強，老種經略相公特地派他到小種經略相公處任職，這既是對自己兒子的一種惠顧，同時也可以看作為是一種合理的「人材儲存」，以後邊關上需要時再起用他。小種經略相公充分理解父親用意，也十分尊重和愛惜魯達。魯達跌入困境、逆境乃至絕境，全是因為他在正義感和人道精神的驅使下，挺身而出，包打不平，為了救助受惡霸鄭屠蹂躪欺詐的弱女金翠蓮和落難英雄林沖而犯了人命案，開罪了當政權貴造成的。魯達事先毫不猶豫，事發時義無反顧，事後絕不後悔，體現了一種浩然正氣和磊落胸懷。他從軍官淪落為清苦的和尚、直至落草為盜的人生悲劇，全因主動承擔維護道義、正義的善的意志、向邪惡鬥爭而造成的。

由於意志悲劇和意志喜劇一般都貫穿著俠義的精神，故而也可稱為俠義悲劇和俠義喜劇，「俠義」一詞中國色彩更強，但「意志」一詞的概括性似更強，故以「意志」命名更為恰切。

2007 中國古代文學理論學會·雲南大學、雲南師範大學主辦
「中國古代文學理論學會第 15 屆年會」論文，中國古代文學理論學會
《古代文學理論研究》第 27 輯，華東師範大學出版社，2009 年

神秘現實主義和神秘浪漫主義導論

提要：

　　本文就作者首創性地提出的「神秘現實主義和神秘浪漫主義文學自拉美魔幻現實主義興起後，神秘題材的文學作品逐漸大量湧現，近 20 年獲諾貝爾文學獎的作家中有多部作品是此類作品，如美國托尼‧莫里森（Toni Morrison）《寵兒》（Beloved）、日本大江健三郎（Kenzaburō Ōe）《空翻》（Somersault）、葡萄牙若澤‧薩拉馬戈（José Saramago）《修道院紀事》（Baltasar and Blimunda），德國君特‧格拉斯（Günter Wilhelm Grass）《鐵皮鼓》（The Tin Drum）等。還有風行世界的《哈利‧波特》（Harry Potter）。同期中國作家中獲茅盾文學獎的作品也頗多此類作品。如 1998 年第四屆獲獎的陳忠實《白鹿原》，2001 年第五屆獲獎的阿來《塵埃落定》，2005 年第六屆獲獎的熊召正《張居正》、宗璞《東藏記》等。但理論界對此類作品尚無確切的名稱和準確的理論歸納。為此，本文作者首創性地提出「神秘現實主義和神秘浪漫主義文學藝術流派和創作方法」，並認為，以「神秘現實主義和神秘浪漫主義文學藝術流派和創作方法」的角度對中外文學經典和名作，做跨文化的深入研究，可以總結有益的創作經驗和方法，推進文學藝術創作的發展。

　　作者於 1999 年出版的《神秘與浪漫》和 2004 年舉辦的上海比較文學研究會年會的大會發言，提出「神秘現實主義和神秘浪漫主義文學藝術流派和創作方法」，近年已就此題發表了多篇評述具體著作的論文，本文則為導論，今後將完成此題研究的學術專著。

關鍵詞：神秘主義；神秘現實主義；神秘浪漫主義；世界文學經典；跨文化詮釋

　　「神秘現實主義和神秘浪漫主義」的創作流派和方法，是我在學術界首創的一個理論概念，拙著《神秘與浪漫——文學名著中的氣功與特異功能》〔註1〕首次提出「神秘現實主義文學」的概念並從氣功與特異功能描寫的角度，大略梳理其發展史的線索；2004年在上海比較文學研究會第8屆年會上做大會發言，首次公開發表「神秘現實主義和神秘浪漫主義」這個理論成果，得到與會者的一致贊同，上海社聯網、中國比較文學（文貝）網、中國比較文學學會會刊《中國比較文學》，2005年第1期都有報導。

　　自20世紀末的《神秘與浪漫——文學名著中的氣功與特異功能》一書之後，我關於這個研究課題，已經完成和發表論文7篇：

　　《論印度佛教文化對中國文學的全面滲透和巨大影響》（1995・上海外國語大學主辦第二屆「中國文化與世界」國際研討會論文，《中國文化與世界》第五輯，上海外語教育出版社，1997年）

　　《戲曲中的神秘現實主義和神秘浪漫主義描寫略論——中國戲曲的首創性貢獻研究之一》（2008・香港中文大學主辦《「重讀經典：中國傳統小說與戲曲國際學術研討會」論文集》，香港：牛津大學出版社，2009年）；

　　《〈牡丹亭〉和三婦評本中的夢異描寫述評》（《2006・中國遂昌・湯顯祖國際學術研討會論文集》，杭州：西泠書社，2008年）；

　　《〈水滸傳〉中的神秘主義描寫述評》（中國《水滸》學會會刊《水滸爭鳴》第12輯，2011年）；

　　《〈史記〉〈夷堅志〉和今人名著中的占卜描寫述評》（2011「廬山與中國文化研討會」論文，《〈夷堅志〉中占卜描寫的承前與啟後》，《九江學院學報》，2011年第4期）；

　　《〈江湖奇俠傳〉的內功描寫研究》（提交2010「平江不肖生國際研討會」論文，《武當》，2011年第9～10期）；

　　《宗璞小說中的神秘主義題材和表現手法試論》（復旦大學「宗璞小說研討會」論文，傅秋敏、周錫山主編・中國比較文學旅法學會會刊《對流》第6期，法國巴黎，2010年）。

　　另有一些論文中也有專節研究，如《〈牡丹亭〉新論》（2010・上海・上海戲劇學院・香港中文大學・香港城市大學聯合主辦《湯顯祖和「臨川四夢」國際研討會論文集》，湯顯祖研究會會刊《湯顯祖研究通訊》，2011年第1期）內有「《牡丹亭》對神秘文化和宗教文化的信仰」一節專論此題。

〔註1〕 拙著《神秘與浪漫——文學名著中的氣功與特異功能》，百花洲文藝出版社，1999年。

　　神秘主義文學藝術是中國首創的，創作歷史最為悠久，此後東方和西方諸國文學藝術都有大量作品包括經典著作產生。神秘主義文學藝術在中國有非常豐厚的資源，從《易經》《老子》《列子》《莊子》和《左傳》《史記》等中國最早的文史哲經典，到《牡丹亭》《三國演義》《西遊記》和《聊齋誌異》《長生殿》《紅樓夢》等經典戲曲小說都有其神秘文化的歷史背景，但是當代中國的文學界任拉美魔幻現實主義大行其道，而對自身的文化豐厚遺產卻以害怕擔當「封建迷信」的罪名而拒之門外。

　　因此，神秘文化與文學之間的互相影響和發展，是比較文學跨學科研究需要拓展的領域。

一、「神秘」概念的出現

　　先秦哲學本身屬於神秘文化範疇，所以不談神秘。

　　中國「神秘」一詞的最早出現，是在西漢至南朝和唐朝時期。

　　《史記·蘇秦列傳》：「東事師於齊。」唐司馬貞索隱：「又樂壹注《鬼谷子》書云：『蘇秦與神祕其道，故假名鬼谷。』」

　　有些學者會誤認為「神秘主義」是西方產生的名詞，實際上東西方都有這個名詞或這個哲學概念，馮友蘭認為中國（東方）哲學神秘一點，西方哲學科學一點，世界哲學的今後發展應是中西哲學的結合，西方哲學要學習中國（東方）哲學的神秘，中國哲學要學習西方哲學的科學。

　　因此，「神秘」一詞，中國出現最早。「神秘主義哲學」，中國和西方都有。

二、神秘主義和神秘主義文學藝術在西方的產生

　　在西方，古希臘文學有發達的神話，古希臘有眾多的神話背景的命運悲劇，尚無神秘主義領域的文藝作品。

　　古羅馬已有神秘主義的文學作品，如阿普列烏斯的長篇小說《變形記》（又名《金驢記》），描寫主人公因巫術而變成一匹驢子，這是一部神秘浪漫主義作品。但當時西方尚未出現神秘主義這個概念。

　　此後，西方有中世紀神秘主義（medieval mysticism）。中世紀神秘主義帶有神秘色彩的宗教唯心主義思潮。公元 11～14 世紀流行於西歐。其共同點是主張個人與上帝神秘地直接交流，實現個人解脫。

　　此時，文藝創作方面有神秘劇和神跡劇。

　　神秘劇（Mystery Play），是中世紀宗教戲劇的一種，以基督教《聖經》歷史為基礎。

　　神跡劇（Miracle Play），是僅侷限於指根據有關聖徒的傳說，或根據聖徒或聖物（如聖餐麵包）創造奇蹟的傳說來創作的非基督教戲劇。嚴格地說，普通神跡劇指中世紀英國出現的、如今幾乎全都失傳的那些戲劇。

　　西方後又有神秘主義哲學。

　　神秘主義（Mysticism）是西方現代宗教主義思潮的產物，也是西方基督教傳統在文藝領域內的延續。神秘主義雖然沒有形成明顯地有影響的派別，但是它的核心思想，即宗教的神秘觀念，卻滲透到了文藝創作和批評實踐中，並且同象徵主義的觀念溶合，導致了後期象徵主義。

　　進入近代，神秘小說（Mystery Story）開始風行。這是神秘、恐怖成份占主導地位的散文體小說。神秘小說包括偵探小說、哥特小說、奇特或恐怖歷險小說、懸念小說、間諜故事、罪犯故事。通常描繪一種無法言狀又令人心驚膽戰的威脅始終纏繞著主人公（通常是女主人公）的故事。

　　梅特林克是神秘主義文學的突出代表，他曾受到法國象徵主義詩人關於「人神契合」和神秘的「彼岸世界」等觀點的啟發，從事戲劇和詩歌創作。

　　葉芝的創作從唯美主義走到象徵主義和神秘主義，著重刻畫人物內心世界。

　　神秘主義的文學創作和批評理論在總體上否定理性，主張排除一切理性思維，只依靠非理性的直覺去感知和把握上帝的世界，以求得真理和美，其間的宗教唯心主義特性是顯而易見的。有的作品描寫的內容僅僅是因恐怖而產生的神秘，與描寫鬼怪、巫術、異夢、占卜等的神秘，有著本質的區別。

　　中國當代文學中出現的少數以宗教境界為理想與歸宿的作品，無疑地與神秘主義的主張是一致的，儘管它們不一定是直接受到梅特林克等人的影響，而是中國傳統神秘文化和宗教文化的產物。

三、德國的神秘現實主義

　　德國在 20 世紀已有神秘現實主義（Magischer Reallsmus），是德國「新現實派」的一個支派，20 年代末從晚期表現主義基礎上逐漸形成，並取代了晚期表現主義。新現實派主張「客觀」現實性，「神秘現實主義」則努力表現隱蔽在現實背後的，非現實、非理性的，即「神秘的」聯繫。「神秘現實主義」特

別在西德戰後文學中是個重要流派，代表作是 H‧卡扎克的《河背後的城市》
（寫於 1942～1944 年間，1946 年首次發表在《柏林日報》上）和 E‧朗蓋塞爾的小說《無
法消除的印記》（同樣寫於戰爭年代，1946 年發表）。這個流派的其他作家有 E‧雲
格爾、G‧F‧雲格爾、E‧克羅伊德爾、H‧E‧諾薩克、W‧瓦爾辛斯基，等
等。這個概念 1945 年後才被採納，1948 年，在《建設》雜誌上曾就其內容展
開討論。

德國的神秘現實主義，是表現主義的一種發展，並不涵蓋本文提出的神
秘現實主義所包含的豐富內容，所以其概念和名稱的表達不確切，而且在德
國並未形成深遠的影響，在國際學術界更無反響。

總之，西方原有的「神秘主義文學」和「神秘現實主義文學」僅指基督教
以及《聖經》文化，其內容太狹窄。神秘小說的內含又太寬泛。

四、本文確立的「神秘主義文學藝術」和「神秘現實主義和神秘 浪漫主義」概念

「神秘主義文學藝術」的基礎是神秘文化，神秘文化主要有宗教（不僅是
基督教，而是世界上所有的宗教）、巫術、夢幻、氣功和特異功能等內容，在文學中，
主要表現為道術仙術巫術（包括魔法）和特異功能、夢幻、宗教文化中的天堂地
獄、三世輪迴和因果報應，以及占卜預測等類描寫。而這些都極大地開拓了作
家的藝術想像力〔註2〕。

學術界過去都將神秘主義文學藝術作品歸結到浪漫主義之中，少數則定
名為超現實主義、幻想文學或其他名稱，我認為都不夠恰切。而以神秘主義命
名這些作品，才為確當。

神秘主義文學藝術還可以分為神秘現實主義和神秘浪漫主義。

上已述及，德國於上世紀上半期已有「神秘現實主義」流派。本文認為，
德國的「神秘現實主義」並不能全面概括這個名稱應該包含的神秘現實主義文
學藝術的內容。

另有拉美魔幻現實主義，拉美魔幻現實主義中的「魔幻」，指描寫地獄、
鬼魂、魔法、有超人本事的非真實的奇人異事（特異功能），過去此類作品被統
稱為浪漫主義文學。

〔註 2〕 周錫山《中國文學史著作的最新之作和四大侷限》，《復旦學報》，1997 年第 5
期，對此已有闡發。

拉美魔幻現實主義也屬於神秘現實主義的一部分，但並沒有確切的定義，此派作家和理論家、評論家，僅說它描寫的是拉美地區神秘的現實。加西亞‧馬爾克斯在獲諾貝爾獎的受獎儀式上的講話，也強調他的小說描寫的拉美神秘現實是真實的。這是針對西方學術界不承認其真實性，故而將拉美的此類作品用「魔幻」一詞加在「現實主義」前面，做了非真實性的限定所作出的說明。「魔幻」此詞，一則此是西方色彩的語言，或者說僅僅是西方語境中的產物，二則「魔幻」中的「幻」意味著是「幻想」和「虛幻」的本質，實質上還是不承認此類描寫的真實性，造成魔幻現實主義這個概念的不確切和此詞前後部分的自相矛盾。

加西亞‧馬爾克斯強調此類描寫的真實性，他是從作者角度談的。因此，根據他的講話和眾多理論家、評論家的相似概括，我們可以將拉美魔幻現實主義定義為：作者認為他所描寫的神奇內容是真實的。但這也不是正式的定義，而是我對他們的觀點的一個總結。我認為全面地觀察，應該將——

「神秘現實主義」定義為：作家本人和部分讀者認為這些描寫都是事實存在的

按照這個定義，拉美魔幻現實主義屬於神秘現實主義的一種。首先，魔幻現實主義中的現實主義，是指作家本人認為這些描寫都是事實存在的。魔幻現實主義文學在這一點上與浪漫主義不同。其次，中國此類作品古已有之，它們是神秘文化的產物，同時作者和眾多讀者也認為此類內容的描寫是事實，包括像司馬遷這樣偉大的史學家兼文學家。由於中國最早即有大量此類作品，成就又高，所以我認為此類作品恰切的提法應按照中國和西方可以共同接受的提法，並規範為「神秘現實主義」，拉美魔幻現實主義則是神秘現實主義的一個分支。

我已在《神秘與浪漫》〔註3〕中從氣功和特異功能的角度，分析後評論了前蘇聯布爾加科夫和拉美魔幻現實主義的兩個名家——比奧伊‧卡薩雷斯和加西亞‧馬爾克斯。

前已言及，我在《神秘與浪漫》一書中，已從氣功和特異功能描寫的角度初步梳理了中外古今的「神秘現實主義文學史」，對古典名著作了新的闡釋或挖掘，同時兼及中國當代文學和外國文學。如此書用 3 萬字的篇幅闡釋《西遊

〔註 3〕周錫山《神秘與浪漫——文學名著中的氣功和特異功能》，百花洲文藝出版社，
　　　　1999 年。

記》是闡發三教合一、人生修煉的形象教材，分析《紅樓夢》對氣學理論的經典闡釋和在藝術描寫中所起的作用等等。

「神秘浪漫主義」是我在世界學術史上首創性的名稱和概念

其定義為：作者和讀者都認為描寫內容是純粹虛構的，是事實上不可能存在的神秘人物、故事和情節。

神秘現實主義和神秘浪漫主義文學藝術還包括中外戲劇（戲曲）（戲劇和戲曲屬於文學和藝術兩個領域）和電影名著，包括純文學藝術和通俗文學藝術的作品，例如美國電影《神鬼情未了》、香港電影《胭脂扣》（據李碧華的小說改編）、內地電影《秦俑》等。

五、神秘主義、神秘現實主義和神秘浪漫主義文學藝術作品概況

神秘主義文學（包括神秘現實主義和浪漫主義文學），如前所述，中國古已有之，而且繁榮發達，成就卓著；西方古代神秘主義文學不發達，古希臘悲劇用神話典故作為人物命運的背景，神話不屬於神秘主義的範疇。古羅馬僅有少數名著如《金驢記》，描寫巫術和神術。

西方近現當代的通俗文學和童話作品雖多神秘題材，但因西方近現代文學家崇尚現代科學和宗教的原因，所以純文學文壇罕見此類名著。但不少經典和著名作品，還是有不少成果。

例如近代早期的莎士比亞頗有此類成果，不僅傳奇劇如《暴風雨》描寫了精靈，悲劇《哈姆萊特》描寫老國王的鬼魂向王子哈姆萊特痛述受害經過，希望他報仇，《馬克白》描寫巫女給馬克白的預言等，連歷史劇《亨利六世》中，也寫法國聖女貞德利用鬼兵作戰。

這樣的作家和作品並不多。但也有學者認為「人們只要環視一下世界文學史，偉大的天才傑作幾乎都不同程度地同時具有超現實的神秘主義色彩」〔註4〕。

直至現代西方文學，因為宗教的限制和科學觀念發展的衝擊，宗教文化以外的神秘主義文學很不發達，僅有少數的作品，以諾貝爾獎的作家為例，例如 1911 年獲獎的比利時的梅特林克，1921 年獲獎的意大利的皮蘭德呂的話劇《六個尋找劇作家的角色》；1293 年獲獎的愛爾蘭的葉芝等，描寫此類內容。

〔註 4〕梅新林《紅樓夢哲學精神》，上海學林出版社，1995 年，第 337～338 頁。

從 1940 年代起，繼俄蘇白銀時代文學的布爾加科夫的長篇小說《大師和瑪格麗特》和其他有關名作之後，拉美魔幻現實主義文學興起，衝擊和影響東西方文壇，成為一股時代潮流，至今猶然。仍以獲諾貝爾文學獎的作家為例，如 1993 年，美國黑人女作家托尼‧莫里森的《寵兒》，1994 年得獎的大江健三郎，於 1999 年發表的《空翻》（中譯本，譯林出版社，2001 年）；1998 年獲諾獎的葡萄牙若澤‧薩拉馬戈《修道院紀事》，1999 年獲諾獎的德國君特‧格拉斯《鐵皮鼓》等；進入新世紀，2001 年的英籍印度作家奈保爾的《靈異推拿師》，2006 年的土耳其帕慕克《我的名字叫紅》和 2007 年的英國女作家、自稱是神秘主義者的多麗絲‧萊辛《金色筆記》和《幸存者回憶錄》等，另有著名作家如法籍捷克作家米蘭‧昆德拉《生活在別處》，英國作家拉什迪《撒旦詩篇》、《佛羅倫薩妖女》以及當前風行世界的兒童文學名著和電影《哈利‧波特》、《魔戒》三部曲（電影《指環王》）等，都是此類作品。

中國作品可以國內地位最高的茅盾文學獎的獲獎作家作品為例：1991 年第三屆獲獎作品霍達《穆斯林的葬禮》和提名作品、二月河《雍正皇帝》，1997 年第四屆的陳忠實《白鹿原》，2000 年第五屆的阿來《塵埃落定》，2005 年第六屆的熊召政《張居正》、宗璞《東藏記》和她的其他不少名作，2008 年第七屆的賈平凹《秦腔》和遲子建《額爾古納河右岸》。

以上作品都描寫神秘人物和事蹟，並賴此推動小說情節的發展，表現了豐富的藝術想像力和特殊的生活真實與藝術真實。

六、中國現當代的寫作、研究、評論情況

西方學術界包括拉美、日本，對神秘主義文學藝術的研究沒有禁區，研究和評論比較繁榮發達。

中國則有禁區。自五四以後，新文化陣營尊奉西方現代科學，將神秘主義文學藝術貶之為「封建迷信」的產物而痛斥、掃蕩之。1949 以後，這種痛斥和掃蕩逐漸統治整個中國文藝界和學術界，直至此類文學藝術作品全被禁絕，並與政治相聯繫，成為政治運動整肅和批判的重要對象，尤以文革為最。例如鬼戲有害論的批判，逼令各類鬼戲絕跡。直到上世紀末，「封建迷信」的惡咒還在籠罩著文藝創作和文藝評論領域，所以在作品中描寫鬼神、巫術、異夢和占卜等內容的作家，都聲稱自己受的是拉美魔幻現實主義的影響。

因此中國在此領域沒有評論和研究。但也有少數作家，敢於在言論中承

認神秘現象的存在。

例如五四新文化的領袖、反傳統包括否定傳統文藝中的神秘主義作品最激烈的魯迅先生，他認為古代宣傳佛教的小說，不可信，因果報應和陰間神鬼之類是虛妄的東西，是違反現代科學的迷信思想的產物〔註5〕。但魯迅又曾說：「釋迦牟尼真是大哲，我平常對人生有許多難以解決的問題，而他居然大部分早已明白啟示了，真是大哲！」〔註6〕所以，魯迅從來不在學理上反對佛教，從不發表學理性的反對佛教的言論和文章。

同時，魯迅雖然堅信現代科學，反對封建迷信，但當有人為他看相，指出他短壽，因為人中太短，魯迅就虛心請教有何解救的方法。他接受了對方的建議：養鬍子，蓋沒人中。魯迅就終生養鬍子（同上），儘管他在文章中埋怨養了鬍子很不方便、很煩惱。

魯迅認為事實證明，以後果然產生了生命的奇蹟，他多次談及此事，例如：

唔，雖則醫生告訴我說，根據肺部被侵蝕情況，我能幸存這麼久是個奇蹟，我本該五年前就死去的，因此，有了這額外的收入，我還是大方些好。〔註7〕

幾乎不見了！……肺已爛掉了許多！……照醫生說，如果在歐洲，早就在五六年前死掉，好像我們的抵抗力特別強，或者是我賤點的緣故。〔註8〕

我這個病，幾年前醫生就宣布我不行，早就該死掉了，可是我還是活了下來，大家覺得很驚奇。〔註9〕

除了密友許壽裳，魯迅對所有人都諱莫如深，不肯透露自己生命奇蹟的原因，就好像胡適請中醫治好了危險的腎病，可是因為他反對中醫，認為中醫

〔註5〕 說詳周錫山《中國小說史略》釋評本，上海文化出版社，2005年，臺北五南出版公司，2009年；《中國小說史略彙編釋評》，上海書店出版社，2015年，臺北五南出版公司，2018年。

〔註6〕 許壽裳《亡友魯迅印象記》，人民文學出版社，1953年，第46頁。

〔註7〕 與姚克的談話，錄自姚莘農（姚克）作許佩雲譯《魯迅：他的生平和作品》，英文原刊於1936年11月《天下月刊》第3卷第4期，轉自《魯迅研究資料》第10輯。

〔註8〕 與許欽文的談話，錄自許欽文《同魯迅先生最後的晤談》，文刊1936年11月20日《逸經》第18期。

〔註9〕 與黃新波的談話，錄自黃新波《不逝的記憶》，《魯迅回憶錄》第2集，上海文藝出版社，1979年。

應該滅亡，所以特地關照知情的朋友對此保密。

就在文革將「封資修」文藝全部打倒之後不久，文革後的新時期初期，著名革命作家孫犁就在自己的作品中從正面的角度公開議論神秘文化。他發表《芸齋小說》，繼承《史記》和唐宋筆記、小說的實錄信史和文言寫作傳統，以記實體描寫當代的社會風貌和諸多人生。其中《女相士》記敘文革初期即1966 年秋冬之交，作者本人與一位女相士楊秀玉被揪出、批鬥後，一起勞動改造時，在極度痛苦、彷徨之時，請她相面和預告自己命運的故事。在篇末，芸齋主人曰：「楊氏之術，何其神也！其日常亦有所調查研究乎？於時事現狀，亦有所推測判斷乎？蓋善於積累見聞，理論聯繫實際者矣！『四人幫』滅絕人性，使忠誠善良者，陷入水深火熱之中，對生活前途，喪失信念；使宵小不逞之徒，天良絕滅，邪念叢生。十年動亂，較之八年抗戰，人心之浮動不安，彷徨無主，為更甚矣。惜未允許其張榜坐堂，以售其技。不然所得相金，何止蓋兩座洋樓哉！」結合文革對人和人性的酷烈摧殘，對其神技做了一番感慨。按本篇介紹這位女相士在抗戰時賣卜之收入極為豐厚，積下許多金條，還蓋了兩個洋樓，故云。〔註10〕

在 90 年代，上海作家王安憶在《文學報》發表的有關西北考察的長篇文章中開始公開敘述占卜預測的準確性。進入 21 世紀，已任上海作家協會主席、復旦大學教授的王安憶，繼續發表類似觀點，她明確說：「我母親曾經（在）紹興找鄉下人算命，鄉下人算命算得蠻準的。他給我父親算命說，他挺享福的，他說這種事情換別人的話都能上弔，可是他很享福，好像悠優游哉的。」「其實我父親比我母親大六歲呵，但那時給我媽媽算命的人就覺得，『你丈夫呵就像你的兒子』，我覺得算得也很準。」〔註11〕她進而宣布：「我是相信有這種神鬼之說的，但科學一定要把它解釋得非常合理化。」〔註12〕同年，九六高齡的楊絳先生在權威出版社商務印書館出版了《走到人生的邊上》，大談她經歷和見聞的有關鬼魂和算命的多個往事。〔註13〕

在此書的《四、命與天命（一）人生有命》中楊絳先生舉了她的已故大弟

〔註10〕此篇發表在 1982 年的上海權威刊物《收穫》雜誌，全書寫作 10 年，1990 年結集後於人民日報出版社出版，中州古籍出版社，2009 年重版。
〔註11〕上海、烏魯木齊《西部華語文學》，2007 年第 2 期，第 65 頁。
〔註12〕上海、烏魯木齊《西部華語文學》，2007 年第 6 期，第 16 頁。
〔註13〕楊絳《走到人生的邊上》，商務印書館，2007 年。參見此書前言，一、神和鬼的問題，四、命與天命（一）人生有命，（二）命理等章節。此書獲文津圖書獎。

弟、三姐亡故的第一個男孩，請蘇州一個著名的算命先生算命，又請他算了爸爸、媽媽、弟弟、自己和三姊姊的命。瞎子雖然只略說幾句，都很準。他賺了好多錢，滿意而去。我第一次見識了算命。又舉例說了錢鍾書、錢鍾書拜門弟子、妹妹楊必的同學等人的算命結果，「（除了錢鍾書一個例外）命確也應了」，「命中注定」的後果「怎又逃得了呢？」

　　自 1980 年代至現在，在不少報刊上，也有此類的紀實文學和報導。例如著名篆刻家、畫家、原上海中國畫院副院長韓天衡，他從娘胎出生多日後一直睜不開眼睛，父母在鄰居的建議下，請一位上了年紀的瞎子算命先生根據他的生辰八字算命，測測凶吉。此人說：「貴子慧根深厚，今後一定會聰明超群，很有出息。」算命先生的這番恭維話使夫妻倆總算得到了些安慰，「請問先生，那如何使孩子眼睛早點睜開？」韓母在一邊低聲問著。算命先生伸出手在桌面上摸索著，韓父趕緊將一杯茶遞到他手中，喝了一口茶後，算命先生伸出二個手指：「要使孩子眼睛早些睜開，要做兩件事，一是要破相，二是要到城隍廟去拜將軍劍菩薩做乾爹。」……第二天，韓母抱著小振權到城隍廟大殿向將軍劍菩薩燒香叩頭，拜其為乾爹。回來後，第三天早上，當韓母為小振權餵奶時，一雙明亮烏黑的小眼睛在她眼前閃爍：「嗨，眼睛睜開了，睜開了。」……從此，振權（韓天衡）每年都到城隍廟向將軍劍菩薩燒香還願，一直到上世紀 50 年代末。50 多歲後，他還在上海青浦找到了又一尊將軍劍菩薩。並請程十發先生專門為他畫了一個乾爹——將軍劍菩薩，以繼佛緣。〔註14〕不少有真本事的算命先生還能提供破解災難的方法，有的還因此而另外收費，這也是很常見的現象，本則故事即是一個生動、真實的寫照。

　　同期的港臺，因無禁忌，所以此類的作品和評論當然都司空見慣，不勝枚舉。最新的例子可舉香港著名學者、嶺南大學教授劉紹銘於發表《董橋癖》一文，介紹：

　　　　董橋《橄欖香》中記敘的西西里姑娘，不但有絕色，還有特異功能：她善相人面卜休咎。她預言「我」（按指董橋本人）兩年內事業要經歷三次變遷，「不可不變，越變越好」。果如「女相士」所言，「我」回到香港後辭去舊職。八個月後又換了新職。一年過去，第三份工作忽然找上門來。跟董橋有私交的朋友也知道，姬娜的話不但應在敘事的「我」身上，傳記的「我」也歷經三次工作上的變遷，

────────────

〔註14〕王琪森《金石書畫鑄春秋（2）》，《新民晚報》，2009 年 11 月 30 日。

而且「越變越好」。《橄欖香》內容，真真假假，虛虛實實，讀者或可從中看到一些人生幽玄神秘、無法解釋的因果。

此外，《平廬舊事》有位葛先生，順應患了肺病的女朋友田平的願望，在倫敦東南區買下一間 1889 年的老房子。房子聞說鬧鬼，好幾年沒人敢住，半夜樓上臥房電燈一下亮一下熄。葛先生說他不怕鬼。住進去後，他們覺得房子越來越陰冷，開足了暖氣還冰冷。半夜裏，臥房不單傳出人語，還有哭聲。葛先生只好讓田平搬去跟鄰家老太太住一宵，自己一個人留守，一邊焚了一爐沉香一邊把高古貔貅玉器擺在床頭大聲說：「我的女朋友是病人，隨時會死，她喜歡這所房子，我想讓她住下來圓一圓美夢，能幫我這個忙嗎？」

電燈應聲熄了，三分鐘後又亮起來，房子的冷風從此消失。〔註15〕劉紹銘評論董橋的這則傳奇，讀來有六朝志怪風味。

七、作品舉例

本文以上已經例舉諾貝爾文學獎和中國茅盾文學獎的作品以及其他提及的作品。篇幅所限，再略舉 3 書為例。

史學經典《左傳》記載鬼魂作祟，還有不少在今人看來難以相信和理解，如有關天象、災異、卜筮、夢境等的預言，有些預言還依據了一些神怪現象。

以實錄著稱的《史記》，多次描寫歷史人物如劉邦和呂后、薄姬，漢文帝竇皇后之弟少君、漢武帝外祖母臧兒、周亞夫、衛青等人的相面卜卦、預測命運。以《絳侯周勃世家》記載周亞夫為例：

條侯亞夫自未侯為河內守時，許負相之，曰：「君後三歲而侯。侯八歲為將相。持國秉，貴重矣，於人臣無兩。其後九歲而君餓死。」亞夫笑曰：「臣之兄已代父侯矣，有如卒，子當代，亞夫何說侯乎？然既已貴如負言，又何說餓死？指示我。」許負指其口曰：「有從理入口，此餓死法也。」（條侯周亞夫在沒有封侯還做河內郡守的時候，許負為他看相，說：「您三年以後被封侯，封侯八年以後任將軍和丞相，掌握國家大權，位尊而權重，在大臣中沒有第二個能和你比。此後再過九年，您將會餓死。」周亞夫笑著說：「我的哥哥已經繼承父親的侯爵了，如果他死了，他的兒子應當接替，我周亞夫怎麼談得上封侯呢？既然我已像你說的那樣富貴，又怎麼說會

餓死呢？請你指教我。」許負指著周亞夫的嘴說：「您臉上有縱紋入口，這是餓死的面相。」）

預測的三件事情中，封侯和餓死是看似絕不可能發生的，結果都應驗了，令人驚奇。

《漢書・外戚傳上》記載漢武帝最後寵幸的美人鉤弋夫人：

> 趙婕妤，昭帝母也，家在河間。武帝巡狩過河間，望氣者言此有奇女，天子亟使使召之。既至，女兩手皆拳，上自披之，手即時伸。由是得幸，號曰拳夫人。

> 拳夫人進為婕妤，居鉤弋宮。大有寵，太始三年生昭帝，號鉤弋子。任身十四月乃生，上曰：「聞昔堯十四月而生，今鉤弋亦然。」乃命其所生門曰堯母門。

歷史經典著作的以上記載，是紀實文學，在當今現實生活中完全是不可能發生的，尤其是女子生而手掌伸不開，一直握拳，武帝一碰她，手掌立即伸開了以及懷孕 14 個月而生子之類，令人不可思議。

八、內容舉例

篇幅所限，僅舉四例。

指發「神劍」

平江不肖生《江湖奇俠傳》中方紹德的食指尖發出的劍光，金庸《天龍八部》中段譽的手指能夠發氣，譽為六脈神劍。1987 年秋，在上海閔行的殘廢軍人療養院，我親自領略過高級氣功班的學友、重慶蔡學源先生的右手中指發出的大力的氣柱，猶如神劍。

暗器

武俠小說中經常描寫的神奇武器。1990 年夏，我請高級氣功班的學友、內蒙李淑君女士在我任職的上海藝術研究所和上海滬劇院表演過用發射暗器的方法發射硬幣。著名作家沙葉新應我之邀出席了上海藝術研究所的那次表演場面，他當場寫了此事的地點、時間、經過，請在場者簽名作證，並將這枚表演過的硬幣「留作紀念」。

耳朵中的神秘聲音

霍達《穆斯林的葬禮》：

在一天夜裏，偵緝隊長在熟睡之中被一聲怪叫驚醒：「我可扔了，我可扔了！」

職業的警覺性使他翻身而起，披衣下床，走到院子裏，側耳靜聽了一陣，四周並無聲響。此時月朗風清，院中明亮如洗，沒有任何可疑動靜。他便疑心是自己做夢，轉身回房睡覺。剛剛躺下，那聲音又響起來了：「我可扔了！我可扔了！」

偵緝隊長連忙叫醒老婆：「你聽聽，外邊兒在嚷什麼？」

「我可扔了！我可扔了！」果然又嚷上了。

他老婆揉揉惺忪睡眼，說：「一驚一乍的，你讓我聽什麼？」

這可怪了，這麼大的聲兒，她竟然什麼都沒聽見！偵緝隊長疑疑惑惑地躺下去，一夜也沒能合眼。

接連好幾夜，他都清晰地聽到了那個奇怪的喊聲，彷彿是那位過世了好些年的「玉魔」老先生的聲音。偵緝隊長是敢要活人命的角色，本來不該害怕那早已朽爛的枯骨、深夜游蕩的幽魂，但想到買房子時的乘人之危、巧取豪奪，再加上老婆譏笑他「心有虧心事，才怕鬼叫門」，便不寒而慄，生怕某一天那「聲音」真地扔下一顆炸彈來，要了他的命。他不相信自己的神經出了毛病，卻又無法解釋這樁怪事兒，說出去誰也不會相信，悶在心裏又坐臥不安，便「三十六計走為上」，急著要離開這「隨珠和璧，明月清風」的院子了。（第一章玉魔）

周海嬰的親身經歷：

說來奇怪，在父親去世前幾天，我放學回家的路上，突然感覺有個聲音對我說：「你爸爸要死了！」這麼多年我一直不明白這個聲音究竟來自何方。1936 年 10 月 19 日早晨，許媽上樓低聲說：「弟弟，今朝儂勿要上學堂了。」我才知道，我沒有爸爸了⋯⋯〔註16〕

再世

王漁洋、蒲松齡時代的蔣超，字虎臣，知其前世，回到前世的四川峨眉山寺廟終老。

《聊齋誌異・蔣太史》篇敘蔣超篤信佛教，自記前世為峨嵋山僧人，後特

〔註16〕李菁《周海嬰眼中的父母親》，《三聯生活週刊》，2006 年第 1 期，《文摘報》，2006 年 1 月 16 日轉載。

回峨嵋山而終。王漁洋《池北偶談》卷八也有《蔣虎臣》篇，記敘蔣的生動事蹟。多為《聊齋》所未載：

> 翰林修撰蔣虎臣先生超，金壇人，自號華陽山人。幼耽禪寂，不茹葷酒，祖母夢峨嵋山老僧而生。生數歲，嘗夢身是老僧，所居屋一間，屋後流泉適之，自伸一足，入泉洗濯，其上高山造天，又數夢古佛入己室，與之談禪。年十五時，有二道人坐其門，說山人有師在峨嵋，二百餘歲，恐其墮落云云，久之乃去。順治丁亥，先生年二十三，以一甲第三人及第，入翰林二十餘載，卒山居，僅自編修進修撰，終於史官。性好山水，遍遊五嶽及黃山、九華、匡廬、天台、武當，不避蛇虎。晚自史館以病請告，不歸江南，附楚舟上峽，入峨嵋山，以癸丑正月卒於峨嵋之伏虎寺。臨化有詩云：「偶向鑊湯求避熱，那從人海去翻身；功名傀儡場中物，妻子枯髏隊里人。」嘗自謂蜀相蔣琬之後，在蜀與修《四川通志》，以琬故，遍叩首巡撫、藩臬諸司署前。其任誕不羈如此。

此篇較《聊齋誌異‧蔣太史》為詳，蒲文為：

> 蔣太史超，記前世為峨嵋僧，數夢至故居庵前潭邊濯足。為人篤嗜內典，一意臺宗，雖早登禁林，嘗有出世之想。假歸江南，抵秦郵，不欲歸。子哭挽之，弗聽。遂入蜀，居成都金沙寺；久之，又之峨嵋，居伏虎寺，示疾怛化。自書偈云：「憤然猿鶴自來親，老衲無端墮業塵。妄向鑊湯求避熱，那從大海去翻身。功名傀儡場中物，妻子骷髏隊里人。只有君親無報答，生生常自祝能仁。」

漁洋在《聊齋誌異》此篇後寫道：「蔣，金壇人，金壇原名金沙，其字又名虎臣，卒於峨嵋伏虎寺，名皆巧合，亦奇。予壬子典試蜀中，蔣在峨嵋，寄予書云：『身是峨嵋老僧，故萬里歸骨於此。』尋化去。予有挽詩曰：『西風三十載，九病一遷官。忽憶峨嵋好，真忘蜀道難。法雲晴浩蕩，春雪氣高寒。萬里堪埋骨，天成白玉棺。』蓋用書中語也。」

漁洋為小說中人物的文字交，為蒲翁小說的內容作重要補充，又《漁洋詩話》載：「蔣修撰虎臣超，順治丁亥及第，不樂仕進，自言前身峨嵋老僧也，後竟歿於蜀。嘗題金陵舊院云：『錦繡歌殘翠黛塵，樓臺已盡曲池湮。荒園一種瓢兒菜，獨佔秦淮舊日春。』」再與其《蔣虎臣》篇合觀，則這位奇人之奇事庶幾可見完璧。

又《聊齋誌異・邵士梅》篇記邵見舊人而記起前世的故事，漁洋於文後補充說：「邵前生為棲霞人，與其妻三世為夫婦，事更奇。高東海以病死，非獄死，邵自述甚詳。」按漁洋《池北偶談》卷二十《記前生》亦記邵士梅事，且介紹邵與漁洋乃「同年」之進士，兩人相互熟識。

又當時陸次山《邵士梅傳》（作於康熙七年五月晦日）對邵士梅再生和成年後重訪高氏故里情況言之歷歷，文末言邵「作令吳江，吳中人士盛傳其事。余初未之信也，適登州明經李曰白，為余同年曰桂胞弟，便道過訪，余偶言及，曰白曰：『得非我登州學博邵嶧暉先生乎？其事甚真，余所稔聞。』因述邵在登時，嘗以語同官李簠（fǔ），簠以語曰白者，縷悉如此。」可見此事在當時十分有名，且再世之人物、地點，言之鑿鑿，故事引人人勝，故而蒲、王、陸皆據以為文，各有記載。

綜上所述，神秘文化和文學相結合、相比較，是比較文學中跨學科研究的一個重要方面；研究浪漫主義文學和現實主義文學的研究資源非常豐厚，內容非常精彩；神秘現實主義和神秘浪漫主義文學藝術的研究是一個重要的課題，值得我們做進一步的探索和努力。以「神秘現實主義和神秘浪漫主義文學藝術流派和創作方法」的角度對中外文學經典和名作，做跨文化的深入研究，可以總結有益的創作經驗和方法，推進文學藝術創作的發展。

2011・中國比較文學學會主辦，復旦大學、上海師範大學與
上海市比較文學研究會承辦，上海外國語大學、上海交通大學、
上海大學、華東師範大學與北京清華大學協辦・中國比較文學學會
第 10 屆年會暨國際研討會論文，中國比較文學旅法分會・
上海比較文學研究會《對流》（法國巴黎）第 9 期，2015 年

參、道家研究

論《老子》之「道」之為氣

　　關於《老子》之「道」的含義，國內外已有多篇論文討論和爭論，歧見頗多，難衷一是。我認為「道」的主要含義是氣，又兼指世界萬物的總規律，而這兩者之間是有一定聯繫的。現代學者的研究，自張岱年先生於三十年代提出「中國哲學中所謂氣，可以說是最細微最流動的物質」、「中國哲學中之氣論，則謂一切固體皆是氣之凝結」〔註1〕。又於八十年代前期重申：「作為哲學範疇，氣指構成萬物的原始材料。」〔註2〕近年我國連續出版了幾種氣論的專著，都論及《老子》中關於氣的言論，作了有益的探討。有些論者認為《老子》和其他眾多哲學名著都與氣功有關，我也持同感。我認為老子既是中國「古代無與倫比的偉大哲學家」，「老子是有極大智慧的古代哲學家」〔註3〕，也是具有非凡的特異功能的氣功大師。他用多年修煉成就的氣功手段和特異功能，在世界上首先觀察到地球形成前的景象和形成後產生世間萬物的大致過程，這個成就比西洋近代科學研究所獲的類似結論，要早兩千餘年，並從而產生其「道」的理論，在中國和世界文化史上有偉大的意義。

一

　　《老子》描繪地球形成之前的景象，並下判斷說：

　　　　有物混成，先天地生。寂兮寥兮，獨立而不改，周行而不殆，

〔註1〕張岱年《中國哲學大綱》，中國社會科學出版社，1982年，第39頁。
〔註2〕張岱年《開展中國哲學固有概念範疇的研究》，《中國哲學史研究》，1982年第1期。
〔註3〕范文瀾《中國通史簡編》第一編第五章第六節，《中國通史》第1冊，人民出版社，2009年，第343頁。

可為天下母。吾不知其名，字之曰道。（二十五章）

指出地球在形成之前，原是一個混然一體的東西。

現代西方科學的研究結果，地球原是一個氣球。老子所說的「有物混成」即此氣球，老子稱為道，道即氣。氣球冷卻後成為地球；有了地，也同時有與之相對的天，所以這團球氣即道，乃「先天地生」，且「為天下母」，是天下一切事物的根源。

氣，有時顯混成之態，有時則肉眼不見，雖有若無。所以作為氣的道，又是無。《老子》稱：

天下萬物生於有，有生於無。（四十章）

道生一，一生二，二生三，三生萬物。萬物負陰而抱陽，沖氣

以為和。（四十二章）

任繼愈先生將前句譯為「天下萬物生於（看得見的）具體事物（有），而具體事物（有）由看不見的『道』產生」。我贊成這個譯文，並認為無即道，也即看不見的氣。後句「道生一」即「無生一」，也即「氣生一」，然後又生二、三乃至萬物，認為道也即氣是萬物之宗，老子稱「為天下母」。一般研究者認為道生一，「一」指氣，表達了由混沌一氣化生天地萬物的思想。「二」指氣之陰陽，此說始於《淮南子・天文訓》：「道始於一，一而不生，分而為陰陽，陰陽和合而萬物生，故曰：一生二，二生三，三生萬物。」指出道即一，指出「道一同」的觀點。但又有人認為「道一同」，道與一的語義重複，產生了矛盾。又有人認為沖氣和陰、陽即「二生三」之「三」。以上解釋顯然不符《老子》原意，而且扞格不通。眾所周知，天下之物，本身即具陰陽，一物之內的陰陽無法截然而分；天下之物，內皆沖氣，析出其氣，其物必亡。故而物、氣、陰陽是合三而一的。《老子》原文亦其義甚明：「負陰而抱陽」，陰陽被物「負」、「抱」，彼此既不能分開，兩者與物亦不能分開；更且講明是指「萬物」，與「一生二」之「二」和「二生三」之「三」顯然無關。

我認為對《老子》上述言論應該另作一解，即老子認為天下本無萬物，後來由無生一，有了最早的第一（類）物，又產生了第二（類）物（可能指對稱的陰、陽之物）、多種事物（即「三」），最後有了天下無數的萬物。老子在此闡發了天下萬物產生於氣即無，有生於無，但又有無相生的思想，同時又指出「萬物負陰而抱陽」，萬物都有陰陽兩種對立統一的方面，即物都有正負、陰陽兩面，與近代西方科學所得出的結論相同。

老子怎麼得到以上結論的呢，他介紹自己修煉氣功時，能夠通過內視，看到天地生、萬物生的景象。《老子》記載：

> 道之為物，惟恍惟惚。惚兮恍兮，其中有象；恍兮惚兮，其中有物；窈兮冥兮，其中有精；其精甚真，其中有信。（二十一章）

> 致虛極，守靜篤。萬物並作，吾以觀其復。夫物芸芸，名復歸其根。（十六章）

此兩則謂老子通過「致虛極，守靜篤」的方式練習氣功，即收視反聽，心神證明，於是「內視存神，不為漏失」（《老子河上公章句》），「內視而自反」（《淮南子·說山訓篇》），在氣功態中，用內視方式看到「象」、「物」，而且看到大量的景象、事物（「萬物並作」），不寧唯是，而且還看到萬物循環運動（「觀其復」），甚至看到其過去的狀態或原始狀態（「夫物芸芸，各復歸其根」）。這是氣功所能達到的極高境界，修煉出了超凡脫俗的特異功能，才能從必然王國進入自由王國的極高境界。老子靠長年累月的氣功修煉，具備了這種特異功能；又通過長年累月的修煉，用這種「內視」功能「觀」「萬物並作」之「復」，且「各復歸其根」，於是發現「天下萬物生於有，有生於無」，又追溯到「道生一，一生二，二生三，三生萬物」，最後終於在他的內視中出現了「有物混成，先天地成」的地球形成之前的原始景象。

後來的道家名著和道家氣功著作也都有支撐老子以上觀點的記載或論述。如前已引及的《淮南子》、《老子河上公章句》。另如《莊子·在宥篇》曾說：「心養，汝徒處無為，而物自化。墮爾形體，黜爾聰明，倫與物忘；大同乎涬溟，解心釋神，莫然無魂。萬物云云，各復其根，各復其根而不知，渾渾沌沌，終身不離。」可是後世人庶幾無人達到老子這樣高的修煉水平，難以看到地球形成之前之景象。

為什麼老子能在氣功狀態中看到事物的過去？愛因斯坦的理論也許可以成為一種解釋。據告美蘇氣功師的實驗表明氣的運動速度超過光速。而愛因斯坦發表於一九〇六年的《狹義相對論》所表述的有關原理是：「一切物體的運動都相對於宇宙間的絕對速度光速來確定自己的速度。運動速度越接近光速，則時間就變得越慢；達到光速，時間為零，超過光速，時間逆轉。」〔註4〕氣的

〔註 4〕 張宏堡《生命科學觀與方法論》也認為陰陽物質的臨界點是光速。大於光速的是看不見、摸不著的陰性物質。氣功師所煉之氣即陰性物質之一。（《氣功與體育》，1991 年第 1 期）

運動速度超過光速，故而能在特定的境界——在氣功態中能回到過去。或者仍用前已論及的另一種解釋，即特異功能者在氣功態中，看到了過去殘留的信息。

老子所描繪的地球形成之前和形成之後產生萬物的大致景象，與現代科學發現的結果「英雄所見略同」，是中外文化史上一個了不起的成果。而與中華文化大致同時起源，在《老子》一書中形成精深理論的氣論，在中國文化史和世界文化史上都有偉大的意義。

二

前已述及，老子描繪練氣功後的結果說：「致虛極，守靜篤。萬物並作，吾以觀其復，夫物芸芸，各復歸其根。」老子意謂通過練氣功，即「致虛極，守靜篤」後，能在內視範圍出現世間萬物，我用內視的方式觀察世間萬物的過去狀態和由過去至現今的運動狀態。雖然萬物眾多，我能用內視的方式將它們回復到原始狀態。「致虛極，守靜篤」，即做到收視反聽，心神澄明，於是「內視存神，不為漏失」，「內視而自反」。「內視」是氣功修煉的高層次境界之一。張榮明在《中國古代氣功與先秦哲學》一書中，指出《老子》上述言論是闡發氣功修煉時的人體內部狀態，這是對的。但他認為此段「大意是說，運用『虛』『靜』的方法練功，久而久之，體內的真氣異常活躍，如同宇宙萬物，紛紜而起。我內視反觀，就會感到真氣循環往復，周流不息。練功時真氣雖然來回流動，運用不異，但最後都歸入臍下丹田，即所謂『歸其根』。」他雖引《老子中經》《周易參同契發揮》《道德真經集義》等有關論點作為支撐，但問題是這些著作並未正確闡釋老子原文中「萬物並作」和「夫物芸芸」的含義。張榮明將外物也算作練功者的真氣或真氣之來源，不僅與老子原義不符，也違反氣功學之原理。氣功學認為練功者之真氣來自本身元氣和本人之「意念」，也來自「天地」即宇宙，而非外物。張榮明接著又反駁說：「一、老子主張『塞兌閉戶』，即收斂感官，神不外馳，怎麼會去追逐外界萬物呢？更何況在『虛極靜篤』之後，邏輯上緊接著只能觀照體內，意隨氣行，豈能心猿意馬地旁觀外界萬物呢？……這種一心二用的情形在煉氣功中是不容許存在的。二、『萬物』之『復』，如果是指客觀世界天地萬物的循環運動，那麼，正如恩格斯指出：『至於循環運動，即使它能夠存在，也具有無限大的規模。』個人一下子怎麼能觀察到呢？退一步說，個人倘能觀察萬物之『復』，充其量也只是一種

氣功心理所誘發的個體飄飄然與天地萬物冥合（即『天人合一』）的特殊幻覺，因此，說到底，老子此言仍然沒有越出氣功範圍之外。」張榮明接著又引歷代道教氣功家的著作，強調老子所說的「觀其復」，「是存想內視，返觀體內」，而「萬物並作」、「夫物芸芸」「皆是指煉氣功達到成熟階段後出現的種種奇異的景象。這種景象，常人難以體會，……」〔註5〕張榮明將「歸其根」解釋為「都歸入臍下丹田」，那麼《老子》所說：「夫物芸芸，各復歸其根」，變成天下萬物都有「丹田」，都在練氣功，都將其氣歸入丹田了？此釋明顯不通。張榮明認為練功者不容許心猿意馬、一心二用，因此不能「旁觀」外物。此乃未入氣功堂奧之論。殊不知高工夫者固然一心練功，心不旁鶩，但其內視所觀察到的萬物和景象是自動出現的，而絕非練功者主觀追求的結果。而更高工夫並已練出特異功能者，進入氣功態後亦可搜索欲觀察之事物、景象及其過去和原始狀態。對這些極少數大師來說，守靜、意念和追尋目標、觀察事物和景象及其發展過程，都在一定範圍和一定程度內已隨心所欲，彼已進入自由王國。對此，氣功界人士已多有論述，此不贅論。

　　為了說明問題，我下面將《老子》練功、內視和觀察萬物乃至天地其始的過程連綴如下：

致虛極，	儘量使心靈虛寂，
寧靜篤。	要切實堅守清靜。
萬物並作，	萬物都在生長發展，
吾以觀復。	我從而觀察它的循環往復。
夫物芸芸，	事物儘管變化紛紜，
各復觀其根。	最後又各自回到它的出發點。〔註6〕

（以上第十六章）

道之為物，	「道」這個東西，
惟恍惟惚。	沒有固定的形體，
惚兮恍兮，	它是那樣的惚恍啊，

〔註5〕張榮明《中國古代氣功與先秦哲學》，上海人民出版社，1987年，第148～150頁。

〔註6〕錫山按：此章任繼愈先生的譯文很正確，但他將「各復觀其根」結合下面一句「歸根曰靜」釋為老子認為萬物「變來變去，又回到它原來的出發點（歸根），等於不變，所以叫做靜」則誤。此乃老子看到萬物原始的出發點，萬物在原始狀態而未向前發展時，處於相對靜止狀態，故曰「靜」。

其中有象；	惚恍之中卻有形象；
恍兮惚兮，	它是那樣的恍惚啊，
其中有物；	恍惚之中卻有實物；
窈兮冥兮，	它是那樣的深遠暗昧啊，
其中有精，	深遠暗昧中卻涵著極細微的精氣，
其精甚真，	這細微的精氣，最具
其中有信。	體，最真實。
自古及今，	從古到今，
其名不去，	它的名字不能廢去，
以閱眾甫。	根據它，才能認識萬物的開始。
吾何以知眾	我何以知道萬物開始的情況呢？
甫之狀哉？	
以此。	原因即在此。（以上第二十一章）

以上兩章清楚地描繪出老子練功（「致虛極，守靜篤」）時的情形。任繼愈先生的以上譯文非常精確，他對以上兩章的大致概括也頗中肯綮，他認為第十六章乃「老子主張要虛心、靜觀萬物的發展和變化」，第二十章「描述了『道』的一些特點。『道』雖看不見，無形無象，但確實存在，萬物都是由它產生的。」〔註7〕其缺陷是未論及其譯文正確表達出的老子通過所練「精氣」，「認識萬物的開始」的偉大功績。而且「虛心、靜觀」是進入氣功態，才能觀察萬物的發展和變化，尤其是萬物的開始；否則本事再大，亦無此能耐。當然，任先生的這個缺陷，是當代整個哲學界的缺陷。

　　《老子》十四章又說，「道」──

繩繩不可名，	渺茫難以形容，
復歸於無物。	回到無形無象的狀態。
是謂無狀之狀，	這叫做沒有相狀的相狀，
無物之象，	不見形體的形象，
是謂惚恍。	這叫做「惚恍」。
迎之不見其首，	迎著它，看不見它的前頭，
隨之不見其後。	跟著它，看不見它的背後。
執古之道以御	根據古來的「道」以

〔註7〕任繼愈《老子新譯》，上海古籍出版社，1985年第2版。

今之有， 　　　　　　　　支配當前的具體事物（有），

能知古始， 　　　　　　　能認識古來的開始，

是謂道紀。 　　　　　　　這叫做「道」的規律。

於是老子能看到「有物混成，先天地生。寂兮寥兮，獨立不改，周行而不殆。可以為天下母。」

《老子》的以上敘述，其義甚明。

三

道即氣、即無，在《老子》中有大量的論述。

《老子》首章介紹「道」道：

　　道，可道，非常道；名，可名，非常名。無名，天地之始；有

　名，萬物之母。故常無，欲以觀其妙；常有，欲以觀其微。此兩者

　同出而異名。同謂之玄，玄之又玄，眾妙之門。

中間一段任譯為：「所以經常從無形象處認識『道』（無名）的微妙，經常從有形象處認識萬物（有名）的終極．這兩者（有形和無形）是同一個來源而有不同的名稱。」其意謂「道」即是無，又是有，無、有同出而異名，同出於「道」．道是天地萬物之始。道既是有，又是無，因為人們在感覺上是無，所以老子描繪一般人對它的感覺是：

　　視之不見，名曰夷；聽之不聞，故曰希；搏之不得，名曰微。

　此三者，不可致詰，故混而為一。……繩繩不可名，復歸於無物。

　（十四章）

但這個「無」，不是靜態的、死的存在，它運動不息，有無限的生氣，所以「有無相生」（第二章），「有生於無」（第四十章），「無為而無不為」（第三十七、四十八章），更且「天下之至柔，馳騁天下之至堅。無有入無間。」（四十三章）。正是在「無」這種堅無不摧、所向披靡的運動中，產生了「有」，也即天地萬物。可見「無」的蓬勃的生機是無限的。「道」作為天地萬物之始，它即為元氣；它是氣，故乃「至柔」。後人對此作了進一步的闡發：

　　天地者，元氣之所生，萬物之所出焉。（《禮統》,《太平御覽》卷一引）

　　說《易》者曰：「元氣未分，混沌為一。」儒書又言：「溟涬濛

　澒，氣未分之類也。及其分離，清者為天，濁者為地。」如說《易》

　之家，儒書之言，天地始分，形體尚小，相去近也。……儒書之言，

殆有所見。(《王充論衡・談天》)

萬物之生，皆稟元氣。(同上《言毒》)

混然未判，則天地一氣，萬物一形。分而為天地，散而為萬物。
(張湛《列子・天瑞注》)

上古之世，太素之時，元氣窈冥，未有形兆，萬精合併，混而
為一，莫制莫御，若斯久之，翻然自化，清濁分別，變成陰陽。陰
陽有體，實生兩儀。天地壹鬱，萬物化淳。和氣生人，以統理之。
(王符《潛夫論》)

天地之先，元氣而已矣，元氣之上無物，故元氣為道之本。(王
廷相《雅述》上)

這些觀點都來源於《老子》，並在《老子》基礎上作了進一步的闡發。

而北宋張載又進一步精闢地闡釋「無」與「氣」的關係：

太虛無形，氣之本體，其聚其散，變化之客形耳。

太虛不能無氣，氣不能不聚而為萬物，萬物不能不散而為太虛・
循是出入，是皆不得已而然也。(《正蒙・太和篇》)

後一則分明闡述了氣生萬物、萬物復歸於氣是必須遵循的客觀規律，是不可抗
拒的自然過程。由此我們可連帶肯定，老子之「道」，作為「無」形的「氣」，
帶有物質性。《易傳》也持同樣的觀點，因篇幅有限，不再具錄。國內學術界
批評老子關於「道」的理論是「唯心主義」，顯係鑿空之論。

1990・上海外國語大學主辦「中國文化與世界」國際研討會
論文，上海外國語大學何寅主編《中國文化與世界》
(國際研討會論文專輯)，上海外語教育出版社，
1992 年；又刊《阜陽師院學報》，1993 年第 1 期

《莊子》對中國文藝的
巨大指導作用及其現代意義

　　老莊孔孟是對中國傳統思想文化發展影響最大的四家。這是從中國文化的整體即哲學、思想和文學、藝術的各方面來說的。

　　自兩漢之間起，中經魏晉南北朝和隋唐，佛教傳入中國，至宋朝，我國文化形成了儒道佛三家鼎立和互補的宏偉格局。儒道兩家即以孔孟老莊為代表，而佛家文化在傳入中國的過程中，又以道家為中介，即以老莊的思想和觀念為中介，尤其是莊子的思想觀念，起了重大的作用；後至宋朝產生的佛禪，中國化的禪，莊子的思想也起了重大作用，故而也有人稱之為「莊禪」。因此——

　　《莊子》在中國文化中的身份，在儒道佛三家中橫跨了道佛兩家，在中國文化史上的影響廣泛而巨大。

　　儒道佛三家都對中國文化、文藝的發展起了巨大的作用。莊子是先秦諸子中對中國文藝史影響最大最直接的一家，《莊子》是先秦諸子著作中對中國文藝史影響最大最直接的一部偉大著作。

　　《莊子》既是偉大的哲學著作，又是偉大的美學著作，更是奇詭恣肆的偉大的文學著作，《莊子》對中國文藝具有巨大的指導作用和啟示意義。

　　首先，《莊子》本身就是中國文藝史上的典範之作，明末清初的金聖歎將《莊子》、楚辭、《史記》、杜詩、《水滸傳》和《西廂記》稱為「六才子書」，列為中國文藝史上代表六種體裁的第一經典之作。《莊子》本身就在中國文藝史上起了示範的作用，具有巨大而深遠的影響。第二，其所包含的文藝思想又

對中國文藝史產生巨大而深遠的影響。第三，《莊子》又通過佛教文化和禪宗的傳播，對唐宋元明清的中國文藝史有著重大的影響。所以，《莊子》對中國文藝史的巨大而深遠的影響是三重的。在這個基礎上審視《莊子》在中國文藝史上的巨大指導作用，可以分為以下七個重要的方面。有的方面，已有眾多具體論述，本文就約略言之，有的少有論者言及或認同，本文就略作展開。

一、夢幻意識和夢的文學之創始

《莊子》中莊子夢蝶對中國作家的影響巨大。中國的夢文學藝術特別發達，成為夢文學的大國，與《莊子》中莊子夢蝶所體現的夢幻意識的指導和啟示有關。

中國的夢文學受到《莊子》和《列子》的重大啟示。但《列子》一則原作失傳，今存《列子》已經不全，更且因被絕大多數學者視為後世偽作，其影響力就大受影響；二則《莊子》的哲學、文藝學成就都高於《列子》，在中國文化史上的地位遠高於《列子》，所以《莊子》對中國思想界、哲學界、文藝界的影響遠大於《列子》。也因此而中國文藝中的夢幻意識主要是《莊子》的指導和啟示的結果。

莊子是中國夢文化理論的奠基者，中國夢文學的奠基者，夢幻意識的創始者。

中國歷代經典巨著多有夢幻意識或者關於夢的直接描寫和表現。其中最著名的有湯顯祖以《牡丹亭》為代表的「玉茗堂四夢」(「臨川四夢」)、長篇小說《紅樓夢》和蒲松齡的《聊齋誌異》等經典作品。

中國文藝史上眾多的夢文學名著，不像西方文學的夢文學作品一般僅寫普通的夢境，其所描寫的奇異之夢，顯得更為奇妙。儘管西方夢文學名著有時是恐怖的，不少是非常有趣的，但其出奇之處多在夢見的與現實生活並不脫離的景象和夢的內容方面。中國描寫異夢的作品，其所敘之夢之出奇制勝多在夢的與眾不同的性質和進行方式。大致歸納起來，中國夢文學所常寫的奇異的夢共有四種類型：夢中作詩 (夢中創造、做事)，夢中預示，異人同夢 (包括多人在夢中合作做事、作詩) 和夢見前世。從這些夢的類形可以看出，中國文藝 (主要是小說、戲曲、詩歌) 中擅寫的夢，表現的都是夢幻思維和夢幻意識，而且都與神秘文化有關係，以現代科學的眼光看，都是瑰異的文學幻想的產物。《莊子》是中國浪漫主義文學的最早源頭，更精確地說，是中國神秘浪漫主義文學的最早源頭。

中國在夢文化、夢文學的創造方面領先於西方 2 千年，在 2 千年的中國文藝史上產生了大量的優秀作品，《莊子》的首創之功和創作理念的指導起著重大的作用。

二、人生如夢和寬宏達觀的人生觀念

莊子夢蝶的更為深入的影響是中國文人具有「人生如夢」的意識，並將這個意識貫串在文學藝術的創造中，並與佛教思想向結合，過去被批評為產生了人生的幻滅感。

「人生如夢」的觀念雖然看似有消極，實際上是非常深刻的。文學藝術家對此極為欣賞，有眾多，名篇名句予以繁複的表達，最著名的如蘇軾《念奴嬌》:「人生如夢，一尊還酹江月。」成為千古名句。

「人生如夢」的觀點，20 世紀的文藝理論家錯以為是消極悲觀的人生觀的體現，實際上正如錢穆先生所說:「莊子的心情，初看像悲觀，其實是樂天的。初看像淡漠，其實是懇切的。初看像荒唐，其實是平實的。初看像恣縱，其實是單純的。」〔註1〕

人生如夢是有閱歷的人對自己過去一生的深刻回顧、反省和深思，對人的一生之短暫的精確的形容。對有痛苦經歷的人來說，是或悲苦、淒切或瀟灑、豪放的回味;多數人年少時壯志凌雲，可是大多數人經過努力，或因時運不濟，或因毅力才氣不夠，志向成空，回首往事便有人生如夢之感;而對一些浪費青春、虛度光陰、曾經或正在享受榮華富貴但已步入晚年或衰境（仕途被毀或經濟破產、生活跌入窮困）的人來說，則是一種面對光陰似箭的人生進程而感無可奈何的深沉的哀歎或驚醒的反思。

「人生過後惟存悔」（王國維《六月二十七日宿硤石》詩句），人的一生往往充滿了種種失誤，極少有人對自己的一生是萬分滿意的。這些過來人的回味、反省和深思，對後來人有重大的啟示，所以眾多有志氣有智慧、好學深思的青少年十分重視自己志趣的培養，人生道路的選擇，和對青春歲月的珍惜，用讀書養氣來度過青春年華。長輩們也往往如此教育後輩。反顧中國的歷史和文學藝術史，眾多有傑出成就的偉人和各類有名無名的人才，不是多在《莊子》「人生如夢」的砥礪下，珍惜光陰，珍惜青春，刻苦學習、鍛鍊而成材，並作出各自的成就嗎。

〔註 1〕 錢穆《莊老通辨》，三聯書店，2002 年，第 11 頁。

　　中國傳統文化中的優秀和經典之作還善於領會和繼承《莊子》的人生如夢和對人生的反思、探索的文化精神，尤其是《紅樓夢》，王蒙在深圳大學演講《〈紅樓夢〉與現代文論》〔註2〕時說：

　　　　《紅樓夢》對人生的懷疑和追問。這本來不光是現代文論、也是現代哲學的一個很重要的命題。有時候我們把它說成是頹廢，就是人生的意義，人生的意義到底是什麼？曹雪芹也講人生的這種荒謬感，講人生的這種孤獨感，講人生的這種焦慮憂患感，講人生的這種虛無感等等。這些東西，我們現在不來作價值判斷，我們不能用一種消極頹廢的態度來構建我們的人生觀和價值觀。但是這種荒謬感孤獨感在《紅樓夢》裏面卻表現得非常突出，尤其是賈寶玉，有些方面也包括林黛玉。譬如說歎息，這是一個古往今來所有的作家共有的歎息，歎息生命短暫，歎息時間的匆迫，歎息青春的不再，歎息親人的離散，這是自古以來無數的作家的慨歎。李白有「夫天地者，萬物之逆旅。光陰者，百代之過客。而浮生若夢，為歡幾何？」這樣一種，人生不過如此，不過住一次旅館一樣，不過是匆匆過客罷了，李白就已經感歎不已。陳子昂「前不見古人，後不見來者，念天地之悠悠，獨愴然而涕下」，這種描寫早已存在。波斯詩人在《魯拜集》──郭沫若翻譯的，全部都是這種歎息，我用五絕重譯過其中的一首詩。它的原文是這樣的，就是說空閒的時候要多讀一些有趣的書，不要讓憂鬱的青草在心裏生長，乾杯吧，把杯中酒全部喝盡，而死亡的陰影已經漸漸地臨近。我把它譯成五絕：「無事需尋歡，有生莫斷腸，遣懷書共酒，何問壽與殤。」

實際上，《紅樓夢》是受了《莊子》的影響，並且已經瀟灑地解決了勘破生死的問題，所以賈寶玉才會輕鬆地議論自己死後成灰的話題。

　　西方遲至 17～18 世紀也終於在人生與夢的方面建立起自己的鮮明的觀念。叔本華說：

　　　　到這兒為止，我們所考察過的外在世界的實在性問題，總是由於理性的迷誤，一直到誤解理性自己的一種迷誤所產生的，就這一點說，這問題就只能由闡明其內容來回答。這一問題，在探討了根據律的全部本質，客體和主體間的關係，以及感性直觀本有的性質

〔註2〕《書屋》，2006 年第 9 期。

之後，就必然的自動取消了，因為那時這問題就已不再具任何意義
了。但是，這一問題還另有一個來源，同前此所提出的純思辨性的
來源完全不同。這另一來源雖也還是在思辨的觀點中提出的，卻是
一個經驗的來源。在這種解釋上，和在前面那種解釋上比起來，這
問題就有更易於理解的意義了。這意義是：我們都做夢，難道我們
整個人生不也是一個夢嗎？——或更確切些說：在夢和真實之間，
在幻象和實在客體之間是否有一可靠的區分標準？說人所夢見的，
比真實的直觀較少生動性和明晰性這種提法，根本就不值得考慮，
因為還沒有人將這兩者並列地比較過。可以比較的只有夢的記憶和
當前的現實。康德是這樣解決問題的：「表象相互之間按因果律而
有的關係，將人生從夢境區別開來。」可是，在夢中的一切各別事
項也同樣地在根據律的各形態中相互聯繫著，只有在人生和夢之
間，或個別的夢相互之間，這聯繫才中斷。從而，康德的答案就只
能是這樣說：那大夢（人生）中有著一貫的，遵守根據律的聯繫，而
在諸短夢間卻不如此，雖在每一個別的夢中也有著同樣的聯繫，可
是在長夢與短夢之間，那個橋樑就斷了，而人們即以此區別這兩種
夢。不過，按這樣一個標準來考察什麼是夢見的，什麼是真實經歷
的，那還是很困難，並且每每不可能。因為我們不可能在每一經歷
的事件和當前這一瞬之間，逐節來追求其因果聯繫，但我們又並不
因此就宣稱這些事情是夢見的。因此，在現實生活中，就不用這種
考察辦法來區別夢和現實。用以區別夢和現實的唯一可靠標準事實
上不是別的，而是醒〔時〕那純經驗的標準。由於這一標準，然後
夢中的經歷和醒時生活中的經歷兩者之間，因果聯繫的中斷才鮮
明，才可感覺。在霍布斯所著《利維坦》第二章裏，該作者所寫的
一個腳注對於我們這兒所談的倒是一個極好的例證。他的意思是
說，當我們無意中和衣而睡時，很容易在醒後把夢境當作現實；尤
其是加上在入睡時有一項意圖或謀劃佔據了我們全部的心意，而使
我們在夢中繼續做著醒時打算要做的，在這種情況下，覺醒和入睡
都一樣未被注意，夢和現實交流，和現實沆瀣不分了。這樣，就只
剩下應用康德的標準這一個辦法了。可是，如果事後乾脆發現不了
夢和現實之間有無因果關係（這種情況是常有的），那麼，一個經歷究

竟是夢見的還是實際發生了的〔這一問題〕就只能永遠懸而不決
了。——在這裡，人生與夢緊密的親屬關係問題就很微妙了，其實，
在許多偉大人物既已承認了這種關係，並且也這樣宣稱過之後，我
們就坦然承認這種關係，也不必慚愧了。在《吠陀》和《普蘭納》
經文中，除了用夢來比喻人們對真實世界（他們把這世界叫做「摩
耶之幕」）的全部認識外，就不知道還有什麼更好的比喻了，也沒有
一個比喻還比這一個用得更頻繁。柏拉圖也常說人們只在夢中生
活，唯有哲人掙扎著要覺醒過來。賓達爾說：「人生是一個影子〔所
做〕的夢（《碧迪安頌詩》第五首第135行），而索福克利斯說：

　「我看到我們活著的人們，

　　都不過是，

　　幻形和飄忽的陰影。」

索福克利斯之外還有最可尊敬的莎士比亞，他說：

「我們是這樣的材料，

　猶如構成夢的材料一樣，

　而我們渺小的一生，

　睡一大覺就圓滿了。」

　　最後還有迦爾德隆竟這樣深深地為這種見解所傾倒，以致於他
曾企圖在一個堪稱形而上學的劇本《人生一夢》中把這看法表達出
來。

　　引述了這許多詩人的名句之後，請容許我也用一個比喻談談我
自己的見解。〔認為〕人生和夢都是同一本書的頁子，依次聯貫閱讀
就叫做現實生活。如果在每次閱讀鐘點（白天）終了，而休息的時間
已到來時，我們也常不經意地隨便這兒翻一頁，那兒翻一頁，沒有
秩序，也不聯貫，〔在這樣翻閱時〕常有已讀過的，也常有沒讀過
的，不過總是那同一本書。這樣單另讀過的一頁，固然脫離了依次
閱讀的聯貫，究竟並不因此就比依次閱讀差多少。人們思考一下
〔就知道〕全篇秩序井然的整個讀物也不過同樣是臨時拈來的急就
章，以書始，以書終，因此一本書也就可看作僅僅是較大的一單頁
罷了。

　　雖然個別的夢得由下列這事實而有別於現實生活，也就是說夢

不攙入那無時不貫穿著生活的經驗聯繫，而醒時狀態就是這區別的標誌，然而作為現實生活的形式而已屬於現實生活的〔東西〕正是經驗的這種聯繫，與此旗鼓相當，夢中同樣也有一種聯繫可以推求。因此，如果人們採取一個超然於雙方之外的立足點來判斷，那麼在雙方的本質中就沒有什麼確定的區別了，人們將被迫同意詩人們的那種說法：人生是一大夢。〔註3〕

叔本華的繼承人尼采也說：

　　叔本華直捷了當地提出，一個人間或把人們和萬物當作純粹幻影和夢象這種稟賦是哲學才能的標誌。正如哲學家面向存在的現實一樣，藝術上敏感的人面向夢的現實。他聚精會神於夢，因為他要根據夢的景象來解釋生活的真義，他為了生活而演習夢的過程。他清楚地經驗到的，決非只有愉快親切的景象；還有嚴肅，憂愁、悲愴、陰暗的景象，突然的壓抑，命運的捉弄，焦慮的期待，簡言之，生活的整部「神曲」，連同「地獄篇」一起，都被招來從他身上通過，並非只像皮影戲——因為他就在這話劇中生活和苦惱——但也不免仍有那種曇花一現的對於外觀的感覺。有些人也許記得，如同我那樣，當夢中遭到危險和驚嚇時，有時會鼓勵自己，結果喊出聲來：「這是一個夢！我要把它夢下去！」我聽說，有些人曾經一連三四夜做同一個連貫的夢。事實清楚地證明，我們最內在的本質，我們所有人共同的深層基礎，帶著深刻的喜悅和愉快的必要性，親身經驗著夢。

　　希臘人在他們的日神身上表達了這種經驗夢的愉快的必要性。日神，作為一切造型力量之神，同時是預言之神。按照其語源，他是「發光者」，是光明之神，也支配著內心幻想世界的美麗外觀。這更高的真理，與難以把握的日常現實相對立的這些狀態的完美性，以及對在睡夢中起恢復和幫助作用的自然的深刻領悟，都既是預言能力的、一般而言又是藝術的象徵性相似物，靠了它們，人生才成為可能並值得一過。然而，夢象所不可違背的那種柔和的輪廓——以免引起病理作用，否則，我們就會把外觀誤認作粗糙的現實——在日神的形象中同樣不可缺少：適度的克制，免受強烈的刺激，造

〔註3〕叔本華《作為意志和表象的世界》，商務印書館，1982 年，第 43～46 頁。

型之神的大智大意的靜穆。〔註4〕

以上引述的西方經典劇作家、哲學家和美學家關於「人生如夢」的論述，都頗精彩，但比中國唐之李白、宋之蘇軾，都要晚得多，而唐宋作家詩人的源頭在莊子。

因此，大哲學家、大思想家、美學大家、文學大家莊子是建立「人生如夢」觀念的創始人。「人生如夢」的觀念及其所支配的隱逸思想，與莊子提倡的虛靜思維和隱逸思想相結合，包含著極其高尚的思想境界和極其寬廣的人生襟懷。

三、虛靜思維和隱逸思想

儒家主張事功，是入世的。道家實際上也是入世的，老子即在周室為官，莊子是被迫出世。他在《天道》篇中分明道：「夫天地者，古之所大也，而黃帝、堯、舜所共美也。」他認為黃帝、堯舜時代是理想的世界，他所處的亂世，各國皆為昏君、暴君和發動戰爭爭霸、佔領別國、掠奪財富的野心家當道，作為正直的知識分子只能避世隱居，相忘於江湖；但他並未消極地無所事事地在鄉間苦度光陰、消磨歲月，他在觀察世道，探索宇宙人生的終極指歸與最高真理，著書立說，澤被後世。

莊子不像孔孟，到處游說，四處碰壁。莊子不是沒有政治上發達的機會，當時最強大、領域最廣大的楚國，國王專派特使敦請、禮請莊子出任首相。莊子不僅拒絕，還極有預見性地告訴對方自己應聘後必會得到的悲慘結局，作為拒絕的理由。除了莊子，中外歷史上還沒有一個人能夠像莊子那樣，面臨這樣千載難逢的機遇，極其清醒地看清必然的悲慘的前途和結局，給以如此清醒決絕的回答。

莊子極其清醒、明智地懂得自己的使命：只有自己能繼老子之後發展勘破宇宙、人生的「道」的理論體系，為人類的命運和精神發展作出罕與倫比的貢獻。

莊子的時代如何探索宇宙人生？當時既無先進的科研設備，又無先進的科學理論，只有在鄉村艱難生存的莊子自身。但老莊的確探見了宇宙人生的真諦，他們有自己無往不利的方法。什麼方法？這就是——

道家建立了虛靜的思維方式，也即坐忘、心齋。

〔註4〕尼采《悲劇的誕生》，周國平譯，三聯書店，1986年，第3～4頁。

　　道家中的老子是周室的史官，《老子》闡發的是出世與入世兼備的理論。莊子則是真正的隱士，《莊子》是純粹的出世的哲學理論著作。《老子》既有探索宇宙真理的論述，也有教導人類修煉的心得，更有宇宙規律所體現的戰無不勝的謀略。《莊子》論述的則全部是哲學至理，人生真理，修行方法和精神、物質極品的創作精神和方法。

　　《莊子》作為文學巨著，其本身就是中國隱士文學的奠基著作，為中國知識分子找到了一條與為國為民同樣重要的康莊大道式的精神出路，借用山水江湖，建造了一個無比寬宏、深邃、美麗的精神家園。

　　《莊子》中多次表達不慕權勢，堅忍不拔地拒絕名利權位的召喚和誘惑，真實描寫了莊子本人安貧樂道，堅持真理，瀟灑自如的自由人生。

　　《莊子》在政治上反對積極進取，主張避世無為，看似消極頹廢，實際上瀟灑、灑脫。因為莊子看透了當世的統治者全是無道昏君，處在濁世中只能遠離塵世，潔身自好，可是他對扶搖直上九萬里的鯤鵬的描寫則令人熱血沸騰，豪氣滿懷，分明是極有進取心的，只缺時世風雲助我上青天而已。《莊子》在這方面給後世以極大的影響，優秀文藝作品大量地表現和描繪這種崇高的人生境界。著名的如天才的少年詩人王勃在《滕王閣序》裏寫道：「君子安貧，達人知命。老當益壯，寧移白首之心；窮且益堅，不墜青雲之志」、「處涸轍以猶歡」。這是道儒兩家的共同的精神，而《莊子》對此的表達和揄揚，最為充分酣暢。

　　後世深研、繼承《莊子》的達者，多學到了《莊子》的精髓，超越了儒家「達則兼治天下，窮則獨善其身」的境界。作為隱者，他們或吟詩撰文，從事文學創作；或寫字作畫，從事書畫創作，為中國文化史作出貢獻；更多的無名文人，或行醫，治病救命，或課徒，教出了一代代無數人才，包括像魯迅這樣思想巨人、文壇巨匠。

　　中國古代的知識分子認識到，要創作出優秀的文藝作品，必須具有閒情逸致。近有學者論述：

　　　　「閒情」的出現，是在「閒」的觀念成熟之後。而「閒」則在春秋戰國之際經歷了一個從表空間向表時間轉化的過程，《莊子》對其完成了綜合與美化。對閒情觀念，道家的尚閒「無為」和儒家的「游於藝」為其提供了思想的保證，儒家的「舞雩風流」和道家的「濠梁閒趣」為其提供了實踐的探索，使其在魏晉六朝之際得以成

型。另外，佛學在當時表現了與世俗濃厚的附會熱情，一則大講就德修閒，二則對閒情的心理感受給予了理論上的支持，其法樂說便是代表。佛法中將主體不同的心理感受分為三類，有苦受、樂受還有非苦非樂受，而所謂法樂，實則接近這種非苦非樂受，這也恰是日常人生中所云七情六欲之外的一種微妙情感，從生命的本體考察，它是主體在現實世界之中的一種樣態、一種體驗；從哲學上說，它也是主體理解世界呈現自我的一種方式。這種樣態、體驗、方式最接近我們所論的閒情，這一點也對中古文人從藝術人生實踐的層面感受認知閒情提供了依據。什麼是閒情呢？概括而言，因閒而破閒，有閒而思遣，愛閒而欲假物以擴展、寄託的過程就是閒情；或者說，追求閒、妝點閒、享受閒、描繪閒、轉移駐留閒的情感活動過程以及這一情感活動的固態結晶如文學藝術品的創作賞鑒等等，都是閒情。〔註5〕

這是從「閒」的觀念的發展的角度論述莊子的貢獻。

如果從更為廣闊的視野看待莊子所倡導的隱逸，錢穆先生曾總結說：「在中國歷史上，正有許多偉大人物，其偉大處則正因其能無所表現而見。」「極多無所表現的人物」，「亦備受後世人之稱道與欽敬，此又是中國歷史一特點。」他列舉春秋時代之介子推，西漢初年之商山四皓，東漢初年的嚴光，宋初居華山行道的陳搏，隱居西湖孤山的林和靖，等等，「中國史家喜歡表彰無表現之人物，真是無微不至。論其事業，斷斷不夠載入歷史，但在其無表現之背後，則卓然有一人在，此卻是一大表現。這意義值得吾們深細求解。」〔註6〕

中國古代所標舉的人生最高境界是「太上有立德，其次有立功，其次有立言」，此謂「三不朽」。誠如錢穆所言「德指的人格方面，功指的事業方面，言指的思想與學術方面。」〔註7〕評價最高的是無所作為、隱居修行的人物。

我在拙著《神秘與浪漫》一書中指出：「中國先秦時代給最傑出的人物，高懸三條人生標準：『太上有立德，其次有立功，其次有立言、雖久不廢，此謂之不朽。』（《左傳·襄公二十四年》。《史記·太史公自序》因之。）中國知識分子一

〔註5〕趙樹功《閒情：中國人的美學觀》，《光明日報》，2006年4月13日。
〔註6〕錢穆《中國歷史研究法》，三聯書店，2001年，第102頁。
〔註7〕錢穆《中國歷史研究法》，第103頁。

般覺得第一條難以實現，多追求第二條，即以治國平天下樹立千秋功名，如果這也做不到，就著書立說，作詩撰文，度過一生」「儒道佛三家都以『立德』為最高。」〔註8〕「立德」指的是遁世、修行。

我在拙著《流民皇帝——從劉邦到朱元璋》中指出：「這是古代所立的評價人物的最高實也是唯一的原則。自20世紀以來的現當代學者已推翻了這一原則，學術界和社會各界已公認文治武功最重要，所以『治國平天下』的帝王將相是最重要的人物，其次是從事思想學術、文藝創作的宗師大家。也有少數學者認為哲學家、思想家和文學家地位最高，最早提出此論的20世紀中國人文、社會科學的第一大學者王國維，他說：『生百政治家，不如生一大文學家。何則？政治家與國民以物質上之利益，而文學家與以精神上之利益。夫精神之於物質，二者孰重？且物質上之利益，一時的也；精神上之利益，永久的也。前人政治上所經營者，後人得一旦而壞之，而古今之大著述，苟其著述一日存，則其遺澤且及於千百世而未沫。』」同時認為，如希臘之荷馬，英國之莎士比亞，德國之歌德，皆「足以代表全國民之精神」〔註9〕，而痛感中國歷來鄙視文學藝術家。

但是20世紀學界的主流學者都將原來地位最高的隱逸、無為之士貶得毫無地位，只有錢穆在響應王國維之同時，上接古代先哲，給無表現者以極高的評價。他響應王國維之處與王國維的觀點也有很大的不同，他認為：「一個人在事業上無表現，旁見側出在文學藝術作品中來表現，這亦是中國文化傳統真精神之一脈。他其人可以不上歷史，但歷史卻在他身上。他可以無表現，但無表現之表現，卻為大表現。中國有許多歷史人物皆當由此處去看。」儘管如此，他對此的評價未及王國維先生的評價高，但他對隱士的評價則最高：「《易經》上亦說：『天地閉、賢人隱』，隱了自然沒有所表現。中國文化之偉大，正在天地閉時，賢人懂得隱。」「這些人乃在隱處旋轉乾坤，天地給他們轉變了，但中國人還是看不見，只當是他無所表現。諸位想，這是何等偉大的表現呀！」「他們之無所表現，正是我們日常人生中之最高表現。諸位若再搜羅到各地他方志，及筆記小說之類，更可找出很多這類的人物。這是天地元氣所

〔註8〕 周錫山著《神秘與浪漫——文學名著中的氣功與特異功能》（拙著《文學名著比較研究叢書》之一），百花洲文藝出版社，1999年，第142頁。

〔註9〕 王國維《文學與教育》，周錫山編校《王國維文學美學論著集》，北嶽文藝出版社，1987年，第51頁。

鍾，文化命脈所寄。」「中國歷史所以能經歷如許大災難大衰亂，而仍然綿延不斷，隱隱中主宰此歷史維持此命脈者，正在此等不得志不成功和無表現的人物身上。」「歷史的大命脈正在此等人身上。中國歷史之偉大，正在其由大批若和歷史不相干之人來負荷此歷史。」〔註10〕錢穆先生繼承三代文哲史宗師的「三不朽」觀點，並作出自己的闡發。

當代的讀者諸君可以不同意這個原則，但必須瞭解古代有此原則，在這個基礎上作出自己的價值判斷。即使不同意這個原則和錢穆先生的上述觀點，我建議這樣的讀者依舊要長年反覆思考古代宗師和錢穆先生的這一極為重要的觀點。筆者經過多年讀書、思考和寫作，認為古人的「三不朽」原則、王國維和錢穆兩大學者的觀點具有重大的歷史意義，千年之後，必能成為那時社會的主流觀點。」〔註11〕為什麼？古代隱居鄉村的無名教師、醫生等等，是他們的默默無聞的貢獻，撐起了中國人和文化的傳承的歷史。

總之，這種超脫、達觀的人生態度，影響了創作，影響了文學藝術家的人格。與西方文藝家不同，除了文革這樣的特殊時期中有特殊原因者外很少有人自殺，即使在文革時期，自殺者的比例也很低，便是這種超脫、達觀的宇宙觀和人生觀的指導作用。

隱逸思想的核心就是淡泊名利，《莊子》和《老子》一樣，就在這樣極高的精神層面上指導知識分子淡泊名利。日本第一位諾貝爾物理學獎獲得者湯川秀樹曾表示：對他啟發最大的是中國的莊子和老子，老莊思想的核心就是淡泊名利。這是中國科學界目前最需要的東西。〔註12〕我認為這真是漢字文化圈中的友邦識者提供我們的金玉良言，人生至理。我認為其中的要點是：淡泊名利，就能作出大的功績，這體現了「無為無不為」的哲理。

四、宏大、豐富、美麗的藝術想像力

《莊子》既崇尚自然、樸素、大美壯美，其文恣縱夭矯，「宏大與闊，深閎與肆」（魯迅《漢文學綱要》）；又「用志不分，乃凝於神」（《達生》），神閒意定。

《莊子》的眾多寓言故事所顯現的藝術想像力，真實與荒誕皆至極致，具有「洸洋自恣」（《史記·莊周列傳》）、「汪洋闢闔、儀態萬方」的既雄渾又瑰麗的

〔註10〕錢穆《中國歷史研究法》，第105頁。
〔註11〕周錫山《流民皇帝——從劉邦到朱元璋》，上海畫報出版社，2004年，第188～190頁。
〔註12〕牟鍾鑒、陳來《儒道對話：如果沒有道家》，《光明日報》，2006年1月24日。

卓特風格,給中國文學藝術家以重大啟示。

中國文學和藝術,是世界上古時期先後與印度、古希臘、羅馬帝國同時得到高度發展、繁榮並產生大量名家名作的文學藝術大國,尤其在公元四世紀之後的一千年中,東西方文化除了中國全部衰落,只有中國文化和文學藝術獨家處於持續高度發展和繁榮,自公元 14 世紀至 18 世紀,中國依舊保持世界領先地位,與整個西方在文學藝術領域雙峰並立,這是與中國的文學藝術家具有豐富美麗的巨大而又持久的藝術想像力有著密切的關係。

中國文學藝術家的想像力,最早是受到莊子和屈原的兩重啟示,尤其是莊子的影響。屈原主要在詩歌領域有著重大影響,莊子不僅在詩歌領域,而且在小說、戲曲、繪畫和美學領域有著更為巨大和深遠的影響。關於這一點,眾多論者論述最多,本文不作展開。

最早由於《莊子》和道家的指導,後來又有佛家文化的介入,中國文學藝術家的藝術想像力長期處於世界領先地位,並且在世界文化史上首創了神秘現實主義和神秘浪漫主義的文學藝術流派。對此,我將在專著《神秘主義文學藝術概論》中詳加論述,此處不贅。

五、莊子的技藝觀

莊子在世界文藝史上首創藝進乎道的理論。《莊子·養生主》說:「臣之所好者道也,進乎技矣。」《莊子》用多個形象生動的故事表達「藝進乎道」的美學理論,著名的有庖丁解牛、運斤去堊、解衣盤礴、梓慶削木為鐻、佝僂老人承蜩等等。

馮友蘭於《新理學·第八章藝術》介紹了莊子的「藝進乎道」的重要觀點:

> 哲學是舊說所謂道,藝術是舊說所謂技。《莊子·養生主》說:
> 「臣之所好者道也,進乎技矣。」舊說論藝術之高者謂其技進乎道。
> 技可進乎道,此說我們以為是有根據底。哲學講理,使人知。藝術
> 不講理,而能使人覺。……理是不可感者,亦是不可覺者。實際底
> 事物,是可感者,可覺者。但藝術能以一種方法,以可覺者,表示
> 不可覺者,使人於覺此可覺者之時,亦彷彿見其不可覺者;藝術至
> 此,即所謂技也而進乎道矣。〔註13〕

〔註13〕《新理學·第八章藝術》,馮友蘭《三松堂全集》第四卷,河南人民出版社,
1986 年,第 166 頁。

此論突破文藝作品只重「文以載道」的創作和論藝原則，闡發了莊子的哲學、美學觀，並要求藝術上升到哲理和哲學的高度，即藝進乎道。

馮友蘭《新知言·論詩》又論述藝與道互比的思路，結合《莊子·養生主》的庖丁解牛，論述禪宗和維也納學派的觀點。〔註14〕實際上近現代西方的諸多文藝理論，《莊子》早就有了完美的表達。〔註15〕

莊子「藝進乎道」的觀念對中國文藝家有很大的指導作用。例如，我在多種論著中指出，金庸武俠小說中，張三豐、獨孤求敗、風清揚和趙半山對武學原理的闡發，達到藝進乎道的高度，是繼承《莊子》所取得的巨大藝術成就。〔註16〕

六、莊子與佛教相結合的「莊禪」對中國文藝的重大影響

自宋代起，莊子與佛禪結合，詩人和詩論家多善以禪論詩，先後創立了詩禪結合的妙悟說、神韻說，和20世紀中國領先於世界的意境說美學體系等，都是繼承和發展莊子思想和美學觀的重大成果。中國文化的儒道佛三家互補的格局，決定了中國優秀文藝作品也是儒道佛三家指導和影響下的產物。

在這個方面，我已有《論王士禛的詩論和神韻說》〔註17〕、《論王國維的偉大學術成果對當代世界的價值》〔註18〕、《王國維美學思想研究》〔註19〕和

〔註14〕馮友蘭《三松堂全集》第五卷，第264頁。

〔註15〕周錫山《論馮友蘭哲學中的美學思想》，《傳統與創新——第四屆馮友蘭學術思想研討會論文集》（2000·北京大學主辦「馮友蘭學術思想研討會」論文集，「北京大學創建世界一流大學基金」專項資助項目），北京大學出版社，2002年版。

〔註16〕周錫山《論金庸小說是20世紀中國和世界文學史上領先之作》（《倚天創出，誰與爭鋒——名人名家論金庸》下冊，臺北：揚智文化事業有限公司，2000年）、《論金庸小說是20世紀中國和世界文學史上領先之作》（北京大學與香港作家聯會主辦《2000北京金庸國際學術研討會論文集》，北京大學出版社，2002年）、《令狐沖的人生哲學》（臺北：生智文化事業有限公司，2002年）、《胡斐的人生哲學》（同上，2000年）。

〔註17〕周錫山《論王士禛的詩論和神韻說》，《中國古典文學研究論叢》第6輯，人民文學出版社，1987年。

〔註18〕周錫山《論王國維的偉大學術成果對當代世界的價值》，《王國維誕辰120週年紀念論文集》（1997·北京大學、清華大學、香港大學、臺灣新竹清華大學聯合主辦「王國維誕辰120週年紀念學術研討會」論文集），廣東教育出版社，1999年版；又刊《廣州師院學報》，1998年第8期。

〔註19〕中國社會科學出版社，1992／2016年。

《人間詞話彙編匯校匯評》〔註20〕等多種論著予以論述和闡發，此處不贅。

七、莊子文藝思想的現代意義

劉師培說：《莊子》和《列子》傳承《老子》之書，「其旨遠，其藝隱，其為文也，縱而後反，寓實於虛，肆以荒唐譎怪之詞，淵乎其有思，茫乎其不可測矣。」〔註21〕

當代作家不乏創作的技巧。但在這個基礎上，還必須有更高的要求，才能成為一個成功的作家，寫出傳世之作。

一個優秀的作家必須正確認識和把握時代精神，對民族文化的發展具有強烈的責任感，深切關心民生疾苦，具有王國維所說的「悲天憫人」的宏大胸懷。這些正是一些當今作家所缺乏的。此外——

不少當今作家缺乏擺脫名利、超功利的為藝術而藝術的志存高遠、「十年磨一劍」式的精益求精的魄力、心態和思想境界。

不少當今作家缺乏寧靜的心境，很少能夠忍得住寂寞和貧窮，不善於孤獨，一般做不到大隱隱於市。

不少當今作家缺乏勘破生死、宇宙的氣魄，因而不具有大無畏的藝術創造力。

由於上述的三個缺乏，造成文藝家缺乏宏偉瑰麗的藝術想像力，缺乏振聾發聵之作。

而這些又都是互為因果、互為生發的，作家要將自己鍛鍊成大師、成熟的天才，寫出大作、巨作和天才之作，必須具有以上的諸項要素。當今的少數優秀作家在不同程度上具備了這些要素，所以能夠創作出比較優秀的作品。但與世界一流和前人經典相比，尚有一定或很大距離。

《莊子》中提供了培養以上諸種要素的理論闡發和實踐佳例。讀通《莊子》，掌握了《莊子》的哲學思想和文藝思想，作家就能達到以上要求。這就是《莊子》文藝思想的現代意義。

20 世紀的反傳統思潮和民族虛無主義的錯誤影響，極左思潮中湧現的僵化教條的思維方式，至今尚未徹底肅清，這使學者作家對《莊子》的偉大成就

〔註20〕上海三聯書店，2012 年。
〔註21〕劉師培《南北文學不同論》，《中國近代文論選》，人民文學出版社，1959 年，第 527 頁。

及其輝煌的文化精神認識極其不足，遑論學習，我們必須提高認識，深入學習《莊子》〔註22〕。

　　2006·中國社會科學院和河南省商丘市人民政府聯合主辦「弘揚莊子文化國際高層論壇」論文，香港道教學院《弘道》，2016年第4期。本次大會未出版論文集。馮松濤（中共中央黨校研究生院教授）《「弘揚莊子文化國際高層論壇」綜述》（《哲學動態》，2006年第8期）第二節「莊子思想的現代意義」將本文列為首篇，介紹本文的觀點：「周錫山研究員探討了《莊子》對中國文藝的巨大指導作用及其現代意義。他認為，《莊子》夢幻意識的文學性和藝術性，人生如夢的寬宏達觀的觀念，虛靜思維和隱逸思想，宏大、豐富、美麗的藝術想像力；莊子的技藝觀，莊子與佛教思想結合產生的莊禪等都對中國藝術發展起了巨大的指導作用。《莊子》還提供了培養藝術大師所必需的諸種要素的理論闡發和實踐佳例，這是《莊子》文藝思想的現代意義。」

〔註22〕 參見拙文《目前的中國亟需莊子精神》，北京《中華讀書報》，2007年5月16日（按此文已有30餘家報刊和網站轉載）。

當代道家簡論

上篇　當代道家簡論

道家和當代道家

　　古代道家分為三類：原始道家和後世道家，儒道法結合的道家，儒道佛結合的道家。我認為當代道家是泛指從事道家和道教研究、教學的專家學者，或道學深厚的從事宗教實踐的人士；其中的優秀者主要是在堅守中國傳統優秀文化的基礎上，推重和研究道家並接受現代西方先進文化和科學的學者專家和宗教人士，有多元並存多元互補思維的先進知識分子。

當代道家研究的範圍

　　作為當代道家，其研究的範圍首先應是道家原典，並能作深入準確的闡釋；眾多有志於道家著作研究或對此項研究有興趣的學者，已作出不少成績。

　　當代哲學的經典著作，也是新道家的奠基之作：武漢的傑出學者涂又光《楚國哲學史》。在有的地方超過乃師馮友蘭先生。《楚國哲學史》論述以道家哲學為主流的楚國哲學，結構嚴謹，脈絡分明，敘述精到明晰，文字精練優美，且善於利用中英文雙語細膩精妙地闡發道家哲學的精義。

　　沈善增《還吾莊子》和即將出版的《還吾老子》，是研究道家原典，並作深入準確的闡釋的典範，我認為也是當代新道家的奠基之作；其緒論梳理和闡發以道家哲學為代表的東方哲學的內涵、精神和所達到的理論高度，高屋建瓴，勢如破竹，令人神往。

其次是道家原典和名作中的理論闡發；哲學美學政治學謀略學等；或對道教的氣功原典，作深入準確的闡釋。

道家美學的影響很大。歷代詩人作家畫家和美學家都繼承了道家美學的光輝成果。「大音希聲」等重要觀點早就深入人心。20世紀中國社會科學和人文科學的最大學者，中國現代美學的開創者王國維，在100年前的1904年發表他的第一篇宏文《紅樓夢評論》的開首即說：「老子曰：『人之大患，在我有身。』莊子曰：『大塊載我以形，勞我以生。』憂患與勞苦之與生相對待也久矣。」〔註1〕開首即引老莊之言，我因此而不止一次地批評錢鍾書先生及其追隨者葉嘉瑩等批評王國維此文全以叔本華為理論根據並否定其成就之錯誤，指出王國維是用道家和西方亞里斯多德等多種理論來研究《紅樓夢》，並取得了重大的成就。〔註2〕

我本人曾嘗試探索性地研究《老子》(《道德經》)中的氣學思想，並撰有《論老子之「道」之為氣》一文。〔註3〕

第三，研究儒家與道家共源的理論原點和共同點，儒家對道家思想和理論的吸收；儒家「進則兼治天下，退則獨善其身」，後半句即有道家的思想成分。

研究佛家與道家共同點，佛家對道家思想和理論的吸收。居廟堂之高則憂其民，處江湖之遠則憂其君。

第四，對歷史上著名的道家人物和著作，進行深入研究和精細闡發；對南北朝以後，特別是宋以後接受儒道佛三家結合的傳統文化的重要人物和著作進行深入研究和精細的闡發。

司馬談和司馬遷父子，司馬談是道家人物；司馬遷是以道為主，道儒法結合的歷史學家。司馬遷《史記》是以道為主，道儒法三家結合和互補的劃時代的偉大史學巨著和文化巨著。班固批評他說「先黃老而後六經」，這實際上是在表揚司馬遷對道家的極具卓識的重視和弘揚。《史記》和其繼承者《漢書》總結西漢初年以黃老思想治國的首創性的偉大實踐和歷史經驗，具有深遠的

〔註1〕 王國維《紅樓夢評論》，拙編《王國維文學美學論著集》，北嶽文藝出版社，1987年，第1頁。

〔註2〕 周錫山《論王國維與西方美學》，《中國比較文學》，1998年第4期。

〔註3〕 1991‧上海‧「中國文化與世界」國際研討會（上海外國語大學社會科學院主辦）之拙文《論老子之「道」之為氣》，《中國文化與世界》(「中國文化與世界」國際學術研討會論文集)，上海外國語大學‧上海外語教育出版社，1992年。

歷史意義。

《史記》和其繼承者《漢書》記載傑出的道家人物張良、陳平、曹參和陸賈。這些歷史人物，學術界和廣大古今讀者僅作為傑出的政治家、謀略家來研究或看待，而未能首先以道家的傑出人物的來認識他們，更未能分析和研究道家思想對他們的成長和他們對歷史的卓特貢獻所起的重要的甚或決定性的作用。

以張良為例，他在學禮即學儒家學問後，又精通了黃石公所贈的《太公兵法》，此書是道家即黃老之術的書籍。他便精通了儒道兩家的學問，而尤以道家為主導。所以朱熹一再說：「子房尚黃老」，「子房全是黃老，皆自黃石一編中來」。（《朱子語類》卷一百三十五）黃老之術進有權謀之術，又有宇宙至理、辯證思想的理論高度，退有清靜無為、守身自保的隱居宗旨，在古代是一門悟透宇宙人生、社會政治的精深學問。它使張良學有根柢，思維猛進，性格上也脫胎換骨，成為沉穩睿智、宇量深廣、高瞻遠矚的政治家和軍事家。他不再靠個體式的恐怖活動來反秦，而是聚眾投奔反秦義軍，在反秦和統一中國的戰爭和政治鬥爭中馳騁自己罕與倫比的卓越才華。

張良功勳拙著，他在劉邦論功行賞時，受封富庶的齊地三萬戶，針對劉邦「運籌策惟帳中，決勝千里之外，子房功也」的評功擺好，但張良回答：「陛下用臣計，幸而時中，臣願封留足矣，不敢當三萬戶。」他當場退回劉邦給他的富地三萬戶，只接受留侯的封號。他不肯居功，又按照《老子》的教導，功成身退。他起先「杜門不出歲餘」，最後在勸劉邦立蕭何為相國後，自己索性徹底退出政壇，宣布：「家世相韓，及韓滅，不愛萬金之資，為韓報仇強秦，天下振動。今以三寸舌為帝者師，封萬戶侯，此布衣之極，於良足矣。願棄人間事，欲從赤松子游耳。」「乃學辟穀，導引輕身」，也即修煉氣功。他雖長年多病，終因修習氣功而延年益壽，直至呂后三年（前185）才安然去世。韓被滅時（前230）他年已二十餘，至去世時年近七十，「人生古來七十稀」，在古代已屬長壽了。他曾替呂后策劃，保住她的獨子的太子地位，是以呂后對張良極為感激、敬重和關照。張良此舉為漢朝的順利過渡和鞏固也起了關鍵的作用，功勳卓著。〔註4〕

〔註4〕 參見拙文《黃老之道　治國之方》，《弘道》第17期，香港道教學院2004年。
又，拙著《流民皇帝——從劉邦到朱元璋》（拙著「歷史新觀察」書系之一，
上海畫報出版社，2004年、上海錦繡文章出版社，2012年），其中的有關章節

第五，對不重視或否定道家的著作的缺失做典型性的研究。

第六，對因缺乏道家思想或儒道佛結合思想而失敗的人物作深入研究和精細闡發。如《史記》對項羽、韓信的記載和評論批判。司馬遷《史記·項羽本紀》於篇末總結項羽失敗的原因並嚴厲批評說：「及羽背關懷楚，放逐義帝而自立，怨王侯叛己，難矣。自矜功伐，奮其私智而不師古，謂霸王之業，欲以力征經營天下，五年卒亡其國，身死東城，尚不寤而自責，過矣。乃引『天亡我，非用兵之罪也』，豈不謬哉！」其中尤以指責項羽生平不喜歡讀書，沒有文化，「自矜功伐，奮其私智而不師古，謂霸王之業，欲以力征經營天下」，只能憑個人的才華而無法學習前人的歷史經驗，這個批評最為根本，最為全面而深刻。這是揭示項羽不肯學習道、儒兩家的學說即代表當時最先進的文化的理論而造成他最終失敗的惡果。

韓信呢，在楚漢戰爭最艱苦、激烈的時候，他因為一心只為自己打算，為搶地盤竟背信棄義地攻佔齊國，害了酈食其的性命，與劉邦搶地盤、爭權益、鬧獨立性，當上了齊王。這種裂土稱王的行徑，是逆時代潮流而行的倒退行為，對興漢滅楚的事業造成重大的傷害，韓信本人，在漢營諸將中，其形象尤其是信譽也從此一落千丈。難怪劉邦在消滅項羽後立即「襲奪齊王軍」，徙韓信為楚王。後他被人告發謀反，劉邦用陳平之計，將他擒到長安。韓信哀歎：「果若人言，『狡兔死，良狗亨（烹）；高鳥盡，良弓藏；敵國破，謀臣亡。』天下已定，我固當亨！」這種似是而非的論調，竟引起眾多歷史學家、文學家的共鳴，眾口一詞地指責劉邦無理誅殺功臣。這些學者沒有體會司馬遷明明寫出：韓信此時不反思自己劣跡斑斑，除襲齊害酈外，他在被封為齊王後，依舊不發兵助劉邦攻楚，竟擁兵自重，在旁觀望。直到劉邦采納張良之計，再給他不少好處，他才率軍會戰，合攻項羽。當初，他在劉邦困難時以自己的軍事實力要挾劉邦，以當齊王作為攻楚的條件時，已使項羽、蒯徹（後因避漢武帝劉徹諱，《史》《漢》皆寫為「蒯通」，而《資治通鑒》則仍寫作「蒯徹」）都以為韓信有叛漢自立之心，所以都來動員他謀反。連漢營外的人都一致認為韓信有叛漢之心，可見韓信的謀反嫌疑更是一直圍繞在劉邦君臣的腦際，所以當有人告他謀反，立即引來漢朝眾臣的一片喊殺聲，「左右爭欲擊之」，完全是事出有因。但即使是這樣的情勢下，劉邦依舊頭腦清醒，他並不想殺掉韓信，只是降他為准陰

述評了黃老之道的歷史意義，如漢初以黃老之道為治國方針的成果和意義，和重要人物如張良、陳平、曹參等。

侯，又不讓他去屬地，留他在京城看管起來。可是韓信既不知自己既往惡劣行
為已造成的極為惡劣而廣泛深遠的影響，更不能體會劉邦保護他的深厚美意：
劉邦對他的謀反將信將疑，因為他和眾人並無確鑿證據敲定他謀反，但也沒有
任何反證可洗清他的嫌疑。在這樣的情況下，劉邦將他留在身邊，看管起來，
是避免他以後再被人告發新的謀反嫌疑，從而可以安度餘生的最佳方案。韓信
卻毫無自知之明地無視危機四伏的嚴重局面，只是顧影自憐地看到自己的優
點，他自恃才華、功勞高於眾將，公開看不起絳（絳侯周勃）、灌（嬰）、樊噲
等名將，日夜怨望，居常鞅鞅。此後，《史記‧淮陰侯列傳》和《漢書‧韓信
傳》都記載他秘密動員陳豨謀反，還說：「吾為公從中起，天下可圖也。」漢
十七年（前197）陳豨果反，劉邦親征，韓信稱病不從，暗中派人對陳豨說：「弟
舉兵，吾從此助公。」次年，「信乃謀與家臣夜詐詔赦諸官徒奴，欲發以襲呂
后、太子。」因事泄而被蕭何設計擒獲，為呂后所殺。司馬遷批評說：「假令
韓信學道謙讓，不伐己功，不矜其能，則庶幾哉，於漢家勳可以比周、召、太
公之徒，後世血食矣。不務出此，而天下已集，乃謀畔逆，夷滅宗族，不亦宜
乎！」後世和當今史家也頗有懷疑韓信並未謀反，但都未能提供任何反證，《史
記》和《漢書》都是信史，其記載和結論都難以推翻，尤其是司馬遷最後批判
韓信的評論，決非違心之論。而「學道」兩字充分顯示了司馬遷對人生和宇宙
的認識的最高期望。

　　另如固守儒家的知識精英如班固，他錯誤地批評司馬遷尊奉黃老，事實證
明他的保守、固執，使他的《漢書》在思想上落後於《史記》，從而又影響此
書的總體成就不及《史記》，而且在人生實踐上，也因缺乏以黃老思想的指導
而對子孫教育無方，造成家族和他本人的極大悲劇。

　　第七，研究吸收道家和道教精華而創作的文學藝術名著。古典巨著如《水
滸傳》《聊齋誌異》《紅樓夢》，當代名著如金庸小說，尤其是以道家思想為指
導撰寫的《笑傲江湖》。在這些小說中，古今著名文學家塑造了眾多優秀的道
教人士的光輝形象。筆者有《神秘與浪漫——文學名著中的氣功與特異功能》
作了探索。

　　《水滸傳》中入雲龍公孫勝和他的師父羅真人的藝術形象令讀者難忘，
《紅樓夢》中的一僧一道在書中的重大作用，也有目共睹。《聊齋誌異》中，
《勞山道士》在諷刺既怕吃苦，又為炫耀而學習道術的王生的同時，塑造了勞
山道士道行高超的有趣景象；另如《賭符》中的韓道士，《長亭》中的王赤城

等，描寫了眾多道術高明的有趣道士的藝術形象，又在《賈奉雉》等篇中批評留戀紅塵，道念不堅的書生。〔註5〕

第八，通過道家思想的學習，將道家的精神修養層面的理論精華推向當代的實踐，如灑脫大方，功成身退等。

就像當代社會中的過度治療，造成人類生態的惡化一樣，道家關於「天地不仁，以萬物為芻狗」的思想，是對於作為宇宙在中的一分子的人類的應有的生存狀態和數量控制的見解深刻，意義深遠的論點和發現。

第九，我們應對吸收道家精華的儒家和佛家著作和名家做出深入的研究。

第十，王國維和陳寅恪都認為宋代達到中國文化的最高峰。我認為，此因正是在宋代，中國形成了儒道佛三家鼎立和互補的宏偉格局。我們應對道家在此後的中國文化中的崇高地位和巨大作用作出深入的研究，對21世紀及以後道家對中國文化的復興和發展、繁榮應起什麼作用作出深入的有前瞻性的研究。

下篇　當代新道家的奠基之作舉隅

上已言及，當代道家首先應對道家原典做全面深入的研究並作精當的闡發。筆者本人雖也作了有限的嘗試，但還做得很不夠。我作為一個熱愛道家的普通學者欣喜地看到，已有眾多專家學者對道家和道教的研究作出很大的成績，並出現了不少優秀著作，其中頗有成就拙著的新道家的奠基之作。

以個人的閱讀範圍所及，我認為，當代道家的奠基之作如涂又光《楚國哲學史》和沈善增《還吾莊子》以及他即將完成的《還吾老子》（已有部分章節發表於《文匯讀書週報》），都是當代第一流的學術著作。

沈善增的《還吾莊子》，是深入研究和闡發道家經典原著《莊子》的傑出著作，筆者已撰8千餘字的長文《新道家的奠基之作——沈善增〈還吾莊子〉簡評》，發表於香港道教學院《弘道》，〔註6〕並由《弘道》和另一網站發布到網上，現已有多家網站轉載，與會專家必已看到，此不贅述。本文再就當代學者自撰的哲學的經典著作，也是新道家的奠基之作：武漢的傑出學者涂又光

〔註5〕 參見拙著《神秘與浪漫——文學名著中的氣功與特異功能》，百花洲文藝出版
　　　　社，1999 年。

〔註6〕 《新道家的奠基之作——沈善增〈還吾莊子〉簡評》，《弘道》第 15 期，香港
　　　　道教學院 2003 年。

《楚國哲學史》略敘淺見。

此書是涂又光先生晚年的力作,全書體系嚴密,脈絡清晰,章節安排合理,標題綱舉目張。論述做到宏觀與微觀向結合,宏觀處高屋建瓴,微觀處則心細如髮。行文既嚴肅莊重,又生動活潑,有時還不乏幽默。必要時,標出英語或用英語復述,以加強行文的精確性。內容豐富多彩,充分展示了以道家哲學為主流的楚國哲學的卓越成就和出眾魅力。

此書梳理和描繪楚國以道家為中心的哲學史的發展全過程和重要的人物與理論建樹,介紹各種層次的重要觀點,並將最重要的論點做必要的展開。

此書指出黃帝給顓頊以教誨,顓頊之道發展為後來的老子之道,並合稱為黃老之道。顓頊之後,鬻熊直至老莊的道家哲學發展和高度發展的全過程。

此書指出,又因顓頊的後代有四大分支,秦人和楚人各為其中的一個分支〔註7〕,所以在文化上屬於同根,故而「楚學通於秦學。楚學主流是道家,秦學主流是法家。楚人與秦人同源於顓頊。楚道家與秦法家亦同源於顓頊之道。它們同源,故可相通。」〔註8〕這就從學術淵源的角度解釋了為何申不害、韓非等著名法家或「本於黃老而主刑名」,或「喜刑名法術之學,而其本歸於黃老」(《史記‧老子韓非子列傳》),和司馬遷《史記‧老子韓非子列傳》將這兩位道家和法家的代表人物合為一傳的原因。

此書第八章「伍子胥與復仇哲學」的論述角度新穎而獨特,內容新鮮而全面,而且極有深度。第九章「范蠡 文種」的第一二兩節的標題「吳越霸業是楚文化和哲學的延伸」、「兩位佐越滅吳的楚人」已明晰突出其中的內容,接著詳論兩人的哲學思想,也顯全面而深入。通過本章的敘述,我們得到吳越地區在文化上先於政權歸屬的劃分而演變為楚國地區,以及道家的理論和思想在吳越初期傳播的清晰思路。作者在本章中精彩地指出:

> 人才外流,就是文化擴散。如果說,申公巫臣擴散的是科技,那麼,外流吳越的伍子胥和范蠡、文種則擴散的是哲學。
>
> 春秋後期,吳越強盛起來,吳王、越王相繼成為中國的霸主。這些霸主,都有「搖鵝毛扇」的軍師,如吳王闔廬的軍師伍子胥,越王句踐的范蠡、文種,他們都起了決定性的指導作用。他們使吳王、越王「染」上了楚文化和哲學,而吳王、越王或不自知。他們

〔註 7〕 涂又光《楚國哲學史》,湖北教育出版社,1995 年,第 42 頁。
〔註 8〕 涂又光《楚國哲學史》,第 37~38 頁。

都是外流的楚國人才,是楚文化和哲學的擴散者。在這個意義上說,
吳越霸業實質上是楚文化和哲學的延伸。〔註9〕

接著又具體介紹和論述范蠡的哲學觀念和文種的辯證法及其對句踐的指導作用。當然也強調了范蠡在越國滅吳之後,勸導文種的名言,表達了後來老子提出的「成功而弗居」,「功遂身退,天之道也」的著名原則。

有人在美國科羅拉多大學召開的金庸國際學術研討會上說,句踐全靠陰謀打敗吳國:「在吳越之爭中,吳國是文化很高的文明之國,越國則是文化很低的野蠻之國。越王句踐為了打敗吳國,使用了許多野蠻卑鄙的手段,句踐實際上是個卑鄙小人。卑鄙小人取得成功,這在中國歷史上是條規律。」〔註10〕與會的現為浙江大學文學院院長和歷史學博導的金庸先生接受了這個觀點。筆者因讀過涂又光先生的《楚國哲學史》,在此書的指導下,能夠辨別這種觀點的似是而非的癥結,故而在拙著《胡斐的人生哲學》中予以辯駁。拙著正面引用了涂又光此著的以上重要觀點和以下重要觀點:

范蠡的哲學言論,具見於《國語·越語下》,頗有空言,實非空言,皆為行事而發。范蠡在越行事的全部內容,是處理越吳關係。其行事的中心是伐吳,其行事的目的是滅吳。

伐吳是一個軍事問題,又不只是一個軍事問題。軍事問題講到根本,就是哲學問題。〔註11〕

接著介紹涂又光先生具體闡述范蠡以高明的哲學觀點對句踐的指導,和戰勝吳國的思路與過程,文煩不錄。拙著據此指出:「總之,句踐滅吳,並非靠卑鄙小人的陰謀詭計去戰勝光明磊落的仁義君主,而是依仗傑出人才的出色謀略和長年培育的國力兵力,擊敗在驕奢淫逸暴君統治下的吳國。」並在分析後指出,歷史證明:「以仁義立國,有賴人才治國,才是中國歷史發展的一條規律。」〔註12〕此書各以三章的宏大篇幅介紹和論述老子和莊子的哲學,在莊子章中肯定《莊子》和《列子》兩書互有抄引,又在書中肯定了《列子》中的材料(至少是部分)是真的,不是後世的作偽。

〔註9〕涂又光《楚國哲學史》,第42頁。

〔註10〕轉引自金庸《我崇拜女性——在科羅拉多大學金庸小說國際學術研討會閉幕式上的講話》。

〔註11〕涂又光《楚國哲學史》,第185～186頁。

〔註12〕拙著《胡斐的人生哲學》,臺北:生智文化事業有限公司,2001年,第250～254頁。

　　此書的論述清晰有力，還表現為善於採取多種表達手段來說明抽象的哲學問題。如開首分析南方的楚文化與北方的周文化是平行發展的不同文化，「各有各的文化氛圍。生活在不同的文化氛圍，就象生活在不同的天地。花襲人嫁了蔣玉函，便『另是一番天地』(見《紅樓夢》第一百二十回)，就是因為換了文化氛圍。襲人出嫁是小換，周公奔楚是大換。」用恰當而形象的比喻方法，說明了深奧的哲學問題。

　　在論述有些重要問題時，為提醒讀者重要分析的語句的精確理解，特用英語復述。如，言及形式邏輯是分析抽象概念，辯證邏輯是分析具體事物。這兩種分析「皆在概念中進行，皆用概念進行」，所以都是概念思維。在引號(為筆者所標)中的語句之後，用括號標示英語：analyzing *in* and *by* the concept；並將 in 和 by 兩詞用斜體，〔註13〕以強調「在」(概念)「中」(in) 進行和「用」(by) 概念進行的含義及其中的差別。

　　當然本書也有值得商榷之處，如「范蠡　文種」章第七節「怎樣對待成功和功臣」之最後兩段說：

> 　　《史記‧淮陰侯列傳》記載韓信最後也曾說：「果若人言：『狡兔死，良狗烹；高鳥盡，良弓藏；敵國破，謀臣亡。』天下已定，我固當烹！」也算實踐出真知，韓信真正知道了，然後晚了。

> 　　凡建立新的王朝，都有一個怎樣處理功臣的問題。特別是處理軍事功臣，其方式，後來有「劉邦‧韓信」模式，殺掉；又有「趙匡胤‧石守信」模式，養起來。無非是這麼兩手；或者兩手兼用，有所側重。〔註14〕

這兩段言論明顯將劉邦看作是大殺功臣並枉殺韓信的人物，這個觀點雖是當代文史學界流行的觀點，卻是完全錯誤的，本文上已論及，筆者於拙著《流民皇帝——從劉邦到朱元璋》中予以辨析，此不展開。另外，對老子和莊子的分析和評價，沈善增先生可能會有不同的見解。

　　上已言及，當代優秀的道家研究之作，包括能作為新道家的奠基之作的傑作還有不少，但因個人閱讀範圍的限制和研究能力的侷限，不能遍指，故而僅就涂、沈兩著略述淺見。希望學界同好，一起作好評論工作，彰顯當代道學的優秀之作，以繼承道家的光輝歷史遺產並使道家研究繁榮起來，為弘揚民族

〔註13〕《楚國哲學史》，第 24 頁。
〔註14〕《楚國哲學史》，第 202 頁。

優秀文化和建設中國的現代新文化而共同努力。

2004 年 5 月 13～14 日·武漢大學和中國社科院哲學研究所
聯合主辦「海峽兩岸首屆當代道家學術研討會」論文，
《當代道家和道教》(「海峽兩岸首屆當代道家學術
研討會」論文集)，湖北人民出版社，2005 年

唯道論簡論

摘要：

　　道家創立的唯道論是各派體系都接受的理論，所以「道」的概念具有多義性。宋代理學家（又稱道學家）以唯道論為指導和核心，將儒道佛三家合一，於是中國文化形成了儒道佛三家鼎立和互補的宏偉格局。唯道論在中國歷史上具有偉大的指導作用，並具有重大的價值。

　　宮哲兵《唯道論的創立》取得很高的學術成就，本文下篇即評論此書。

關鍵詞：多義性；共同的理論；指導作用；當代價值；宮哲兵；《唯道論的創立》；
　　　　簡評

　　本次研討會的議題「唯道論的理論意義與當代價值」，是一個非常有意義的論題。今就這個議題略述淺見。

上篇　唯道論簡論

一、概念和定義

　　唯道論，就是以道為論述中心的哲學理論和實踐之總結，並將所有的理論和實踐的探索都歸結為道。所以，道也可分解為多種意義：規律、原理、準則，宇宙的本原。

　　老莊孔孟認為道是宇宙萬物的最高本質，道也是儒道兩家的最高理論追求。

　　道也是一定的人生觀、政治理想或主張。「道不同，不相為謀」（《論語・衛

靈公》)。孔孟之道的道,即此意。

道,這個概念最早出現於春秋時代,子產提出「天道遠,人道邇,非所及也」(《左傳‧昭公十八年》),天道指天體運行的規律,人道指做人的最高準則。

老子的道,首先是他的宇宙論的基本概念,他認為道是先天地生的宇宙本原。「有物混成,先天地生,寂兮寥兮,獨立而不改,周行而不殆,可以為天下母,吾不知其名,字之曰道。」(《老子》二十五章)

莊子繼承和發展了老子的思想,也主張道是宇宙之根本,它自本自根,超於一切之上:「夫道有情有信,無為無形,可傳而不可受,可得而不可見,自本自根,未有天地,自古以固存,神鬼神帝,生天生地。」(《莊子‧大宗師》)老莊認為道是虛玄微妙,超乎感覺經驗的宇宙本體(一說為物質性本體)。

法家是由道家派生出來的,所以韓非在《解老》中繼承了老子的「道」的理論,並做了自己的闡發,認為道是自然界自身的規律,「道者,萬物之所然也;萬理之所稽也。」道是萬物所以然的總規律;又是萬物之理的總依據。

馮友蘭和任繼愈等現代哲學家借用西方術語說,道是宇宙的總規律;又根據《莊子》的闡發,認為道是文化藝術等精神產品和物質產品的最高層次的境界。

我根據老莊的理論敘述和歷代學者研究的成果,認為:在道的多種定義中,有一個重要的定義就是氣,曾撰文《論〈老子〉之「道」之為氣》〔註1〕加以論述。老子說:「道之為物,惟恍惟惚。惚兮恍兮,其中有象;恍兮惚兮,其中有物;窈兮冥兮,其中有精;其精甚真,其中有信。」(二十一章)這是描繪道作為氣的形態。「天下萬物生於有,有生於無。」(四十章)無,就是氣,認為天下萬物都是氣生成的,所以又說:「道生一,一生二,二生三,三生萬物。萬物負陰而抱陽,沖氣以為和。」(四十二章)這些言論中的「道」,都包含有「氣」的意思。

近年宮哲兵先生出版專著詳細論述唯道論,他說:從哲學上看,道是宇宙的生生之元;從科學上看,道是宇宙大爆炸從無生有的過程;從宗教上看,道是泛神論的自然性的精神;從文化學上看,道是中華民族的最高文化精神。萬有唯道所生,萬有唯道所成,道在萬有之中,萬有唯道所主。唯道論突破天、

〔註 1〕 周錫山《論〈老子〉之「道」之為氣》,《中國文化與世界》(1990‧上海‧「中國文化與世界」研討會論文集),上海外國語大學‧上海外語教育出版社,1992年,第 143 頁。

帝信仰，創新為泛神論；突破泛道德主義，創新為自然主義；突破人道的視野，創新出宇宙生成論；突破務實的文化精神，創新出超越的文化精神。〔註2〕

宮哲兵對唯道論的研究全面深入而又精當，本文下篇即專評此書。

二、唯道論是中國儒道佛三家共同的理論

中國傳統文化具有儒道佛三家鼎立和互補的宏偉格局，我認為，唯道論不僅是道家首創的，也為儒家所接受，更是佛教進入中國、得到中國知識階層和一般民眾接受的橋樑，唐宋以後，隨著中國理論界、思想界三教合一的步伐，唯道論逐漸成為中國儒道佛（禪）三家共同的理論。

儒家的創始人孔子也講道：「君子學道則愛人」（《論語·陽貨》）。

儒門名著《易傳·繫辭》則以為陰陽的合成就是道，事物的對立統一便是道：「一陰一陽之謂道」。

《管子·心術上》認為道普遍地存在於天地之間，「道在天地之間也，其大無外，『小無內』。荀子也認為：「天有常道矣，地有常數矣」（《荀子·天論》）。

但儒家論述的多是為人之道，「道者，非天之道，非地之道，人之所以道也」（《荀子·儒效》）。

牟鍾鑒先生最近指出：「儒家憂國憂民，講齊家治國平天下，這是非常好的。但是如果過於關心，就會處於一種焦慮的狀態。孔子不一樣，用之則行，舍之則藏，他是受到道家影響，無可無不可，所以孟子稱他為『聖之時者也』。大部分人在逆境中還在苦苦地尋求，他們不是採取簡單的自我毀滅的方式，而是做自己該做的事情。一方面他很積極，對國家和民族有一種很強的責任感，中華精神他概括得最精闢，影響很大。但是當他身處逆境的時候，他默默地調整自己，還要作事情。這種調節精神，是道家的精神。」〔註3〕指出孔子受到道家的影響。

實際上，孔孟的確都接受了道家關於道的理論，並在自己的著作中有所體現；或者說，孔孟有著與道家共通的思想理論，即唯道論。由於唯道論的指導，老莊蔑視和否定統治者，孔子建立「仁」的理論，倡導仁政、王道的政治思想；孟子則倡導「民貴君輕」的觀點。漢以後到宋明時期，由於孟子的論述更為全面和深入，孟子思想的傳承成為儒學發展的主流，孟子的「反求諸己」

〔註2〕 宮哲兵，《唯道論的創立——質疑中國哲學史「唯物」「唯心」體系》，武漢出版社，2004年。

〔註3〕 牟鍾鑒、陳來，《儒道對話：如果沒有道家》，《光明日報》，2006年1月24日。

從某種程度上代表著整個儒學。

又正因唯道論的指導，孔孟兩人在自己的人生實踐上，在入世方面也並不執著，他們最後都像老莊一樣，甘心當上了隱士，在君王處游說自己的理論失敗之後，他們都不願為當時無道的昏君服務，更不為「五斗米」而折腰。孟子還曾當面直斥君王們的腐朽和無能。孟子在理論上提出「君之視臣如手足，則臣視君如腹心；君之視臣如犬馬，則臣視君如國人；君之視臣如土芥，則臣視君如寇讎」這一令專制君主嫉恨恐懼不已的著名思想。

可見，唯道論還指導知識分子淡泊名利。日本第一位諾貝爾物理學獎獲得者湯川秀樹曾表示：對他啟發最大的是中國的莊子和老子，老莊思想的核心就是淡泊名利。這是中國科學界目前最需要的東西。〔註4〕

像道家的老莊一樣，儒家也十分重視人的自身修煉即修行。以《孟子》為例，他「保養本心」、善養「浩然之氣」。孟子的養氣說，對內、對自身是修行保養，愛惜和維護自己的健康，發展自己的氣魄；對外、對社會是「仁民而愛物」（《盡心上》），「君子不怨天，不尤人」，「自任以天下之重」（《萬章上》），以實現自我人生價值。他認為只有人格獨立自主才能「無為其所不為」，才能「仰不愧於天，俯不怍於人」（《盡心上》）。孟子宣布：「居天下之廣居，立天下之正位，行天下之大道」，「富貴不能淫，貧賤不能移，威武不能屈，此之謂大丈夫。」（《滕文公下》）後世的優秀知識分子，都能繼承和學習孔孟之道的精華，並付之自身修養和社會的實踐。

魏晉以後，伴隨玄學而流行的佛教般若學，也將佛教的道理稱為「道」。例如道安說：「等道有三義焉，法身也，如也，真際也。」（《合放光光贊略解序》）「等道」，意即道是平等的。佛教的宇宙論、人生論和認識論的確與道家有一定的相通之處，與唯道論有相通之處。佛教對個人自身的修行、修煉要求，也與道儒兩家有共通之處。

正因如此，到兩宋，理學家在唯道論的指導下，將儒道佛三家合一。此時產生的理學和以後的哲學家、思想家多尊奉三家合一的文化遺產，對道也多有闡發。故而他們又稱為道學家。理學家都認為道是最高的實體。北宋邵雍提出「道為天地之本，天地為萬物主本」（《觀物內篇》），「天由道而生，地由道而成，人物由道而成」（同上）。張載的觀點與邵雍相反，乃以氣為道，認為道即

〔註4〕朱幸福、牛震，《對話美國華裔教育家：中國大學教育最需要什麼》，《文匯報》，2006年5月9日。

氣化的過程,「由氣化,有道之名」(《正蒙‧太和》)。北宋二程和南宋朱熹以理為道,朱熹說:「理也者,形而上之道也,生物之本也」(《答黃道夫》)。明清之際王夫之亦以理為道,「道者,天地人物之通理,即所謂太極也」(《張子正蒙注‧太和篇》)。他說的理是氣之理,與程朱不同。清顏元以理氣的統一為道,「理氣俱是天道」(《四書正誤》)。戴震發揮張載氣化的觀點,「道,猶行也;氣化流行,生生不息,是故謂之道」(《孟子字義疏證》),認為道不是理,而是氣的變化過程。

三、唯道論的偉大指導作用

自先秦至清末的漫長的封建社會中,唯道論對中國學術界、思想界、文化界和優秀統治者以及一般民眾有著極大和偉大的指導作用。

由唯道論武裝頭腦的優秀中國知識分子,不僅突破天、帝信仰,而且也沒有泛神論的束縛。譬如老子、莊子、孔子、孟子,他們雖然不否定鬼神,卻多不言鬼神,「子不語怪力亂神」。不談鬼神,只談自然,崇尚自然。對於各方神聖,孟子認為:「聖人,與我同類者。」(《告子上》)

道家的唯道論突破了人的中心論。老子認為「天地不仁,以萬物為芻狗」,人只是萬物之一而已。在這種思想的指導下,中國傳統文化從不認為人可以或應該征服自然,征服其他物類,而是一貫主張人與天地、萬物和諧相處,人應該順應自然,崇尚自然。

唯道論教育中國的知識階層只信仰真理,而且是自由地相信真理。

由於中國哲學的本體是唯道論,道代表了中國哲學的本質,於是在中國哲學的指導下,中國與西方和阿拉伯不同,沒有一個全民皈依的宗教,沒有全民信仰的宗教之神。古代中國的知識階層和一般民眾之所以對外來的佛教特別敬重和親近,就因為佛教不要信徒和民眾崇拜教主,中國的知識階層在唯道論的指導下,理解接受了佛教與唯道論有頗多共同之處的哲學理論、宇宙和人生理論。例如,老子「天地不仁,以萬物為芻狗」的思想,與佛家眾生平等的理論,有著本質上的一致性,都在一定程度上探索到了宇宙、萬物和人生的本質。

由於唯道論的指導,中國學術界、思想界皆無成見,絕不固守現有理論,更不以我為大。所以各派學者能夠互相學習,吸收任何人提供的精華,最後做到各派理論的融合。即使對外來的印度佛教也無比熱誠地移入和學習,用一千年的漫長時間翻譯、學習、消化,終於將整個佛教寶庫搬入中國,將佛家文

化融入為中國文化的不可分割的一部分。

自明代至今，4百年來，中國學術界和思想界，對西方文化也進行了同樣的歷程。可以預見，不久的將來，中國即將整個西方文化體系中的優秀著作全部譯成中文，並逐漸將西方文化的精華完全融入到自己的文化之中。

由於唯道論的指導，自先秦至明末，儒道佛三家的哲學家在理論探討的同時，多有修煉即修行的實踐。修煉、修行，當今的通俗講法是「練氣功」，過去又稱之為「打坐」，練習氣功到了高級階段就要打坐。用儒道佛三家哲學指導自己的本專業創造的知識分子，也多重視修煉的實踐。他們都在修煉的實踐中體會自身生命的本質和力量，在修練時利用氣的能量觀察（內視）宇宙和人生，並提高自己的技藝水平。著名的政治家張良也是黃老之道的忠實實踐者，他在輔助劉邦戰勝強敵、建立西漢之後，遵照《老子》的教導，功成身退，「願棄人間事，欲從赤松子游耳。」「乃學辟穀，導引輕身」（《史記·留侯世家》《漢書·張良列傳》），最後以多病極弱之身而獲得長壽。打坐、修煉也包含著孟子所說的吾善養浩然之氣的意思。

中國古代眾多傑出的文學藝術家也精通儒道佛三家的理論，精通唯道理論，並以此來指導自己人生的修煉和創作的實踐。其例不勝枚舉。詩人如唐代的李白、宋代的陸游，畫家如明代的徐渭、清代的石濤。徐渭因為長年修煉，晚年常常辟穀，不吃飯食，「十年絕粒，且偉碩如常」（張汝霖《刻徐文長佚書序》）石濤則在題畫詩跋中多次言及自己練功的狀況，如「數息閒穿日，如泉似水陂。有聲通嶽處，無異挾山時。舊注癡龍養，幽歸六鶴期。」（《大滌子題畫詩跋》）談起日常堅持練功（數息）的狀況。又如：「盤磚萬古心，塊石入危坐。青天一明月，孤唱誰能和」。（同上）第二句言其靜坐練功的場所，第三句言其打坐的時間：打坐的最佳時刻是午夜的子時，所以長夜明月常相伴也。第一、第四句說他打坐得到了獨到的體會。

由於唯道論的指導，以漢族為主的古代中國，中原民族與邊疆民族在思想文化方面也存在著「華戎一族」的思想認識和文化認同，在政治上聯繫緊密，互相依存，最後終於統一為完整的國家。這個文化認同即是以唯道論為基礎的。期間由於北方強橫民族的多次挑起戰爭，自漢武帝起，在反擊和戰勝其入侵後，能夠善待戰敗的異族：給予土地、糧食和財政支持，讓他們安居樂業，並保留他們的社會制度和政體。後世的傑出統治者如光武帝、唐太宗等都繼承並發揚了漢武帝的善待、優待異族的正確政策。

四、唯道論的當代價值

唯道論對於當代的理論發展和社會建設有著重大的價值。

首先，唯道論對於古近代中國所起的以上眾多的指導作用至今沒有過時，我們必須認真繼承和發展傳統文化中的道的理論。現代中國文化的發展，必須在繼承優秀傳統文化的基礎上才能進行，唯道論就是我們弘揚傳統文化、繼承傳統優秀文化的極為重要的一部分。中國人的國民的人格的形成，健康和剛柔相濟的心魄的形成和維持，唯道論都依舊有著永不過時的偉大指導意義。

其次，唯道論對當代世界哲學的發展能起重大作用。

馮友蘭認為中國（東方）哲學神秘一點，西方哲學科學一點，世界哲學的今後發展應是中西哲學的結合，西方哲學要學習中國（東方）哲學的神秘，中國哲學要學習西方哲學的科學。中國和東方哲學中的唯道論頗有神秘的成分，所以馮友蘭先生提出了這樣的觀點。

學術界已有這樣的共識：現代中國哲學作為一種特殊傳統哲學的繼承者，它有責任給世界提供一種特殊的哲學形態（方法、概念和思路）來豐富哲學的內涵，它有責任以自己的方式來不但思考自己的特殊問題，也思考當今世界人類的共同問題。我們必須擺脫 20 世紀的學術界僅僅模仿西方的理論形態的侷限。西方哲學的傳統形態在西方不斷受到質疑給中國哲學尋找和創造自己的獨特形態提供了前所未有的有利條件。中國國力強盛使中國文化擺脫弱勢，必能漸受西方重視，更使唯道論即將得到廣泛傳播的重大歷史機遇。唯道論的重大理論成果必能造福於整個人類。

這都是從世界哲學的發展角度看唯道論在當代世界的意義。在社會實踐上，也是如此。

近有學者指出：中國哲學中潛藏著一股「世界主義」思潮，既有打破「國家中心論」的較低層次的世界主義，有打破「區域中心論」的較高層次的世界主義，也有打破「人類中心論」最高層次的世界主義。世界主義的各種形態，齊備於中國哲學家的頭腦中，這在世界哲學史上是不多見的，值得認真發掘。從原有的哲學格局看，西方哲學的視野主體上還是「地球中心論」和「人類中心論」的，基本上還是以解決人與人的關係問題為主。但中國哲學的「世界主義」視野提供給人類一種偉大的智慧：要解決人類的問題，就不能以人類為中心，就必須置身於人類之外；要解決人與人的關係問題，就不能以人與人的關係問題為中心，就必須置身於人與人的關係之外；要解決地球的問題，就必須

突破「地球中心論」，必須置身地球之外。換言之，不突破「地球中心論」，不突破「人類中心論」，恐怕還是不可能從根本上解決人類所面臨的問題；不解決人與物的關係問題，不解決物與物的關係問題，恐怕也不可能從根本上解決人與人的關係問題。中國哲學中的「世界主義」視野，是打破各種「中心論」的一把利劍；它使中國哲學不可能產生西方式的「痛苦中心論」、「生命中心論」，更不可能產生西方式的「人類中心論」。〔註5〕

第三，唯道論對於當今和諧社會的建設有著重大的意義。近有學者指出：傳統和諧思想肇始於遠古的巫術禮儀之中，汲取「陰陽五行」和「天人合一」思想的精華得以形成和發展，經儒、道、釋等不同哲學體系各有側重的發揮，逐步深化和不斷豐富，最終由宋明理學加以辯證綜合，形成了完整的理論體系。傳統和諧思想在維繫社會穩定、促進社會和諧、推動社會發展的歷史進程中，發揮了不可或缺的重要作用，並為社會主義和諧社會的構建提供了可資借鑒的思想資源。〔註6〕

此前，上海學者沈善增先生在其傑作《還吾莊子》中早就指出：東方文化的主流意識是「生命意識」。「生命意識」的核心是「平等」觀念與「同一」觀念，而西方文化的主流意識是「造物意識」，其核心則是「使命」觀念和「矛盾」觀念。「生命意識」的「平等」與「同一」觀念是：生命儘管形態有大小、層次有高低、壽命有長短、能力有強弱、利害有衝突，但每個生命體都是獨立的，本質上是平等、同一的，任何生命體都沒有天賦的駕馭乃至消滅另一個生命體的權力。我在《新道家的奠基之作——沈善增〈還吾莊子〉的卓特成就簡評》指出：《還吾莊子》關於東方哲學的生命意識揭示，對今後人類歷史的發展具有深遠意義。在整個 20 世紀，西方的文化和思想風靡全球。按照西方的觀點，不競爭屬於消極，競爭就作你死我活的鬥爭。而老莊則顯示和提倡在思想風範上的高境界，主張在競爭中和諧的發展，高層次的共存，從而使人類獲得正常有序、無限光明的前景。〔註7〕

〔註5〕 張耀南，《中國哲學的「世界主義」視野及其價值》，《北京大學學報》，2005 年第 3 期。

〔註6〕 管向群，《中國傳統和諧思想探源》，《光明日報》，2005 年 12 月 27 日。

〔註7〕 周錫山《新道家的奠基之作——沈善增〈還吾莊子〉的卓特成就簡評》，香港道教學院《弘道》，2003 年總第 15 輯，第 84 頁。另參見周錫山《沈善增〈還吾老子〉簡論》，《自然‧和諧‧發展——弘揚老子文化國際研討會論文集》，中州古籍出版社，2006 年，第 339 頁。

下篇　唯道論的當代優秀著作《唯道論的創立》簡評

　　武漢大學哲學學院宮哲兵教授的新著《唯道論的創立——質疑中國哲學史「唯物」「唯心」體系》〔註8〕，25 萬字，是他用功 25 年（1980～2004），反覆砥礪，立意創新的哲學理論的出色成果，同時也是 21 世紀一部正本清源、啟人心智的傑出文化著作，值得向學界尤其是青年學子推介。

　　《唯道論的創立》全書共分四個部分：第一部分「唯道論的創立」，圍繞老子的「道」而闡述，創立「唯道論」的學說，寫於 2004 年，是作者最新的理論成果；第二部分「質疑中國哲學史『唯物』『唯心』體系」，寫於 20 世紀 90 年代；第三部分「《老子》到《易傳》——晚周辯證矛盾觀形成的歷史與邏輯過程」和第四部分「《左傳》、《國語》樸素辯證法思想範疇資料注評」是作者於 20 世紀 80 年代初完成的碩士論文《晚周辯證法史研究》中的主要內容。

　　本書的核心內容是關於當前中國哲學史研究中的兩個最重要的問題：建立創新的哲學理論和質疑陳舊的中國哲學史「唯物」「唯心」體系。兩者相輔相成，互為因果，邊破邊立。作者自於 1980 年 10 月 1 日《光明日報》發表自己的第一篇論文《要注意中外哲學史的特殊性》，首次對中國古代哲學史上的唯物主義與唯心主義鬥爭史模式提出質疑，到此後不久於上海古籍出版社出版碩士論文《晚周辯證法史研究》，在作堅實的文獻整理、梳理和編選、注釋這樣重要的基礎工作之後，再次對這個模式提出質疑，再到 1996 年起在多家刊物連續發表中心議題都是關於「中國哲學史上有沒有唯物主義與唯心主義」問題的近十篇論文（最重要的有連續發表於《廣西民族學院學報》，1996 年第 1、2、3 期的《中國古代哲學有沒有唯心主義》、《中國古代哲學有沒有唯物主義》和《中國古代哲學有沒有認識論》等），直到 2004 年出版本書，並發表「唯道論」理論，前後歷時長達 25 年之久，這種鍥而不捨、踏實精進的學風，是本書取得重大成果的深厚基礎。

　　關於本書的意義，劉清平先生《也論中國古代哲學之所無與所有——與宮哲兵先生的對話》以上舉三文為例，認為宮哲兵的論說「很有說服力地指出了中國古代哲學並不存在西方哲學意義上那種唯物主義與唯心主義的對立與認識體系，為今天人們重新研究中國古代哲學的精神實質提供了一些富於啟迪意義的新見解。可以預見，這些見解對於糾正一百多年來哲學界在『西風東

〔註 8〕宮哲兵《唯道論的創立——質疑中國哲學史「唯物」「唯心」體系》，武漢出版社，2004 年第一版。

漸」歷史氛圍下形成的『中學西範』的思維定勢（以西方哲學作為典範模式研究中國古代哲學，卻相對忽視後者的獨特本質內容），必將產生振聾發聵的積極作用。」鄧曉芒教授在《為開創中國哲學史研究的新時代而努力（本書代序）》中讚譽：「宮哲兵先生以全新的思維方式，從中華民族哲學的實際出發，對中國哲學史重新作了審視」，從而寫出本書，本書「是以真正嚴肅的態度，對待並深入剖析以往研究失誤的一個不可多得的例子。我們過去的中國哲學史研究到底失誤在什麼地方？通過這種失誤，我們究竟獲得了那些教益？在研究與西方文化不同的中國文化現象時，我們首先應注意些什麼問題？馬克思主義哲學史方法論原理，在什麼意義上可以運用於研究中國哲學史？又在什麼意義上必須經過具體的引申和發展才能適用於中國哲學史？」本書作了較好的回答，「如果說，中國哲學史不是『唯物』『唯心』體系，那麼它是什麼體系呢？宮先生在書中明確地提出：這個體系就是『唯道論』！中國哲學史就是唯道論產生、發展的歷史。」學者們對「宮先生思索幾十年後提出的理論觀點，」「特別是對這種治學態度的討論和重視，在 21 世紀開創中國哲學史研究的新時代。」通過以上兩位先生的闡發，本書的意義已經十分明晰了。

從宮哲兵先生的學術經歷看，他始終努力地學習中國傳統哲學的光輝遺產，在盡力掌握傳統文化精粹的基礎上，先破不利中國哲學發展、不利新的研究的唯物唯心鬥爭觀，然後依靠傳統文化無比深厚的底蘊，建立中國哲學的唯道論。這完全符合學者依靠豐厚傳統，破除研究障礙，創設新論的思維發展規律和學術發展規律。本書以唯道論為本書之首，然後質疑中國哲學史「唯物」「唯心」體系，這樣的次序安排也符合學科建設的發展規律：建設新論比破除舊說要困難得多，也重要得多，而且只有建立起新論才能真正否定舊說，所以本書將「唯道論」新論放在全書最重要的首位是正確的。本書後半部分「《老子》到《易傳》──晚周辯證矛盾觀形成的歷史與邏輯過程」和「《左傳》《國語》（兩書中記載的 15 家）樸素辯證法思想範疇資料注評，顯示了作者紮實的文獻工夫和為本書所作的堅實文獻準備。後半部分是前半部分的基礎。正因作者認真學習晚周的辯證法思想範疇的資料並作了精當的梳理和研究，在進入哲學研究領域的最初階段即深入掌握以中國表達方式所闡發的辯證思維方法，才能追本溯源地真正掌握整個中國哲學史，在中西哲學和思維結合的基礎上思考研究哲學論題，並進而否定中哲史研究中的「唯物」「唯心」研究模式，發現和創立中國哲學的唯道論。如以辯證法思考問題，那麼，不僅中國哲

學的「唯物」「唯心」研究模式應該否定，而且西方哲學研究中以「唯物」「唯心」作為唯一研究模式的方法也應否定，因為非常豐富複雜的西方哲學史不能用簡單化、教條化即僵化的眼光來對待，除了唯物唯心鬥爭的研究模式之外，同時也應有多種視角和方法的研究；以「唯物」高於「唯心」的研究標準則更應否定。史實證明，除了馬克思主義的三四位經典作家的少數經典著作之外，所有的唯物主義哲學家及其著作的成就和影響都遠遠不及蘇格拉底、柏拉圖、康德和黑格爾、叔本華等唯心主義哲學泰斗及其經典著作，而且，對於信奉馬克思主義的哲學家和其他學科的學者來說，也必須認識到：即使這三四位馬克思主義經典作家的經典著作也不能替代和取消上述列舉的唯心主義哲學泰斗的偉大著作，後者至今還有其永遠不可磨滅的帶有普遍性質的深遠歷史意義和巨大現實意義。再進一步說，從純學理的角度看，至少到目前為止，唯心主義的研究層次和研究的對象的層次都要遠高於唯物主義。更何況，當今的科學研究水平還非常低，尚未對宇宙包括地球獲得必要和充分的完整知識（包括宇宙的產生與終結），無法解釋和研究宇宙中眾多的神秘現象，對古代的神秘文化也無力研究和解釋，科學對它們所做出的許多想當然的否定性結論，既無證明，也無反證。這也決定了唯物主義的研究水平很低，需要再作許多代人的艱巨努力才會拿出更有說服力的結論。更何況，有不少哲學家認為，唯心主義的思維和認識水平本就高於唯物主義。

本書在質疑中國哲學史「唯物」「唯心」體系時，首先指出產生這個體系的原因在於中國哲學史體系的泛化，並具體分析哲學起點的泛化、研究範圍的泛化、背景分析的泛化和泛化的原因；這樣便抓住了錯誤研究模式的根本，接著依次用有說服力的論述來提出中國古代唯心主義質疑、中國古代唯物主義質疑、中國古代先驗論質疑、中國古代反映論質疑、中國古代經驗論和唯理論質疑和中國古代辯證法與形而上學鬥爭史質疑。同時具體分析哲學基本問題以及兩個派別的劃分不是絕對的，中國古代哲學的基本問題不是思維與存在的關係問題，中國古代哲學沒有唯心主義，中國人與歐洲人的傳統思維方式不同；中國古代不具有唯物主義的基本前提，早期陰陽學說、五行學說、氣一元論不是唯物主義；中國古代沒有先驗論、反映論，經驗論和唯理論是近代實驗自然科學的產物；形而上學的時代性以及它與樸素辯證發的關係，中國古代不具備形而上學的思維特徵。然後，作者又分別論證孟子和王陽明不是主觀唯心主義哲學家，孔子、孟子和宋明理學家不是先驗論哲學家，荀子、王夫之不是

反映論哲學家，墨子不是經驗論哲學家，老子、孔子不是唯理論哲學家，董仲舒不是形而上學哲學家，陸象山不是唯心主義哲學家、陸象山的宇宙論不是唯心論。用五個層次周密、全面、有力地批駁和否定了中國哲學史「唯物」「唯心」體系。凡是優秀的劃時代著作都有極大的挑戰性，本書顛覆了中國近百年來兩三代人所信奉的哲學體系，鄧曉芒先生認為「特別是對這種治學態度的討論和重視，在 21 世紀開創中國哲學史研究的新時代。」

本書「唯道論的創立」部分，第一章為「老子的唯道論」，分別敘述道的淵源、道論的興起、唯道論的創立、唯道論的基本觀點和唯道論的理論突破；第二章是「道」的多學科透視，分論：從哲學上看，道是宇宙的生生之元、從科學上看，道是宇宙大爆炸從無生有的過程、從宗教上看，道是泛神論的自然性的精神、從文化學上看，道是中華民族的最高文化精神；第三章談「道與當代宇宙論」：道與宇宙大爆炸、道與宇宙生成、大爆炸宇宙論與當代人文理論；第四章介紹「當代道家」：當代道家的興起、當代道家的理論、當代道家的學術熱潮，最後一節再歸結到「唯道論」。如果說本書破的部分，對中國大陸學界最有震動，那麼，本書「唯道論的創立」部分，應是中國學者對 21 世紀世界哲學史所做出的應有的正面業績和重大貢獻。

可笑同時又是可悲的是，正當羅素、容格、李約瑟、湯因比等現代西方學術泰斗和傑出學者對中國的道家文化極為推崇，眾多西方有識之士對中國偉大的傳統文化讚美不絕的時候，中國學界的主流卻在近一個世紀的漫長歲月中，以自認為「科學」的立場、唯物唯心鬥爭的思維模式力圖打倒和摧毀自己的文化傳統。在 20 世紀和 21 世紀之交前後的十多年中，在已經擺脫極左思潮陰霾的中國學界，終於又有了全面深入客觀地研究傳統文化的首批優秀著作，本書不僅是其中的佼佼者之一，而且還是先覺者之一，——早在上世紀 80年代之初，本書作者就曾發出過自己借助於先哲（從老子到《易傳》的無名作者）智慧力量的雄獅一吼。

本書發表的唯道論的基本觀點是明晰的：萬有唯道所生，萬有唯道所成，道在萬有之中，萬有唯道所主。妙在根據全來自老子和個別的莊子的論說。本書認為：從戰國時代的莊子的「唯道集虛」之說，到 20 世紀新道家金岳霖的《論道》之作，唯道論不僅源遠流長，而且推陳出新，理論形態不斷更新，唯道論就是中國哲學史的主幹。本書的創新之處是在新的歷史條件下，再次整合唯道論的體系，用新的理論語言再次論述其重要觀點，並與錯誤觀點論戰，從

而做出自己新的理論總結，同時也就做出了論者自己的帶有時代特點的發展。這就是創新，這樣的創新是真正的創新。只有在充分尊重前人和同代人既有優秀成果的基礎上的創新才是真正的創新。一切偉大的創新也都是這樣做出來的。

「唯道論的創新」的最後是簡敘「唯道論的理論突破」，論述了唯道論突破天、帝信仰，創新為泛神論；突破泛道德主義，創新為自然主義；突破人道的視野，創新出宇宙生成論；突破務實的文化精神，創新出超越的文化精神。本書令人神往的內容便在這個部分。因為這個部分初步寫出了中國哲學的偉大精神和偉大力量，初步寫出了中國哲學高於西方哲學一個層次，並代表人類未來的精神發展方向的基本面目。關於這，沈善增出版於 2001 年的《還吾莊子》導論已著其先鞭，也有十分暢達的論述，讀者可以參看、比較。有人嘲笑季羨林先生「三十年河東，三十年河西」的東方文化展望論為「東方文化救世論」，宮哲兵和沈善增兩位先生的這兩本著作已為季羨林先生的宏論作了雖是初步的卻是有力的論證。

本書的不少觀點闡發得比較全面和深入。如，關於道的定義，本書嘗試以一種多學科立體透視的方法，探索其奧秘，認為，「從哲學上看，道是宇宙的生生之元，道與始基、本原是比較接近的概念。從科學上看，道是宇宙大爆炸從無生有的創造過程，道與宇宙總能量是比較接近的概念。從宗教學上看，道是泛神論的自然性的神，在修行層面，道與氣（神秘的活力或泛生命力）是比較接近的觀念。從文化學上看，道是中華民族的最高文化精神，道與邏各斯是比較接近的觀念。」（第 12 頁）這樣的論述，無疑是相當全面的。

如要深入研究道家和道教，研究「道」學，就必須涉及到其中的神秘文化。本書在這方面的論說也是比較得體的。以本書中「道即是『氣』」的觀點為例，本書在論述「從科學上看，道是宇宙大爆炸從無生有的產生過程」的一節中，又指出老子的道，「其中有精，其精深真。」「精即氣也。」（第 27 頁）從「道」與能量的比較角度，還指出：

> 氣大致是力與能量。日本小野澤精一說：「氣的思想概念，作為全體而言，可以視為是組成人和自然的生命、物質運動的能量。」「在德國，重點是生命力；在法國，重點是能量；在英美，中肯是內在力。」〔註9〕卡普拉也認為氣是生命的氣息與能量。他說：「氣

〔註9〕〔日〕小野澤精一等編《氣的思想》，上海人民出版社，1990 年，第 5、7 頁。

這個字在字面上的意義是氣體或以太，在古代的中國用它來表示生命的氣息，或者表示使宇宙具有生氣的能量。」〔註10〕（第27頁）

從這個角度看，本書贊成李景強先生關於「道是萬物的創造者」的觀點（第24頁）在「從宗教學上看，道是泛神論的自然性的神」一節，結合「神秘主義的力崇拜」的論述，作者又指出：

> 泛神論在宗教實踐中一般都導致神秘主義，主張通過宗教修行和神秘的直接體驗達到梵與我、道與人的合而為一。在修行層面，道是一種神秘主義的活力、能量和生命力，人可以在修煉中體驗它，擁有它，更多地獲得它，最終多到與它合一的程度。老子、莊子常用氣的概念來表示這種神秘的活力、能量或生命力，氣是「道」的一種形態。《老子·四十二章》：「萬物負陰而抱陽，沖氣以為和。」《莊子·知北遊》：「通天下一氣耳。」陳榮捷先生在英譯本《老子》中，將氣解釋為精神和生命力。美國物理學家卡普拉認為氣是生命力與活力：「它在中國讀懂表示生命力或賦予宇宙以生機的活力。」〔註11〕（第32頁）

在此節，結合「道教修煉術」的論述，作者再指出：

> 中國道教雖然是信仰神靈的宗教，但也保存著神秘主義的力崇拜。道（或氣）被認為是一種神秘的活力或泛生命力，它彌漫於天地之間，也在人的體內主宰著生命與精神。誰能夠通過修煉而極多地就它獲取於體內，誰就能夠可以長壽甚至長生。誰能夠修煉到人與道（或氣）合一的境界，誰就能夠成為有神通而登天的神仙。道教的這種神秘主義修煉觀可以追溯到老子。《老子·十章》：「載營魄抱一，能無離乎？搏氣致柔，能嬰兒乎？」……道教的養氣吐納術，可以追溯到老子的「搏氣為柔」與「玄牝之門」。……（第33頁）

從上所述，可見本書對「道即是氣」這個觀點的論說是比較深入的。我於提交 1990·上海·「中國文化與世界」首屆國際學術研討會（上海外國語大學主辦）的論文《論〈老子〉之道之為「氣」》〔註12〕亦曾詳論《老子》之道有數

〔註10〕〔美〕卡普拉《物理學之道》，北京出版社，1999年，第198頁。

〔註11〕轉引自蕭兵、葉憲舒《老子的文化解讀》，湖北人民出版社，1994年，第871、887頁。

〔註12〕《中國文化與世界》〔國際學術研討會論文專輯〕，上海外國語大學·上海外語教育出版社，1992年第一版；又刊《阜陽師範學院學報》，1993年第1期。

種含義，其中最重要的含義之一即是「氣」。觀點與原文的引證頗多與本書相同之處。拙文發表後，國內學者響應者寥寥，海外和國外學者後來發表或引入大陸的論著則持此論者頗多。後又因批「偽科學」而殃及魚池，真正的氣學、氣功與特異功能和中國博大精深的神秘文化也大遭否定。連德高望重的大科學家錢學森先生也曾遭某些輕薄的論者之微詞。前輩哲學大師馮友蘭先生曾指出：「中國哲學富神秘主義，西方哲學富理性主義，未來世界哲學一定比中國的傳統哲學更理性主義，比西方傳統哲學更神秘主義，只有理性主義與神秘主義的統一才能造成與整個未來世界相稱的哲學。」〔註13〕他認為，應該中西結合，才能真正將哲學研究得既深且透，並得到新的發展。本書避免了當代許多論者自持有自以為是的科學根據而居高臨下地隨意否定中國哲學中的神秘文化成分，繼承了前輩大師的紮實學風，用存真和客觀的筆調轉述和敘述「道」學中牽涉到神秘主義的某些內容，並力求用現代理論語言復述和闡發。

本書作為一本開創性的理論著作，在資料引用的廣度和深度、具體論述和具體觀點方面，似尚有一定的不足或可以商榷之處，但其總體構思和總的觀點無疑是嚴密而有說服力的。儘管會有不少抱唯物唯心之爭觀點的學者不以為然，堅持自己長年安身立命的思維模式和現成觀點，但此乃學術發展的必然現象，新的理論的擁護者總是在年輕的一代之中，學術發展的希望也在年輕一代的身上。總之，本書作者以其傑出理論家的高度敏感、宏大氣魄和極大勇氣，向統治中國學術界的重大錯誤觀點挑戰並做出精當批判，又能創建自己的哲學理論體系，厥功甚偉。所以，儘管本書的大部分內容寫於20世紀，只有「唯道論的創立」寫於2004年，但是本書只能是屬於中國文化包括哲學可能重創輝煌的21世紀的，是21世紀中國的重大學術成果之一。

從本書的論說過程看，宮哲兵教授對道家和道教中占極其重要地位的神秘文化尚缺乏親自的體驗，這是很遺憾的。返視清代以前的中國古代哲學家史學家文學家多重視自己的修煉，像「先黃老而六經」的偉大史學家文學家哲學家司馬遷的千古偉著《史記》，我們在閱讀這部偉著所記敘的博大精深的神秘文化的豐富內容時，分明可以體會到，他是用內行的眼光和筆調來選擇有關史料和作精彩記錄描繪的。鄙意，如要真正深入理解和研究中國古代哲學包括道家道教文化，我們必須要親自參與修煉的實踐，也即練習打坐或氣功，接觸練

〔註13〕蔡仲德《馮友蘭先生年譜初編》，河南人民出版社，1994年，第336頁。

功有成的人士，以深化自己對「道即是氣」的理解，並能用「理解之同情」的態度和深度，來體會和論述古人的體會和論說。本書中在從「科學」的角度論述「道」時，即認為道就是「氣」，這樣的「科學」態度與論述內容，有些論者很可能會指斥或腹誹為「偽科學」。我們只有自己經過「道」的修煉，才會懂得「道即是氣」的秘密，並且看穿有些批判「偽科學」的人利用當今科學對宇宙、人生、人的心理和生理的研究的水平還很低的狀況，利用中國學界不規範和道德水準較低的狀況，利用有些科學家和社會科學、人文科學學者信奉科學主義而對中國傳統文化尤其神秘文化比較隔膜的狀況，全盤否定神秘文化，全盤否定和隨意詆毀修煉和修煉者對人生和宇宙的終極指歸的莊嚴而有益的探索。實際上，這些人本身是在搞欺世盜名的「偽科學」，他們將批判和阻止真正的江湖騙子用假的氣功與特異功能欺騙危害人們（比如誘使練功者加入政治活動，或將練功轉化為政治活動：組織練功者包圍政治敏感建築或地點，到國際著名都市去集體鬧事等；或誘使練功者走火入魔，從而發生自殺、自焚或他殺等害人行徑等等，這些違背修煉宗旨和原則）的正義行動搞亂；又隨意否定和誣衊探索人體科學的研究者和有關成果，將水搞混。這種現象也殃及了包含有神秘文化的中國古代哲學的深入認識、研究和錢學森所倡導的正常的、謹慎的人體科學研究。這是必須要引起道家道教學者和中國哲學研究者的高度警惕的。

此外，關於佛學是否屬於中國古代哲學體系之中，可以見仁見智。佛學不進中國哲學，受損失的是中國哲學，無損於佛學的偉大，但中國文化具有儒道佛三家鼎立和互補的宏偉格局，很少人會提出異議。我不皈依任何宗教，但我作為對人類所有優秀文化遺產都願意學習和瞭解的當代學者，應該公正地說，佛學是博大精深的探索宇宙人生真理的高級學問。本書對佛學似乎有著否定性的潛在傾向，這是令我遺憾的。魯迅曾說：「釋迦牟尼真是大哲，我平常對人生有許多難以解決的問題，而他居然大部分早已明白啟示了，真是大哲！」〔註14〕作為力倡科學和新文化的五四闖將魯迅先生也對佛教發表過這樣通達的觀點，這是很不容易的，也是值得我們深思的。

宮哲兵先生在本書的自序中重申他在以前發表的論文中講過的一個重要觀點：在經歷了重大變革的當代學術界，「中國古代哲學不再是歐洲古代哲學的簡單翻版，也不再是對領袖人物幾句話的注釋和論證，而展現出本民族最優秀、最豐富、最獨特的哲學智慧，將它貢獻給二十一世紀的全人類」。本書無

〔註14〕許壽裳《亡友魯迅印象記》，人民文學出版社，1953年，第46頁。

疑是實踐了這個觀點的出色成果。作者發表這部令人神旺的膽識兼具、氣魄宏大的著作，為中國哲學界、學術界和所有人文學者打開了眼界，無疑已是一部任何學派不可忽視的優秀著作。

2006·湖北·「炎帝神農文化與道家道教暨海峽兩岸唯道論研討會」論文，宮哲兵主編《唯道論——質疑中國哲學史「唯物」「唯心」體系》（第七部分第四章《唯道論的當代價值》、第八部分第二章《唯道論是時代的創新》），中山大學出版社，2012 年

錢學森院士的人體科學思想對
創新道學文化的重大意義

　　道學文化內含極為豐富，其中哲學、人體學、氣功學等理論對現代的人文科學、醫學有很大的指導意義。錢學森院士於 20 世紀 80 年代初創建的人體科學（Somatic Science）對創新道學文化具有重大的意義，今簡論如下。

　　老子首創的道學文化在哲學、宇宙學、人體學、氣功學等領域有著極為精深的論述，不僅在當時世界學術史上取得了與佛教文化並列的領先性的偉大成就，而且至今保持著這個領先的地位。可是在西方科學興起並流行世界之後，中國學術界、思想界也將西方現代科學看作為唯一正確的成果和唯一正確的檢驗標準，道學文化精深獨到的論述因為其思維方式和表達方式，與西方現代科學迥異，且為現代科學無法理解和解釋，因而被貶低、判定為「不科學」、「唯心主義」等，尤其是其中所包含最重要的神秘文化及其包含的人體學、氣功學部分被作為「封建迷信」的東西，長期遭到無知的誤解和徹底的否定。

　　錢學森院士的創立並倡導的人體科學思想，以其科學泰斗的身份、威望和認真研究、探討的成果，有力糾正了上述錯誤傾向；他倡導、鼓勵、支持甚至親自組織人體科學的討論和研究，同時發表大量言論。他的人體科學思想對創新道學文化的重大意義，體現為：

　　一、高度肯定傳統道學並將傳統道學作為當今創新的基礎，使道學文化成為人體科學的傳統文化基礎之一，這就給道學文化的創新開通了一條康莊大道。他在高度評價道學經典《周易參同契》時說到：

（《周易參同契》）語言是古怪的，什麼陰陽、八卦五行啦，實
際上是人在練氣功時所體驗到的東西實際起來。他（指周士一）說
這就是人體科學。我說不是，它是人體學的基礎的東西。〔註1〕

錢學森充分肯定天人感應、陰陽五行、靈感和頓悟思惟。〔註2〕

二、高度肯定傳統道學中的宇宙和人體的統一系統觀和人天感應、靈感學
的理論，將道學文化的創新，列入現代科學的研究的軌道，與系統科學、電磁
學等相結合，利用現代科學作為創新道學文化的銳利工具，對創新道學文化有
很大的推動促進作用。

錢學森將人體科學有密切關係的「人天觀「分為三個部分：「宇宙人天觀，
把人放到宇宙中考察；宏觀人天觀，考察人內部與環境的關係；以及微觀人天
觀，考察人天觀的量子力學基礎的，都有些構築的材料和構件。特別是宏觀人
天觀的素材是中醫理論和氣功理論，我們中國人、中國科學工作者是責無旁貸
的。」〔註3〕

錢學森多次講過，「人體是一個大系統」〔註4〕，「要把人體看成是一個系
統，一個巨系統，而且要看到這個系統同周圍的環境有著密切的聯繫，所以我
說是一個超巨系統，這就是系統學的觀點」。〔註5〕

中醫理論考慮到整個系統而且不限於人，人和環境這些因素它
都考慮進去了。所謂「人天感應」是考慮了更大的系統中間的關係，
人和自然界的整個系統，以致於現在提出生物鐘，就是天文的日月
星辰的運轉對人是有影響的這種思想現在看起來確實是很重要的，
對我們進一步研究人體科學是很有啟發的。〔註6〕

錢學森認為「中醫現代化的核心是系統科學」：

系統科學、系統的理論是現代科學理論裏的一個非常重要的部
分，是現代科學的一個重要組成部分，而中醫的理論又恰恰與系統

〔註1〕 《我對祖國醫學的認識過程》，錢學森《人體科學與現代科技發展縱橫觀》，人
民出版社，1996年，第182頁。
〔註2〕 《人體科學》，錢學森《人體科學與現代科技發展縱橫觀》，第87頁。
〔註3〕 錢學森《自然辯證法，思維科學和人的潛力》，《哲學研究》，1980年第4期。
〔註4〕 《人體巨系統與中醫學研究》，錢學森《人體科學與現代科技發展縱橫觀》，第
240頁。
〔註5〕 《人體科學研究的幾個方面》，錢學森《人體科學與現代科技發展縱橫觀》，第
252頁。
〔註6〕 《人體科學》，錢學森《人體科學與現代科技發展縱橫觀》，第91頁。

科學完全融合在一起，……中醫的看法又跟現代科學中最先進、最尖端的系統科學的看法是一致的。也就是一我們在這個所裏講的人體科學的看法。〔註7〕

他認為：「氣功的外氣好像是電磁波。」〔註8〕

三、指出了將中醫、氣功和特異功能結合起來研究的正確方法，有很大的啟示意義。

錢學森人體科學明確提出：「中醫、氣功和特異功能是三個東西，而本質是一個東西。」這就充分肯定了道學文化尤其是神秘文化中的氣功和特異功能。

錢學森指出人體科學是中醫、氣功、特異功能三位一體的科學體系，他認為：

人體科學包括三個部分：中醫（或稱傳統醫學），氣功（氣功科學）和人體特異功能。〔註9〕

這就給我們以重大啟示：創新道學文化的一個重要內容是將中醫、氣功、特異功能結合起來的方法做研究，推動這三者和人體科學的發展。

四、高度肯定中國古代特殊的思惟方式和語言，並主張用唯象論的方法研究氣功、特異功能，為創新道學文化時堅持民族特色，對超越於現代科學的神秘文化的研究，指定了正確的方向，又使氣功和特異功能的研究和發展在一定程度上得到現代科學的助力。

他受到諾爾曼教授的啟示，指出中國與西方，不同的民族，不同的語言體系的思維是不一樣的；中國人想問題的方法的層次、序列與外國不一樣。「有一些只能意會不能言傳的事情，跟語言關係好像不那麼密切，是否還有其他的渠道？」〔註10〕這就充分肯定了《老子》「道可道，非常道」和道學文化的神秘思惟方法。

錢學森指出人體科學研究的第一步是唯象論的研究。他解釋唯象論的

〔註 7〕《系統科學與中醫唯象理論》，錢學森《人體科學與現代科技發展縱橫觀》，第322頁。

〔註 8〕《學術討論要結合科研任務》，錢學森《人體科學與現代科技發展縱橫觀》，第336頁。

〔註 9〕《模擬技術、人體科學研究·3.關於人體科學的概念》，錢學森《人體科學與現代科技發展縱橫觀》，第461頁。

〔註10〕《語言、思維與人體科學研究》，錢學森《人體科學與現代科技發展縱橫觀》，第300頁。

概念說：

> 科學來源於人的實踐，是人的實踐的總結。科學發展到今天，
> 不是一步走過來的，中間經過很多階段，人的經驗開始是很局部的
> 東西，後來積累到一定程度，人就會產生一個願望，把這些經驗、
> 規律匯總起來，總結成更概括性的東西。往往在這個階段出現的一
> 些所謂科學理論，描述這些經驗得到的一些關係，這在西方有一個
> 名詞，稱這種科學理論為唯象的理論，也就是從唯象出發，光描述
> 現象，把各種複雜現象的數據用數學的關係表達出來。唯象理論不
> 能深問，深問也說不出道理。〔註11〕

這個理論也應用於氣功和特異功能，然後使氣功和特異功能的某些層次
的內容和部分成果歸入到現代科學的發展渠道中，從而使氣功和特異功能的
研究和發展在一定程度上得到現代科學的助力。

五、又將人體科學的概念擴大到整個生命科學，將其應用於動物和植物，
應用於工業和農業，進一步指出了道學文化創新的方向和努力目標。還將人體
科學作為 21 世紀科學大發展的窗口，這就充分揭示了創新道學文化的最為重
大、深遠的意義和最高價值。

錢學森說：「我原來說的中醫、氣功、特異功能都是指人而言，所以叫人
體科學。今天的概念擴大了，擴大到整個生命科學，可以應用於動物和植物，
可以應用於工業和農業。」〔註12〕又強調：

> 現在國際上普遍認為，未來的世紀是生命科學，人體科學的世
> 紀，誰能在這個領域裏領先，誰就可能取得在國際上領先的地位。
> 我們中國有傳統的氣功基礎，所以，我們在氣功科學、人體科學上
> 是領先的。如果我們搞得好，能夠在人體科學上首先取得突破，就
> 可能在下一個世紀取得領先地位。所以我認為，氣功科學和人體科
> 學的發展，對我們中華民族是一個機遇。

錢學森明確指出人體科學的重大意義：

> 對人體科學的深入研究，必將充分改變人類的認識與改造自然
> 的能力，造福人類。這可能導致一場二十一世紀新的科學革命，也

〔註11〕 《系統科學與中醫唯象理論》，錢學森《人體科學與現代科技發展縱橫觀》，第
320 頁。
〔註12〕 《氣功是打開人體科學大門的鑰匙》，錢學森《人體科學與現代科技發展縱橫
觀》，第 120 頁。

　　許比二十世紀初的量子力學、相對論更大的科學革命。一定會招來
一個第二次文藝復興，是人類歷史的再次飛躍。

　　老子創立的傳統的道學思想的一個重大成就是創立了古代中國的生命科
學，其中包括錢學森上面說到的，我們有傳統的氣功基礎。〔註13〕所以道學文
化的創新，將對 21 世紀的生命科學、環境保護科學等，起到很大的推動作用
和建設作用，具有重大的意義。

　　　　　　　　　　2009．北京．「首屆國際老子道學文化高層論壇」論文

〔註13〕　參見拙文《論〈老子〉之「道」之為氣》（1990．上海．「中國文化與世界」國
　　　　際研討會論文），何寅等主編《中國文化與世界》（國際研討會論文集），上海
　　　　外語教育出版社，1992 年。

肆、名家名作研究

傑出的晚明文壇領袖王世貞
及其文藝觀述論

摘要：

　　王世貞是晚明的傑出文壇領袖，王世貞在文藝理論領域有很大的建樹，他的系列性的文藝觀點，涵蓋詩文、戲曲、小說和書畫，即晚明所有重要的文藝領域，發表眾多獨創性與權威性兼具的宏論高見，並以其文壇領袖的崇高地位和得風氣之先的精闢觀點，引領當時的理論建設和文藝創作，影響巨大。其「獎護後進」的作用，更可貴的是表現在當時最傑出的戲曲小說之誕生或挺立，甚至醫學巨著《本草綱目》的問世，都與他有關。如果沒有王世貞，就沒有晚明先進文藝思潮。

　　王世貞強調取法乎上，以秦漢文章和盛唐詩歌作為學習創作之楷模，但並不獨尊秦漢與盛唐，尤其在《藝苑卮言》這部詩文簡評史中，對秦漢至他自己所處的晚明時代的詩文都有評論，表達了一系列的精彩見解。他糾正前後七子中其他人的偏頗，在對整個中國文學史做了全面、深入、公正的評價的基礎上，對著名的「文筆秦漢、詩必盛唐」說，做了總結性的全面而深入的論說，完善了這個重要的觀點和論說。

　　王世貞重視和高度評價戲曲小說，與當時的眾多戲曲作家交往密切。他親自編纂文言小說集，撰寫傳奇劇本。王世貞的戲曲研究名著《曲藻》中的許多重要論點，頗為深刻地總結了戲曲藝術的美學特點和創作標準。王世貞和受其影響的茅一相是「一代有一代之文學」著名觀點及其相關論說的首創者。王世貞不僅梳理詩詞曲的發展過程，還提出北曲發展到南曲的原因，精彩地總結了北曲和南曲的不同藝術風格。王世貞評論馬致遠為元人散曲第一，《西廂記》為北雜劇第一，《琵琶記》是南戲第一，成為定論而影響後世。王世貞對戲曲經典和名著的精當和極高的評價，作為《鳴鳳記》

的作者更以其親身的創作實踐作為有力的表率，極大地提高了戲曲在當時文壇、在整個中國文學史和文化史上的地位，對戲曲的發展起了很大的推動作用，功勳卓著。

對書畫理論也深有研究和見解，其喜用的「古雅」這個重要的美學概念，由王國維創立了「古雅說」，而王世貞則是最早提出者之一。

關鍵詞：王世貞；晚明；文壇領袖；進步文藝思潮；文藝觀

王世貞作為一代文學大家，《四庫全書總目提要》評價他的文學創作說：「世貞才學富贍，規模終大。」其《藝苑卮言》是著名詩話和文藝評論著作，也有這個特點。丁福保《歷代詩話續編》收錄此書，並在題注中評論說：「其論詩獨抒己見，能道人所不敢道」，「其魄力直可謂前無古人，後無來者」。評價極高，也非常正確。王世貞的其他著作和書信等，都有文藝評論，頗多精深見解。因此王世貞在文藝理論領域也有很大建樹，理應受到很高評價。可是 20世紀以來，關於王世貞文藝思想的研究成果頗多，但對其整體評價不足。本文在前人研究的基礎上，選擇一些具體問題，略抒己見。

在整個中國文學史上，除了唐代的韓愈、柳宗元和宋代的歐陽修，被公認為當時的文壇領袖之外，就是晚明清初的王世貞、錢謙益、吳偉業和王士禛（號漁洋）四人。其中王世貞，過去都僅作為後七子的領袖或詩壇領袖，並不作為整個文壇的領袖看待。本文首先確立王世貞是晚明文壇的傑出領袖，然後簡論其文藝觀，並從其文藝理論的傑出成就及其影響角度，論述他對晚明文壇的領袖作用和巨大而深遠的影響。

一、傑出的晚明文壇領袖王世貞

王世貞是傑出的晚明文壇領袖，他的系列性的文藝觀點，涵蓋詩文、戲曲、小說和書畫，即晚明所有的文藝領域，並以其文壇領袖的崇高地位和得風氣之先的精闢觀點，引領當時的理論建設和文藝創作，影響巨大。陳建華先生指出：「沒有王世貞，就沒有晚明先進文藝思潮。」〔註 1〕而其全面的得時代風氣之先的領先性的觀點和晚明文壇的巨大而深遠的影響，使其成為晚明傑出的文壇領袖。

〔註 1〕 陳建華先生的這個觀點是他在上海交通大學文學院舉辦的 2015・太倉・王世貞與晚明文化國際研討會上讀了本文後向本文作者發表的觀感。這是一個重要的觀點，因此本文特作引用。（本文由「上海市教育委員會高原學科建設計劃 II 高原上海戲劇學院藝術學理論」資助）

筆者曾撰《傑出的文壇領袖王漁洋》和《傑出的文壇領袖王漁洋及其重大影響》〔註2〕，論述王漁洋（王士禎）的詩歌、小說創作和詩歌理論成就，倡導神韻說與清平淡遠的神韻派詩歌的重大而深遠的影響，對戲曲小說的優秀之作給以高度評價，團結、指導和幫助年輕後學包括洪昇、孔尚任和蒲松齡等戲曲小說家，使其成為清初傑出的文壇領袖。王世貞和王士禎之間的錢謙益和吳偉業只對詩壇有影響，吳偉業雖有戲曲作品，但他們在詩歌理論和戲曲小說理論方面沒有重要貢獻，因此沒有成為影響整個文藝領域的文壇領袖，王世貞和王士禎則成為前後相繼的影響很大的傑出文壇領袖。

王世貞是著名的晚明文壇領袖，《明史》本傳說：「世貞始與李攀龍狎主文盟，攀龍歿，獨操柄二十年。才最高，地望最顯，聲華意氣籠蓋海內。一時士大夫及山人、詞客、衲子、羽流，莫不奔走門下。片言褒獎，聲價驟起。」〔註3〕評價極高而公允，但其僅指正統文壇，即詩壇，而未及王世貞是涵蓋戲曲小說與書畫諸多領域的文壇領袖。

王世貞是著名文學家、史學家和藝術理論家。作為史學家，王世貞是著名的六經皆史說的重要倡導者，在史學研究上取得了頗高成就。古時文史相通，其史學成就可與文學成就交相輝映和相得益彰，更可增加其在文壇的分量和聲望。作為文學家，其在晚明文壇的創作地位和領袖地位，首先是靠著作宏富，卓有成就，且能夠駕馭眾多體裁，馳騁自如。其同時的著名學者胡應麟評論說：「弇州王先生巍然崛起東海之上，以一人奄古今製作而有之。先生靈異夙根，神穎天發，環質絕抱，八斗五車，眇不足言。弱冠登朝，橫行坫壇，首建旗鼓，華夏耳目固已一新。」（胡應麟《少室山房類稿》卷十八）清初著名學者、文學家朱彝尊（1629～1709）在其名著《靜志居詩話》中評論王世貞在晚明的創作地位、成就和影響：「嘉靖七子中，元美才氣，十倍于鱗。」「樂府變，奇奇正正，易陳為新，遠非于鱗生吞活剝者比。七律高華，七絕典麗，亦未遽出攀龍下也。當日名雖七子，實則一雄。」《四庫全書總目提要》指出：「才學

〔註2〕 周錫山《傑出的文壇領袖王漁洋》，《山西師大學報》，1991 年第 2 期，中國人民大學報刊資料中心《中國古代、近代文學研究》，1991 年第 8 期；周錫山《傑出的文壇領袖王漁洋及其重大影響》，山東省社會科學文學研究所承擔的國家社科基金項目《齊魯文學演變與地域文化》最終成果之一，人民出版社，2010 年。

〔註3〕 《明史》卷二百八十七，列傳第一百七十五，文苑三。中華書局本第 24 冊，第 7381 頁。

富贍，規模終大。譬諸五部列肆，百貨具陳。且曰：考自古文集之富，未有過於世貞者。」其「諳習掌故，則後七子不及，前七子亦不及，無論廣續諸子也。」

王世貞在當時文壇的巨大影響，其同時的文化大家陳繼儒說：「但知公氣籠百代，意若無可一世，而不知公之獎護後進，衣食寒士，惓惓如若己出。」（《陳眉公雜著見聞錄》卷五）胡應麟說當時其為眾望所歸，故「一時詩流，皆望其品題」（出處同上）。而《四庫全書總目提要》則曰：「自世貞之集出，學者遂剽竊世貞。故艾南英《天傭子集》有曰：後生小子不必讀書，不必作文，但架上有前後《四部稿》，每遇應酬，頃刻裁割，便可成篇。」從正反兩方面王世貞在當時文壇的重要影響。

王世貞的文藝批評「氣籠百代」、涵蓋所有文藝體裁作品，晚清陳田（1850～1922）《明詩紀事・己籤序》讚譽：「弇州負博一世之才，下筆千言，波譎雲詭，而又尚論古人，博綜掌故，下逮書、畫、詞、曲、博、弈之屬，無所不通。」王世貞發表眾多獨創性與權威性兼具的宏論高見，因此能「獎護後進」，更可貴的是，其在世時的晚明最傑出的戲曲小說之誕生或挺立，甚至醫學巨著《本草綱目》的問世，都與他有關。

王世貞作為正統詩壇的領袖，非常讚賞和重視戲曲小說，起了極好的表率作用。他「好賓客，文酒淋漓，流連觴詠而絕不近聲伎。聽絲竹，每當燕笑懽噱時，人或談及忠孝節烈，則慷慨而揚眉。」（屠隆《大司寇王公傳》）他和眾多著名文人曲家有著密切的來往，如李開先、鄭若庸、梅鼎祚、梁辰魚、張鳳翼、何良俊、顧大典、汪道昆、屠隆等，與他們互訪、互通書信、相聚偕遊或飲酒賦詩，一起聽曲或支持他們的戲曲創作活動。例如李開先為其戲曲名作《寶劍記》向其求序，他為梁辰魚作《古樂府序》（《弇州山人續稿》卷四十二），並支持和讚譽《浣紗記》等等。

王世貞親纂文言傳奇小說集《豔異編》三十五卷，後有約天啟年間玉若堂刊本，增入署名湯若士（顯祖）評《玉茗堂批評續豔異編》十九卷。今傳四十卷本《豔異編》分星、神、水神、龍神、仙、官掖、戚里、幽期、冥感、夢遊、義俠、祖異、幻術、妓女、男寵、妖怪、鬼等十七門，收文三百六十一篇；《續豔異編》分神、龍神、鴻象、宮掖、幽期、情感、妓女、義快、幻術、鱗介、器具、珍寶、禽、昆蟲、獸、鬼、祖異、定數、冥跡、冤報、草木等二十二門，收文一百六十三篇。書中從歷代筆記傳奇、史傳雜記中擷取愛情與怪異兩類

故事，合為一帙。自漢魏至明代間此兩類小說名篇，多網羅殆盡。其中少數作品較為稀見，如《姚花仕女》等。

王世貞親纂文言小說，有著重要的示範和榜樣作用。清初文壇領袖、大詩人、歷任高官多職的王士禛創作了多種文言筆記小說集，讚賞、鼓勵和親自評論《聊齋誌異》，可視為王世貞影響的結果。

在王世貞的時代，當時最傑出的戲曲作品是首部崑曲劇作《浣紗記》和時事劇的首創之作、崑劇傑作《鳴鳳記》，當時最傑出的小說是長篇巨著《金瓶梅》。《浣紗記》問世後，頗受批評，因王世貞的支持而屹立於文壇劇壇。《鳴鳳記》的作者，傳為王世貞所作〔註4〕；《金瓶梅》傳為王世貞或其門生、門人所作，當代學者雖已提供多個作者人選並爭論不休，但王世貞或其門生、門人說乃歷史最長、至今依舊呼聲最高的一種論說。

王世貞的時代，「一時詩流，皆望其品題」，連李時珍也向王世貞為其《本草綱目》求序。李時珍歷經艱難艱難成書後無力刻印，請王世貞作序，欲借其威望落實出版。王世貞聽其介紹全書之內容和撰書之艱巨後，立即答應，臨別時還贈詩一首以示勉勵和讚譽：「李叟維肖直塘樹，便睹仙真跨龍去。卻出青囊肘後書，似求玄晏先生序。華陽真隱臨欲仙，誤注本草遲十年。何如但附賢郎鴯，羊角橫搏上九天。」當時已身患重病，且右目失明的王世貞，認真審讀《本草綱目》，憑著文化大家和批評大家的卓越眼光，在序中讚譽此書：「如入金谷之園，種色奪目；如登龍君之宮，寶藏悉陳；如對冰壺之鑒，毛髮可指數也。博而不繁，詳而有要，綜覈究竟，直窺淵海，茲豈僅以醫書觀哉？實理性之精微，格物之通典，帝王之秘錄，臣民之重寶。」給以最高和最正確的評價。還在文中介紹李時珍的形象和風貌：體型瘦高，精神飽滿，言談不凡，可稱「北斗以南一人」，即天下少有的奇才。有了王世貞此序，南京書商胡承龍應允承印《本草綱目》，終致此書問世。王世貞完成此序不久，即於當年逝世。

王世貞與《牡丹亭》的關係，頗為奇特。其好友太倉王錫爵辭官家居時，女兒王燾貞因自幼迷戀佛道二教，曾夢見觀音大士，又修練內丹辟穀見到仙人

〔註4〕 權威的明末清初《六十種曲》本《鳴鳳記》署王世貞著。明清至今王驥德、傅惜華、莊一拂、黃裳和蔣星煜等眾多學者認為《鳴鳳記》是王世貞所作。蔣星煜有具體分析，見《明清傳奇鑒賞辭典·序》，上海辭書出版社，2007年，第4頁；延保全《鳴鳳記評注》有具體論證，見《六十種曲評注》，吉林人民出版社，2001年，第765～786頁。

朱真君，事近神異，成為名揚江南，哄傳海內、瞻仰者雲集的青年女仙。王世貞在與她見面論道之後，深表佩服，帶領其弟子與曇陽子之父、首輔王錫爵及屠隆、沈懋學、王敬美、馮夢龍等眾多名士名家，皆投入曇陽門下，離家修道。不寧唯是，王世貞還為其專作《曇陽大師傳》長文，與遠在浙江的徐渭所做《曇大師傳略》相互呼應，以儒釋道三教合一的觀點，記述和詮釋這位女子十幾歲得道、二十二歲升仙的經歷。正因王世貞在當時的巨大影響和曇陽子的婚姻經歷，當時即傳說湯顯祖的《牡丹亭》是以曇陽子為原型而創作的。

還有明末李玉的傳奇名作「一人永占」中名列第一的《一捧雪》，劇中人物名聲顯赫，其中權相嚴嵩、總鎮戚繼光、錦衣衛陸炳等歷史人物都是真名實姓，而主角莫懷古是虛構人物，時人以為他是據王忬、王世貞的人物原型和經歷所創作。因戚繼光是王忬、王世貞父子的好友，嚴嵩曾經阻攔王世貞的前程，王忬、王世貞父子受權貴迫害的有關傳說，給了戲曲大家李玉藝術素材和靈感，人們才會有此戲主角與王氏父子的這個流行看法。

王世貞的傑出創作成就和對文壇的巨大影響，使其成為晚明的文壇領袖。而由於王世貞的崇高威望和重大影響，因此晚明最重要的戲曲、小說著作，甚至李時珍《本草綱目》都與王世貞有關，晚明文壇將《鳴鳳記》、《金瓶梅》都歸到王世貞名下，反過來可見其當時影響之巨大。

王世貞的以上表現和其肯定和重視新興戲曲小說的進步文藝觀，推動了晚明戲曲小說的發展和繁榮，引領了晚明先進的文藝思潮，這一切使王世貞成為晚明傑出的文壇領袖、中國文學史上可與王士禎並列的最傑出的文壇領袖。

二、「文必秦漢，詩必盛唐」論述的總結者和完善者

丁福保《歷代詩話續編》的題注說《藝苑卮言》「推崇漢、魏，唐以下蔑視也」，後來的評論者也多做如是評。實際情況不是這樣。從《藝苑卮言》中論述的歷代詩歌、戲曲等，其視野寬宏，眼光高遠，評價通達公允、深刻醒目。綜觀其完整的有關論述，可知，王世貞「文必秦漢，詩必盛唐」的真意是秦漢文章和盛唐詩歌的藝術成就最高，作家應該認真學習漢唐文學的精神和其高度藝術成就，以此為典範，提高自己的賞和寫作水平。

王世貞對於秦漢文章和盛唐詩歌的偉大藝術成就，評論正確而深刻。例如：

魯迅的名著《漢文學史綱要》的「第十篇司馬相如與司馬遷」，論述司馬相如時，肯定其高度成就，並引王世貞的觀點作為論據：「然其專長，終在辭

賦，製作雖甚遲緩，而不師故轍，自擅妙才，廣博閎麗，卓絕漢代，明王世貞評《子虛》《上林》，以為材極富，辭極麗，運筆極古雅，精神極流動，長沙有其意而無其材，班張潘有其材而無其筆，子雲有其筆而不得其精神流動之處云云，其為歷代評騭家所傾倒，可謂至矣。」〔註5〕

　　魯迅強調司馬相如賦所取得「不師故轍，自擅妙才，廣博閎麗，卓絕漢代」的極高成就，「其為歷代評騭家所傾倒，可謂至矣」，而「歷代評騭家」的論點只引用了王世貞一家。他引了王世貞《藝苑卮言》卷二的一條觀點：「《子虛》、《上林》，材極富，辭極麗，而運筆極古雅，精神極流動，意極高，所以不可及也。長沙有其意而無其材，班、張、潘有其材而無其筆，子雲有其筆而不得其精神流動處。」

　　魯迅高度認可王世貞對司馬相如的評價，而且認為他的評價水平最高，故特予單獨引用。此可見王世貞文藝評論的識見之高。

　　但是，王世貞對於漢唐大家並不一味肯定和歌頌，他也指出其缺點並毫不留情地給以嚴厲批評。

　　例如司馬遷《史記》是史學和文學頂鋒式的經典。對於《史記》的寫作藝術成就，王世貞是非常讚賞的：

　　　　太史公之文，有數端焉。帝王紀，以己釋《尚書》者也，又多引圖緯子家言，其文衍而虛；春秋諸世家，以己損益諸史者也，其文暢而雜；儀秦鞅睢諸傳，以己損益《戰國策》者也，其文雄而肆；劉項《紀》、信越諸《傳》，志所聞也，其文宏而壯；《河渠》、《平準》諸書，志所見也，其文核而詳，婉而多風；《刺客遊俠》、《貨殖》諸傳，發所寄也，其文精嚴而工篤，磊落而多感慨。

　　王世貞對於《史記》的史學成就給以高度評價的同時也批評其不足。例如其《藺相如完璧歸趙論》這篇有名的史論，其對《史記》記載和描寫完璧歸趙這件千古聞名的事件，發表異見。文章開首即批駁司馬遷說：「藺相如之完璧，人皆稱之，予未敢以為信也。」

　　接著分析當時的形勢：「夫秦以十五城之空名，詐趙而脅其璧。是時言取璧者情（實情、本意）也，非欲以窺趙也。趙得其情則弗予，不得其情則予；得其情而畏之則予，得其情而弗畏之則弗予。（趙國如知曉這個實情就不給它，不知這

〔註 5〕魯迅《漢文學史綱要·第十篇　司馬相如與司馬遷》，《魯迅全集》第九卷，人民文學出版社，2005 年，第 433 頁。

個實情就給它。知曉這個實情而害怕秦國就給它,知道這個實情而不害怕秦國就不給它。)此兩言決耳,奈之何既畏而復挑其怒也?」

　　這個分析符合「弱國無外交」的真理,指出了藺相如違背這個真理而做出的進退失據的錯誤處置。接著再仔細分析此事正常發展的必然結果,顯示了王世貞令人信服的高明史識:

　　　　且夫秦欲璧,趙弗予璧,兩無所曲直也(雙方無所謂曲直是非)。入璧而秦弗予城,曲在秦;秦出城而璧歸,曲在趙。欲使曲在秦,則莫如棄璧;畏棄璧,則莫如弗予。夫秦王既按圖以予城,又設九賓,齋而受璧,其勢不得不予城。璧入而城弗予,相如則前請曰:「臣固知大王之弗予城也。夫璧非趙璧乎?而十五城秦寶也。今使大王以璧故而亡其十五城,十五城之子弟,皆厚怨大王以棄我如草芥也(十五座城中的百姓都會深恨大王,說把我們像小草一樣拋棄了)。大王弗予城而紿(欺騙)趙璧,以一璧故而失信於天下,臣請就死於國,以明大王之失信。」秦王未必不返璧也。今奈何使舍人懷而逃之,而歸直於秦(而今為何要派手下人懷揣著璧逃走而把秦國處在理直的一方呢)?是時秦意未欲與趙絕耳(那時秦國並不想與趙國斷絕關係)。令(假如)秦王怒,而僇(通「戮」,殺戮)相如於市,武安君(秦國大將白起的封號)十萬眾壓邯鄲,而責璧與信,一勝而相如族(滅族),再勝而璧終入秦矣。吾故曰:「藺相如之獲全於璧也,天也!」

　　最後的結論是:「若其勁(強勁,果敢)澠池,柔(忍讓,退讓)廉頗,則愈出而愈妙於用。所以能完趙者,天固曲全之哉(所以說趙國之所以能得以保全,的確是上天在偏袒它啊)!」

　　此文在史學研究上,學者們高度肯定王世貞從當時的形勢大局著眼,分析從秦趙兩國強弱關係,指謫藺相如看似高明實則智短而失策,其僥倖成功,帶有極大的偶然性。此文開始即抓住和氏璧事件的本質方面,撇開令人眼花繚亂的具體過程,不牽涉藺相如個人品德優劣,根據當時的實際形勢,分析並推出論斷。此因頗有人批評藺相如的澠池會是不自量力地以趙王為賭注,孤注一擲,博得自己的聲名,從道德角度給以批評,而錢鍾書也頗為贊成此論並作了嚴厲的批評:

　　　　趙王與秦王會於澠池一節,歷世流傳,以為美談,至譜入傳奇。使情節果若所寫,則樽俎折衝真同兒戲,抑豈人事原如逢場串劇耶?

　　武億《授堂文鈔》卷四《藺相如澠池之會》深為趙王危之，有曰「殆哉！此以其君為試也！」又曰：「乃匹夫能無懼者之所為，適以成之，而後遂嘖然歎為奇也！」其論事理甚當，然竊恐為馬遷所弄而枉替古人擔憂耳。司馬光《涑水紀聞》卷六記澶淵之役，王欽若譖於宋真宗曰：「寇準以陛下為孤注與虜搏耳！」武氏斥如行險僥倖，即亦以其君為「孤注」之意矣〔註6〕。

　　王世貞則不用事後旁觀者清的認識去苛求古人，而是允許趙國對秦的實情本意有「得」與「不得」的兩種選擇；對秦的威脅有「畏」與「弗畏」的不同反應。又分析趙國的「得」與「不得」，「畏」與「弗畏」都無可非議，批評藺相如「既畏之而復挑其怒」的自相矛盾的做法。又推斷無論藺相如如何智勇，而做出可能招致「武安君十萬眾壓邯鄲」的事，也是不足取法的。作者以嚴密的邏輯推理與卓越的史識做翻案文章。

　　以上是學者們從歷史真實角度給王世貞的批評做出公允肯定的評價。從文學角度看，我認為此文批評司馬遷在違反歷史真實的同時，也違反了生活真實，違反了人物關係的真實，展示了王世貞追求和重視文學真實性的文藝觀。

　　《史記》研究在明代形成第一個高峰，眾多學者給《史記》以至高無上的評價，取得了很大的成績。王世貞對這個研究高峰的形成和發展，作了頗大貢獻；但是他不僅極度讚譽《史記》的偉大藝術成就，而且對其不足，作了嚴厲而公正的批評。前人指出《史記》的失誤往往是具體細節上的疏漏，而王世貞批評《史記》經典篇章的重大失誤，則在《史記》研究史上有首創作用。受其影響，近現代曾國藩、朱東潤、錢鍾書等都對《史記》中的一些經典篇章，發表了嚴厲的批評，為學術界和廣大讀者正確、全面和深入理解和評價《史記》，提供了不同的角度和眼光。

　　而對司馬遷觀賞漢賦的眼光，王世貞又給以批評：

　　　　太史公千秋軼才，而不曉作賦。其載《子虛上林》，亦以文辭宏麗，為世所珍而已，非真能賞詠之也。觀其推重賈生諸賦可知。賈暢達用世之才耳，所為賦自是一家。太史公亦自有《士不遇賦》，絕不成文理。荀卿《成相》諸篇，便是千古惡道。

　　說司馬遷並不真正懂賦體藝術，司馬遷不會做賦，這個批評是非常嚴厲的。

────────────

〔註6〕《管錐篇》第一冊，中華書局，1986年，第319～320頁。

對盛唐大詩人王維和杜甫，王世貞也是既做高度肯定，也有批評：

> 摩詰七言律，自《應制》《早朝》諸篇外，往往不拘常調。至「酌酒與君」一篇，四聯皆用仄法，此是初盛唐所無，尤不可學。凡為摩詰體者，必以意與發端，神情傅合，渾融疏秀，不見穿鑿之跡，頓挫抑揚，自出宮商之表可耳。雖老杜以歌行入律，亦是變風，不宜多作，作則傷境。（卷四）

他指出王維和杜甫不可學、不宜多作的具體缺點。

可見王世貞「文必秦漢和詩必盛唐」不僅不是片面地全盤肯定和提倡只學漢唐，而且對漢唐大家能正確分析和評論其不足之處。同時也鮮明地表示了王世貞並無獨尊秦漢和盛唐之意。

同時，王世貞還說：

> 李獻吉勸人勿讀唐以後文，吾始甚狹之，今乃信其然耳。記聞既雜，下筆之際，自然於筆端攪擾，驅斥為難。若模擬一篇，則易於驅斥，又覺局促，痕跡宛露，非斷輪手。自今而後，擬以純灰三斛，細滌其腸，日取《六經》、《周禮》、《孟子》、《老》、《莊》、《列》、《荀》、《國語》、《左傳》、《戰國策》、《韓非子》、《離騷》、《呂氏春秋》、《淮南子》、《史記》、班氏《漢書》，西京以還至六朝及韓柳，便須銓擇佳者，熟讀涵泳之，令其漸漬汪洋。遇有操觚，一師心匠，氣從意暢，神與境合，分途策馭，默受指揮，臺閣山林，絕跡大漠，豈不快哉！世亦有知是古非今者，然使招之而後來，麾之而後卻，已落第二義矣。

前面強調取法乎上，必須努力學習秦漢文章，最後提醒讀者，具有「熟讀涵泳」，「漸漬汪洋」的根底之後，「遇有操觚，一師心匠，氣從意暢，神與境合」。「是古非今者」，「已落第二義矣」。這是他主張的「剽竊模擬，詩之大病」（卷五），倡導獨創和創新的一個重要闡發。

綜上所述，王世貞對著名的「文筆秦漢、詩必盛唐」說，糾正前後七子中其他人的偏頗，做了總結性的全面而深入的論說，完善了這個重要的觀點和論說。

三、《藝苑卮言》的寬宏眼光和獨到見解

《藝苑卮言》是一部詩文簡評史，對秦漢至他自己所處的晚明時代的詩文都有評論，表達了一系列的精彩見解。

對自西漢高祖到明朝皇帝的詩文和船夫棹歌、妓女好詩都有高度評價。
例如他評論漢高祖、漢武帝的詩歌說：

> 《大風》三言，氣籠宇宙，張千古帝王赤幟，高帝哉？漢武故
> 是詞人，《秋風》一章，幾於《九歌》矣。《思李夫人賦》，長卿下，
> 子雲上，是耶？非耶？三言精絕，落葉哀蟬，疑是贋作。幽蘭、秀
> 簟，的為傅語。

> 「《大風》安不忘危，其霸心之存乎？《秋風》樂極悲來，其悔
> 心之萌乎？」文中子（王通）贊二帝語，去孔子不遠。

> 《垓下歌》正不必以「虞兮」為嫌，悲壯嗚咽，與《大風》各
> 自描寫帝王興衰氣象。千載而下，惟曹公「山不厭高」，「老驥伏櫪」，
> 司馬仲達「天地開闢」、「日月重光」語，差可嗣響。

以上三段言論都評論了《大風歌》。《大風歌》意氣高揚，胸襟開闊，歷來
受到史學家、文學家和美學家的極高評價。例如劉勰的權威美學著作《文心雕
龍·時序》評《大風歌》和《鴻鵠歌》兩首為「天縱之英作」：

> 爰至有漢，運接燔書；高祖尚武，戲儒簡學。雖禮律草創，《詩》、
> 《書》未遑，然《大風》、《鴻鵠》之歌，亦天縱之英作也。

天縱：天所放縱，即天所賦予，這是古人對文藝作品最高的評價。《論語·子
罕》：「固天縱之將聖，又多能也。」劉勰此論引用《論語》的贊詞，給劉邦的
文藝天才以極高的評價。

明末清初的哲學家、史學家、美學家王夫之《古詩評選》卷一評漢高帝《大
風歌》：「神韻所不待論。三句三意，不須承轉。一比一賦，脫然自致，絕不入
文士映帶，豈亦非天授也哉！」

劉勰和王夫之的評論稍顯抽象，重點都在讚譽漢高祖的天才，而王世貞則
具體而實在，尤其「安不忘危」一語，抓住西漢自高祖到宣帝諸君的用心所
在，西漢能保持長期發展、繁榮，居安思危是重要原因之一。

另如當世著名詩人、文學家楊慎（1488～1559），中過狀元，受過重用，可
是他不怕得罪荒淫皇帝，上疏抗諫，耿直忠貞，受過廷杖，他最後謫戍和終老
雲南。他特立卓行，為世俗所譏評。王世貞則理解其心胸和心理，分析說：

> 脩在瀘州，嘗醉，胡粉傅面，作雙丫髻插花，門生舁之，諸伎
> 捧觴，遊行城市，了不為作。人謂此君故自污，非也。一措大裹赭
> 衣，何所可忌？特是壯心不堪牢落，故耗磨之耳。（卷六）

他的評詩眼光，還顧及底層，包括妓女：

> 正德間有妓女，失其名，於客所分詠，以骰子為題，妓應聲曰：
> 「一片寒微骨，翻成面面心。自從遭點污，拋擲到如今。」極清切
> 感慨可喜。又一妓得一聯云：「故國五更蝴蝶夢，異鄉千里子規民。」
> 亦自成語。（卷七）

妓女極為沉痛的自感身世之詩，王世貞說「極清切感慨」，評詩眼光精切深入，而「可喜」兩字，雖是他熱情肯定此女才華的有分量的贊詞，但也是他作為高官，對妓女自傷身世的淒慘，有著隔岸看火的重大偏限。這是古代詩人作家的共同偏限。

除了具體分析和評論了秦漢至晚明的所有重要作家和詩人的同時，他也有總論性的簡介。例如他區分盛唐和中晚唐詩歌的區別說：

> 七言絕句，盛唐主氣，氣完而意不盡工；中晚唐主意，意工而
> 氣不甚完。然各有至者，未可以時代優劣也。

清代葉燮的傑出詩學名著《原詩》引用此句，並讚揚這個觀點：「斯言為能持平。」王世貞並不獨尊盛唐，對中晚唐的評價很公正。氣、意的論述，是中國古代文論擅長和獨特的美學觀念，王世貞此論也作出了貢獻。

王世貞作為詩人和正統文壇的領袖，愛好戲曲小說，並給以極高評價。清初李漁《古本三國志序》開首即云：「昔弇州先生有宇宙四大奇書之目：曰《史記》也，《南華》也，《水滸》與《西廂》也。」

王世貞將《史記》、《莊子》與《水滸》、《西廂記》相提並論，有首創作用。與他同時的李贄在萬曆初年（1573）曾提出一個重要的觀點說：「宇宙有五大部文章——漢有司馬子長《史記》，唐有《杜子美集》，宋有《蘇子瞻集》，元有施耐庵《水滸傳》，明有《李獻吉集》。」〔註7〕將《水滸傳》與《史記》、杜甫、蘇軾並列，頗有眼光；而將李夢陽的文集放入，則頗為失衡。

此後李贄《焚書·童心說》（1590）又說，「天下之至文」自先秦起，「變而為近體，為雜劇，為《西廂記》《水滸傳》，為今之舉子業。皆古今之至文，不可得而時勢先後論也」。將雜劇、《西廂記》、《水滸傳》和八股文都並列為「古今之至文」，即最高的文學作品，頗為恰當。但是在具體的名單則詳後而略前，不算完整。

〔註7〕參見許建平《萬曆初年李贄文學思想論——從「宇宙有五大部文章」說起》，
《上海財經大學學報》，2006年第2期。

　　明末金聖歎在他們的基礎上，提出《莊子》《離騷》《史記》杜詩《水滸傳》和《西廂記》是「六才子書」，即六種文學體裁的最高典範之作，比王世貞增加了兩種，更為全面。

　　他們都打破戲曲、小說是小道、不登大雅之堂的通俗文藝的觀點，抬高其地位，開了時代的風氣，而王世貞的首創性作用，顯示了文壇領袖的領先風範。

　　王世貞還提出了「鬼神於文」的重要觀點：

　　　　《檀弓》《考工記》《孟子》、左氏、《戰國策》、司馬遷，聖於文
　　者乎？其敘事則化工之肖物。班氏，賢於文者乎？人巧極，天工錯。
　　莊生、《列子》、《楞嚴》、《維摩詰》，鬼神於文者乎？其達見，峽決
　　而河潰也，窈冥變幻而莫知其端倪也。（《藝苑卮言》卷三）

　　古人認為文藝傑作是通鬼神的產物。王世貞說「鬼神於文」，形容作品的出神入化，雖可解釋為「通鬼神」，也可看作為比喻。古人關於詩文創作通鬼神，早有涉及。例如：

　　劉知幾《史通》評論《左傳》說：「若斯才也，殆將工侔造化，思涉鬼神，著述罕聞，古今卓絕。」〔註8〕杜甫也多有論及，最著名的一句話是：「下筆如有神。」

　　而晚明清初董其昌、金聖歎和李漁諸家則直接說「通鬼神」。

　　董其昌說：

　　　　作文要得解悟……妙悟只在題目腔子裏，思之思之，思之不已，
　　鬼神將通之。到此將通時，才喚做解悟。了得解時，只在信手拈來，
　　頭頭是道，自是文中有神。動人心竅，理義原悅人心。我合著他，
　　自是合著人心。（《畫禪室隨筆》卷三評文）

　　董其昌借用《管子》他的原話，繼承其思想和觀點。董其昌之後，明末清初的金聖歎於此論述很多。例如金聖歎指導讀者：焚香讀書，以期鬼神通之也：

　　　　《西廂記》，必須焚香讀之。焚香讀之者，致其恭敬，以期鬼神
　　之通之也。（《貫華堂第六才子書西廂記》讀法六十二）〔註9〕

〔註8〕劉知幾《史通·雜說上》，《史通通識》（浦起龍釋），上海古籍出版社，1978年，第451頁。
〔註9〕參見拙編《金聖歎全集》，江蘇古籍出版社，1985年，萬卷出版公司，2009年。周錫山《金聖歎全集》第三冊，江蘇古籍出版社，1985年，第19頁；萬卷出版公司，2009年，第18頁。

「通鬼神」不僅針對讀書，尤其也針對寫作，是讀書、寫作的高級境界。金聖歎又說過：「看書人心苦何足道，即已有此書，便應看出來耳。莫心苦於作書之人，真是將三寸肚腸，直曲折到鬼神猶曲折不到之處，而後成文。」他甚至認為傑出的作家比鬼神還要高明。〔註10〕

在評論張生用激將法敦請惠明殺出重圍外送書信的描寫，聖歎評論為「通篇神彩。此乃真正神助之筆，須反覆讀之」。這裡的「神助之筆」，是「通鬼神」的結果，因「通鬼神」，故而得到「神助」。早在《金批水滸》中，金聖歎即指出《水滸傳》這樣具有最高藝術成就的偉大之作，是得到「鬼神來助」的「出妙入神」之文。〔註11〕

以上「神助之筆」、「鬼神來助」、「出妙入神」等語，在今人文中常常是作為比喻，比喻文筆的高妙傑出。在金聖歎和古人那裡，有時是真用，有時兼有比喻和真用，但這種比喻也以信其實有為基礎。

著名戲曲家、小說家和戲曲理論大家李漁在評論金聖歎時說：

> 聖歎之評《西廂》，……而筆使之然，若有鬼物主持期間者，此
> 等文字，尚可謂之有意手哉。文章一道，實實通神，非欺人語。千
> 古奇文，非人為之，神為之，鬼為之，神所附者耳。（李漁《閒情偶寄》
> 卷三詞曲部，格局第六《填詞餘論》）

清代史學大家章學誠認為自己思維活躍，讀古人文字，「神解精識，乃能窺及前人所未到處」，原因在於「若天授神指」。（章學誠《文史通義》外篇三《家書三》）

「通鬼神」是靈感論的一個重要論題，是當時美學家研究的最為精深的問題。

綜上所述，《藝苑巵言》雖是王世貞的少作，其對具體作品的評價，具有寬宏眼光和獨到見解；而其文藝評論的精彩觀點，與當時最高水平的美學家達到同樣的高度，得到當時和後世最高水平的美學家的認同或引用。

四、《曲藻》的戲曲評論及其傑出成就

王世貞非常喜歡戲曲，非常重視戲曲的研究和評論，《藝苑巵言》最後特附

〔註10〕 周錫山《貫華堂第六才子書西廂記‧寺驚》第四節批語，江蘇古籍出版社，
1985 年，第 81 頁；萬卷出版公司，2009 年，第 105 頁。

〔註11〕 《貫華堂第五才子書水滸傳》第四十一回總評，周錫山《金聖歎全集》第二冊，
江蘇古籍出版社，1985 年，第 108 頁；萬卷出版公司，2009 年，第 591 頁。

一卷，此卷後以《曲藻》為名，單獨刻印，成為戲曲理論的一部重要著作。

《曲藻》既有引述前人曲論觀點，更有自己的創新性觀點。其對前人或他人的觀點之肯定或駁難，都精當地為自己觀點對推進和形成，起了對比作用。

王世貞頗為深刻地總結了戲曲藝術的美學特點：「不唯其琢句之工，使事之美」，關鍵尤在於「體貼人情，委曲必盡；描寫物態，彷彿如生；問答之際，了不見扭造，所以佳耳。至於腔調微有未諧，譬如見鍾、王跡，不得其合處，當精思以求詣，不當執末以議本也。」他的這些要求，歸結為「動人」，作為戲曲成功與否的明確而具體的衡量標準，有力地指導了戲曲創作的實踐。並可作為評論標準，例如他稱賞《荊釵記》「近俗而時動人」，批評《香囊記》「近雅而不動人」。

《曲藻》的許多重要論點，成為權威性的意見。例如，他在《曲藻序》中提出了曲由詞發展而來：

> 曲者，詞之變。自金、元入主中國，所用胡樂，嘈雜淒緊，緩急之間，詞不能按，乃更為新聲以媚之。而諸君如貫酸齋、馬東籬、王實甫、關漢卿、張可久、喬夢符、鄭德輝、宮大用、白仁甫輩，咸富有才情，兼喜聲律，以故遂擅一代之長。所謂「宋詞、元曲」，殆不虛也。

古代研究家公認，詞由詩發展而來，詞是詩餘。王世貞提出「曲者，詞之變」，正確指出曲在文學上的來歷。他所說的曲，兼指元代散曲和雜劇中的曲，並首創性地將元曲與宋詞一樣，並列為「一代之長」。

在王世貞的啟示下，茅一相《題詞評曲藻後》說：「夫一代之興，必生妙才；一代之才，必有絕藝：春秋之辭命，戰國之縱橫，以至漢之文，晉之字，唐之詩，宋之詞，元之曲，是皆獨擅其美而不得相兼，垂之千古而不可泯滅者。」

當今學術界一致認為「一代有一代之文學」是王國維《宋元戲曲考》提出的重要觀點，後來又補充說王國維是引用清焦循提出的觀點。從《曲藻》及其所附的茅一相《題詞評曲藻後》可知，最早提出這個重要觀點的是王世貞和受到王世貞影響的茅一相。

在《曲藻》中，王世貞更為全面地梳理了詩、詞、曲的發展過程：

> 《三百篇》亡而後有騷、賦，騷、賦難入樂而後有古樂府，古樂府不入俗而後以唐絕句為樂府，絕句少宛轉而後有詞，詞不快北

耳而後有北曲，北曲不諧南耳而後有南曲。

王世貞又曾說：「詞興而樂府亡矣，曲興而詞亡矣。非樂府與詞之亡，其調亡也。」強調詩詞本是唱的，具有專門的曲調，是曲調亡，最後造成詩詞失去生命力，於是曲代詞而興，才導致了曲的產生。這個眼光是獨特而正確的。

王世貞不僅梳理詩詞曲的發展過程，還提出北曲發展到南曲的原因。他在序中也談到其原因：

> 但大江以北，漸染胡語，時時採入，而沈約四聲遂闕其一。東南之士未盡顧曲之周郎，逢掖之間，又稀辨撾之王應。稍稍復變新體，號為「南曲」。高拭則成，遂掩前後。大抵北主勁切雄麗，南主清峭柔遠，雖本才情，務諧俚俗。譬之同一師承，而頓、漸分教；俱為國臣，而文、武異科。今談曲者往往合而舉之，良可笑也。

這裡還精彩地總結了北曲和南曲的不同藝術風格：「大抵北主勁切雄麗，南主清峭柔遠」。在《曲藻》中進一步具體區分說：

> 凡曲：北字多而調促，促處見筋；南字少而調緩，緩處見眼。
> 北則辭情多而聲情少，南則辭情少而聲情多。北力在弦，南力在板。
> 北宜和歌，南宜獨奏。北氣易粗，南氣易弱。此吾論曲三昧語。

康海曾說：「南詞主激越，其變也流麗；北曲主慷慨，其變也樸實。」（《看山閣集閒筆·東樂府序》）區別了南北風格的基本區別，但言簡而義約，屬於感覺性鑒別，而非理論性敘述。

王世貞則做全面的理論分析，故而在論述南北曲風格之不同時，還特地補充其原因：「譬之同一師承，而頓、漸分教；俱為國臣，而文、武異科。」晚明的禪學興盛的時代，繪畫分南北宗而崇北宗；詩學開始興起神韻說，重南宗頓悟，推崇平淡閒遠的山水詩。王世貞緊隨時代潮流，精確指出南北曲風格之異的美學北京是北曲是北宗漸悟的產物，而南曲的風格與南宗頓悟及其同時代的繪畫、詩歌風格相一致。這是一個非常精闢的觀點。

王世貞南北曲風格的比較分析，論點精闢，用語警新，與同時代的徐渭讚譽崑曲「流麗悠遠」（《南詞敘錄》）等著名論說一樣，深得學界贊同，王國維《宋元戲曲考》等皆引用。而且「這對於戲曲創作在藝術實踐中全面利用南北曲的特點，用以豐富戲曲的表現力，是有好處的」〔註12〕。

在具體評論作家和作品時，他認為馬致遠的散曲為第一：

〔註12〕陳多、葉長海《中國歷代劇論選注》，上海古籍出版社，2010年，第143頁。

　　　　馬致遠「百歲光陰」，放逸宏麗，而不離本色。押韻尤妙。長句
　　如：「紅塵不向門前惹，綠樹偏宜屋角遮，青山正補牆東缺。」又如：
　　「和露摘黃花，帶霜烹紫蟹，煮酒燒紅葉。」俱入妙境。小令語如：
　　「上床與鞋履相別。」大是名言。結尤疏俊可詠。元人稱為第一。
　　真不虛也。

　　從其所引的例句，皆是散曲中的佳句，可知他評論馬致遠為元人第一，指
的是元代散曲第一；這個評價是恰當的，而不是不少學者誤會的，他將馬致遠
評為元雜劇第一。

　　《曲藻》此條之後，緊接著即評論《西廂記》為北曲即北雜劇第一：

　　　　北曲故當以《西廂》壓卷。如曲中語：「雪浪拍長空，天際秋雲
　　卷，竹索纜浮橋，水上蒼龍偃。」「滋洛陽千種花，潤梁園萬頃田。」
　　「東風搖曳垂楊線，游絲牽惹桃花片，珠簾掩映芙蓉面。」「法鼓金
　　鐃，二月春雷響殿角；鐘聲佛號，半天風雨灑松梢。」「不近喧嘩，
　　嫩綠池塘藏睡鴨；自然幽雅，淡黃楊柳帶棲鴉。」是駢儷中景語。
　　「手掌兒裏奇擎，心坎兒裏溫存，眼皮兒上供養。」「哭聲兒似鶯囀
　　喬林，淚珠兒似露滴花梢。」「係春心情短柳絲長，隔花陰人遠天涯
　　近。」「香消了六朝金粉，瘦減了三楚精神。」「玉容寂寞梨花朵，
　　胭脂淺淡櫻桃顆。」是駢儷中情語。「他做了影兒裏情郎，我做了畫
　　兒裏愛寵。」「拄著拐幫閒鑽懶，縫合唇送暖偷寒。」「昨夜個熱臉
　　兒對面搶白，今日個冷句兒將人廝侵。」「半推半就，又驚又愛。」
　　是駢儷中諢語。「落紅滿地胭脂冷，夢裏成雙覺後單。」是單語中佳
　　語。只此數條，他傳奇不能及。

　　評論《西廂記》是北雜劇和戲曲第一的，早就有不少戲曲研究家說過，也
是公認的觀點。王世貞也贊成這樣的觀點，因其文壇領袖和政壇高官的身份，
更得到當時人的重視。他所羅列的佳句和評論，是權威性的意見，經常為後世
研究家所引用。

　　《曲藻》評《琵琶記》冠絕諸劇，為南戲第一：

　　　　則成所以冠絕諸劇者，不唯其琢句之工、使事之美而已，其體
　　貼人情，委曲必盡，描寫物態，彷彿如生；問答之際，了不見扭造：
　　所以佳耳。至於腔調微有未諧，譬如見鍾、王跡，不得其合處，當
　　精思以求諧，不當執末以議本也。

　　晚明曲壇在嘉靖至隆慶年間關於《西廂記》、《琵琶記》、《拜月亭》和本色、文采之高下，展開了熱烈而持久的討論和爭議，時間長達半個多世紀。王世貞參與這場論證，發表了一言九鼎式的高明觀點，成為定論。

　　前已言及，王世貞與當時眾多著名戲曲家結為好友，梁辰魚為其中之一。張大復《梅花草堂集》卷一和《皇明崑山人物傳》卷八都記載，王世貞與好友戚繼光一起訪問梁辰魚，梁辰魚正坐在樓船裏，顧自仰天嘯歌。王世貞有詩《嘲梁伯龍》云：「吳閶白面冶遊兒，爭唱梁郎雪豔詞。」這是他以其卓越的藝術眼光，支持和讚賞新出的崑曲第一部劇作和傑作《浣紗記》。對此，凌濛初批評說：

> 自梁伯龍出，而始為工麗之濫觴，一時詞名赫然。蓋其生嘉隆間，正七子雄長之會，崇尚華靡。弇州公以維桑之誼，盛為吹噓，且其實與此道不深，以為詞如是觀止矣，而不知其非當行也。以故吳音一派，競為剿襲。（凌濛初《譚曲雜札》）

凌濛初的批評，是有偏見的。王世貞對戲曲的極高評價，有重大影響。作為文壇領袖提倡和讚賞戲曲，他對《西廂記》《琵琶記》《浣紗記》的評價，具有很大的權威性，產生了很大的影響。王世貞對戲曲經典和名著的精當和極高的評價，作為《鳴鳳記》的作者更以其親身的創作實踐作為有力的表率，極大地提高了戲曲在當時文壇、在整個中國文學史和文化史上的地位，對戲曲的發展起了很大的推動作用，功勳卓著。

五、王世貞的美術評論

　　王世貞除了能書，同時對書畫理論也深有研究和見解，是卓有建樹的書畫評論家，著有《王氏書苑》、《畫苑》、《弇州山人題跋》、《弇州墨刻跋》、《三吳楷法跋》等。

　　王世貞對繪畫和書法的評論也很有影響。明人詹景鳳說：「元美雖不以字名，顧吳中諸書家，唯元美一人知法古人。」這既是對他的書法所做的評論，也可移作為對他的書法評論的評價。

　　王世貞的書法和他的文學主張一樣，不師唐以後的人。其《淳化閣帖十跋》說：「書法至魏、晉極矣，縱復贗品、臨摹者，三四割石，猶足壓倒余子。詩一涉建安、文一涉西京，便是無塵世風，吾於書亦云。」（《弇州山人四部稿》卷一三三）因此明人有曰：「世貞書學雖非當家，而議論翩翩，筆法古雅。」

「古雅」二字，正是王世貞平常論書的標準之一。王國維美學體系中有一個重要的獨創性的理論，即「古雅說」〔註13〕，而「古雅」這個美學概念，王世貞則是最早提出者之一。

猶可道者，王世貞的重孫王鑒（1598～1677）為清初「四王」之一。王世貞富收藏，爾雅樓中藏書萬卷，書畫文物無數，家藏古今名蹟甚富，使王鑒自幼即受到良好的文化教養和藝術薰陶，為王鑒學習臨摹歷代名畫真蹟提供了良好的條件。王鑒師承和繼承董其昌的神韻派南宗畫，明末已為著名畫家。他在明亡後堅決不出仕，堅持了王世貞剛正的政治品質。入清後，作為明朝遺民，他和王時敏一起，並列為四王和清六家（「四王吳惲」）之首，是清初正統派繪畫的領袖之一，成為中國美術史上成就卓越、影響深遠的一代大家。其繪畫主張和創作實踐，是其曾祖父王世貞的文藝創作理想的嫋嫋餘音。

2015·上海交通大學人文學院主辦《王世貞與明清文化國際學術交流會論文集》，上海三聯書店，2016 年，又刊《江蘇大學學報》，2017 年第 4 期

〔註13〕參見拙著《王國維美學思想研究》第三章「美學總論」第二節「古雅說」，中國社會科學出版社，1992 年；增訂本 2017 年。

論湯顯祖的文學理論及其文氣說

　　湯顯祖作為中國文學和戲曲史上最傑出的作家之一，在文學理論領域也取得了傑出成就，這使他在中國乃至世界文學批評和美學史上佔有一定的重要地位。由於湯顯祖精通以儒道佛互補和融合為總體格局的整個中國文化，他的文學理論以整個中國文化為基礎，吸收儒道佛三家之精華，從而提煉和總結出來，故而他的文學理論與受其理論指導的以「臨川四夢」為代表的文學創作，具有視界高遠、境界宏深的特點，處於當時中國和世界文壇的領先地位。

一、湯顯祖文學理論的基本風貌

　　湯顯祖的文學理論注意吸收儒道佛三家之精華，繼承傳統文學理論之精華，並作出了自己時代的闡發，解決了自己時代的創作實踐問題。茲分別論列，以見其概。

　　湯顯祖本有志於治理天下，惜遇晚明之黑暗時代，方任小官即因觸忤權貴、當局而退隱林下。雖因此而「棄一官而速貧」，卻自感「宜矣」〔註1〕，並鼓勵別人：「門下清苦，古人之所難，世寄之所恃也。大奏抵疑觸忌，仗清白而制詭隨，釋細微而攄偉鉅。悠悠者世人之情，耿耿者貞士之志。」〔註2〕此實亦其夫子自道與自勉。湯顯祖以真心忠君報國、憂世愛民，一再宣稱「直心是道場」，〔註3〕同時又清醒地指出：「直道不可行，亦其時也。」〔註4〕在這

〔註 1〕　《與門人許伯厚》，《湯顯祖集》第二冊，上海人民出版社，1973 年，第 1312 頁。
〔註 2〕　《與陳世岡給諫》，《湯顯祖集》第二冊，第 1392 頁。
〔註 3〕　《答諸景陽》《答沈湛源》，《湯顯祖集》第二冊，第 1343、1429 頁。
〔註 4〕　《與李孺德》，《湯顯祖集》第二冊，第 1405 頁。

樣的時代和境遇中，他不以己悲，與同道者互勉：「從京師來者，言丈蔬食敝衣。或以丈為貧，或以丈為偽。夫世人何足與言真偽也。馬心易作縣，食嘗不飽；趙仲一為銓部歸來，幾為索債人所斃。貧而仕，仕遂不貧耶！古人云：『匈奴未滅，何以家為。』此時亦非吾輩作家時也。惟丈有以自礪。」〔註5〕可見他與同道者無論為官或退隱，皆不謀私利，以清廉自守。儘管世道黑暗，身處逆境，湯顯祖依舊心懷天下，聲稱：「天下忘吾屬易，吾屬忘天下難也。」〔註6〕「世喪道久，微道力誰當憂之。憂身不治，正是世外人事，久當不復憂此身也。」〔註7〕儘管「世實需才，而未必能需才」，「第世實需才，亦實憎才」〔註8〕，湯顯祖在政界未盡其才，可是他堅守「人愛不如自愛」〔註9〕的「認真」態度：「如今世事總難認真，而況戲乎！若認真，並酒食錢物也不可久。我平生只為認真，所以做官做家，都不起耳。」〔註10〕

　　湯顯祖以上言論和處世立身之宗旨，皆本於儒家傳統，無論窮達，以懷天下。其創作理論與實施亦本於此，他曾與人言：「不佞有識以來，見直指使者，何止數十公，往往乾潔自將，要以補偏蹈隙，非欲真為世界傾洗一番，否濁更不留餘。」〔註11〕其創作之宗旨，雖自知己作批判封建之黑暗做不到「否濁更不留餘」，但與其為官時「乾潔自將」一樣，確「欲真為世界傾洗一番」，伸張天地之正義、傾吐時代之心聲，寫出人們之痛苦。如他十分同情「邊塞之寒」和「蠶婦之苦」，「（孫光憲）《定西番》：吳子華云『無人知道外邊塞』。謝疊山云：『玉人歌吹未曾歸。』可見深宮之暖不知邊塞之寒，玉人之娛不知蠶婦之苦。至斐交泰下第詞云：『南宮漏短北宮長。』真一字一血矣。」〔註12〕末句則同情下第舉子和被禁錮於深宮中的怨女之悲苦。他又強調文學的教育作用，讚頌作品描寫的「奇物足拓人胸臆，起人精神。」〔註13〕「文能藥人腐胃，事能壯人死魄。」〔註14〕又因此而強調文學能使人的精神得以交流的作用：「文

〔註5〕　《與李九我宗伯》，《湯顯祖集》第二冊，第1322頁。
〔註6〕　《答牛春宇中丞》，《湯顯祖集》第二冊，第1393頁。
〔註7〕　《答黃貞父》，《湯顯祖集》第二冊，第1436頁。
〔註8〕　《寄林丹山》，《湯顯祖集》第二冊，第1408頁。
〔註9〕　《答陸景鄴》，《湯顯祖集》第二冊，第1360頁。
〔註10〕　《與宜伶羅章二》，《湯顯祖集》第二冊，第1426頁。
〔註11〕　《寄彭魯軒侍卸》，《湯顯祖集》第二冊，第1437頁。
〔註12〕湯顯祖《續虞初志評語·月支使者傳》，《湯顯祖集》第二冊，第1483頁。
〔註13〕湯顯祖《玉茗堂評花間集》評語選錄，第二冊，第1479頁。
〔註14〕　《續虞初志評語·蘭陵老人傳》，《湯顯祖集》第二冊，第1483頁。

章之道，有盡所託。曠世可以研心，異壤猶乎交臂。存來感往，咸效於斯。」
〔註15〕注重孔子「多識草木花鳥之名」的廣聞博記精神，指出廣聞博識對文學
創作的重要制約作用。他在「至為文詞，有成有不成者三」中，三條皆涉此
義。其一為讀書太少，「不得見古人縱橫浩渺之書」；其二為科舉考試所累，
「蹭蹬出設於校試之場。久之，氣色漸落，何暇議尺幅之外哉。」其三為：「人
雖有才，亦視其所生。生於隱屏，山川人物居室遊御鴻顯高壯幽奇怪俠之事，
未有睹焉。神明無所練濯，胸腹無所厭餘。耳目既吝，手足必蹇。」〔註16〕與
此相關聯，湯顯祖極為重視作家「遊」而「收江山之助，縱聞見之益」，達到
「璇璣滿囊」的收穫。〔註17〕於是他將創作與生活、萬物的關係，總結為：「今
昔異時，行於其時者三：理爾，勢爾，情爾。以此乘天下之吉凶，決萬物之成
毀。作者以倣其為，而言者以立其辨，皆是物也。」〔註18〕

　　湯顯祖對道家思想的繼承既多且深。他重視文學作品「性乎天機，情乎物
際。」〔註19〕而「機到筆隨」者，「自不可及。」〔註20〕此因「天定勝人」，作
者必須「靜慎和恕」，如李白這樣的詩人，「故頹然自放，有而不取，此天授，
無假人力。」〔註21〕這些都強調自然的力量對創作的制約，作家詩人的天分、
靈感離不開此。他認為優秀的文學作品既要「橫絕一時，凌轢千古」，又要「婉
爾唐音，風神自清。」〔註22〕又欣賞「風骨情神・高華巨麗，崦藹流爛，若刃
之發於硎，而邃之疑於神也」之作。〔註23〕最高的創作，全賴「大見聞」，而
「大見聞全在新聲」，以體現「道者萬物之奧」。〔註24〕「必參極天人微窈，世
故物情，變化無餘，乃可精洞弘麗，成一家言。」〔註25〕此類大作，又常於「恍
惚」之中表現出眾的「怪奇」。他有一段著名的言論：

　　　　予謂文章之妙不在步趨形似之間。自然靈氣，恍惚而來，不思

〔註15〕《答錢受之太史》，《湯顯祖集》第二冊，第1447頁。
〔註16〕《王季重小題文字序》，《湯顯祖集》第二冊，第1074頁。
〔註17〕《與但直生》第二冊，第1313頁。
〔註18〕《沈氏弋說序》，《湯顯祖集》第二冊，第1481頁。
〔註19〕《答馬仲良》，《湯顯祖集》第二冊，第1421頁。
〔註20〕《答卜玄樞》，《湯顯祖集》第二冊，第1411頁。
〔註21〕《點校虞初志序》，《湯顯祖集》第二冊，第1482頁。
〔註22〕《與錢簡棲》，《湯顯祖集》第二冊，第1456頁。
〔註23〕《寄韓求仲》，《湯顯祖集》第二冊，第14頁。
〔註24〕《答鄒爾瞻》，《湯顯祖集》第二冊，第1431頁。
〔註25〕《答張夢澤》，《湯顯祖集》第二冊，第1365頁。

而至。怪怪奇奇，莫可名狀。非物尋常得以合之。蘇子瞻畫枯株竹石，絕異古今畫格，乃愈奇妙；若以畫格程之，幾不入格。米家山水人物，不多用意，略施數筆，形象宛然。正使有意為之，亦復不佳。故夫筆墨小技，可以入神而證聖。自非通人，誰與解此。〔註26〕故而如可稱為佳作者，「凡天地間奇偉靈異高朗古宕之氣，猶及見於斯編，神矣化矣。」〔註27〕

以上兩則皆牽涉到湯顯祖的文氣說，這在本文下節再談；這裡首先引人注目的是「怪奇」、「奇偉靈異」的形象和手法，既「非物尋常」、「莫可名狀」，又乃來於「自然」，合於自然——故可「入神而證聖」。其次，「怪奇」乃是打破古今常格，也即是獨創性極強的產物。三則在創作態度上，如「有意為之，亦復不佳」，即需無意為之，遵循自然，也即前所引及的「機到筆隨」，「性乎天機」，「此天授，無假人力」之處。尤需重視的是，湯顯祖一方面強調「恍惚幽奇」〔註28〕之美；讚賞「以奇僻荒誕，若滅若沒，可喜可愕之事，讀之使人心開神釋，骨飛眉舞」〔註29〕之小說；稱頌「一篇之中，斷續起伏流變，常有光怪」〔註30〕之手法；而另一方面又看到此類作品因作者「才氣凝郁如是」，「高華中實有所苦，故激而為文章，慅浑而菀伊。」〔註31〕更指出：「『大作』奇特，卻是尋常道理。」〔註32〕

湯顯祖關於「自然靈氣，恍惚而來」而產生的怪奇形象，來之於《老子》的經典性名言：「是謂無狀之狀，無物之象，是謂惚恍。」此是「大音希聲」的一種景象。（第十四章）《老子》又言；「道之為物，惟恍惟惚。惚兮恍兮，其中有象；恍兮惚兮，其中有物。」（第二十一章）這恍惚中間的有和無，乃是辯證的統一。湯顯祖在引入老子的自然、恍惚說之同時，亦將有無相生之說引入文論，故其論詩又主張「以若有若無為美」〔註33〕於是轉而又繼承和讚賞傳統文論中的「意在言外」說。如他稱頌溫庭筠詞「如芙蕖浴碧，楊柳挹青，意中之意，言外之言，無不巧雋而妙入。」溫詞之《楊柳枝》等什「皆感物寫懷，言

〔註26〕《合奇序》第二冊，第 1078 頁。
〔註27〕《合奇序》第二冊，第 1078 頁。
〔註28〕《續虞初志評語》，《湯顯祖集》第二冊，第 1484 頁。
〔註29〕《點校虞初志序》，《湯顯祖集》第二冊，第 1482 頁。
〔註30〕《義墨齋近稿序》第二冊，第 1067 頁。
〔註31〕《與孫令弘》，《湯顯祖集》第二冊，第 1356 頁。
〔註32〕《答門人陳仲容》，《湯顯祖集》第二冊，第 1438 頁。
〔註33〕《如蘭一集序》，《湯顯祖集》第二冊，第 1062 頁。

不盡意，真託詠之名匠也。」〔註34〕又評「時文字能於筆墨之外言所欲言者，三人而已。歸太僕之長句，諸君燮之緒音，胡天一之奇想。各有其病，天下莫敢望焉。以今觀王季重文字，殆其四之。」〔註35〕

而有「自然靈氣」的作者，必為「奇士」。他說：「天下文章所以有生氣者，全在奇士。士奇則心靈，心靈則能飛動，能飛動則上下天地，來去古今，可以屈伸長短，生滅如意，如意則可以無所不知。」〔註36〕又說：「獨有靈性者，自為龍耳。」〔註37〕這種尚奇的思想顯然亦與推崇獨創有關。

湯顯祖集中頗有關於佛教的論文，他對佛教文化對文藝的影響亦極為重視。他認為：「詩乎，機與禪言通，趣與游道合。禪在根塵之外，遊在伶黨之中。要皆以若有若無為美。通乎此者，風雅之事可得而言。」〔註38〕將「禪言」看作詩學的基本要素。湯顯祖的文論中雖直接引用佛教經典和佛學語言者不多，但佛教思想實則滲透在他的文論和創作之中，有時比較明顯，如他評《續虞初志·薛弘機傳》說：「木石有靈，況經典乎？此意絕妙。」〔註39〕認為植物和無生命的「石」都有「靈」（靈魂或靈氣），即根植於佛教思想。而於曲論中闡發尤多。如評《紅梅記》：「境界紆回宛轉，絕處逢生，極盡劇場之變。」〔註40〕「境界」一詞便出於佛教語。

湯顯祖的文學理論全面認真地繼承儒道佛三家文化之精華；同時，他除總體上形成三家之互補之外，他在具體論述中有時亦能有機地融合在一起。如他評論優秀詩歌的特徵說：「世總為情，情生詩歌，而行於神。天下之聲音笑貌大小生死，不出乎是。因以憺蕩人意，歡樂舞蹈，悲壯哀感鬼神風雨鳥獸，搖動草木，洞裂金石。其詩之傳者，神情合至，或一至焉；一無所至，而必曰傳者，亦世所不許也。予常以此定文章之變，無解者。」〔註41〕儒家論詩重情志，又承認音樂舞蹈是抒發情感的重要手段；道家則講「神」，屈賦和道、佛皆講鬼神；而儒佛兩家皆認為草木之有生命。此論揉合三家之觀念，以表現詩歌和文學之特性和變化，但當時「無解者」，皆因徒見一孔之陋儒為多，有識者稀。

〔註34〕 《玉茗堂評花間集·評語選錄》，《湯顯祖集》第二冊，第 1478 頁。
〔註35〕 《王季重小題文字序》第二冊，第 1074 頁。
〔註36〕 《序毛丘伯稿》，《湯顯祖集》第二冊，第 1080 頁。
〔註37〕 《張元長噓雲軒文字序》，《湯顯祖集》第二冊，第 1078 頁。
〔註38〕 《如蘭一集序》，《湯顯祖集》第二冊，第 1062 頁。
〔註39〕 《如蘭一集序》，《湯顯祖集》第二冊，第 1483 頁。
〔註40〕 《紅梅記總評》第二冊，第 1485～1486 頁。
〔註41〕 《耳伯麻姑遊詩序》，《湯顯祖集》第二冊，第 1050～1051 頁。

因此湯顯祖也有意打破儒道佛三家之侷限，推動文學理論的健康發展。他認為：「世間唯拘儒不可言文，耳多未聞，目多未見，而出其鄙委牽拘之識，相天下文章，寧復有文章乎？」〔註42〕又說：「嘗聞宇宙大矣，何所不有。宣尼不語怪，非無怪之可語也。乃齷齪老儒輒云目不睹非聖之書，抑何坐井觀天耶！泥丸封口，當在斯輩。」〔註43〕更一反以儒學為正統的文壇之陋見，極為推崇戲曲和小說，他說：「昔李太白不讀非聖之書．國朝李獻吉亦勸人弗讀唐以後書，語非不高，然未足以繩曠覽之士也。……然則稗官小說，奚害於經傳子史？遊戲墨花，又奚害於涵養性情耶？」又以《虞初志》為例，指出優秀小說「以奇僻荒誕，若滅若沒，可喜可愕之事，讀之使人心開神拜，骨飛眉舞。雖雄高不如《史》《漢》，簡淡不如《世說》，而婉孌流麗，洵小說家之珍珠船也。……意有所蕩激，語有所託歸，律之風流之罪人，彼固歉然不辭矣。使咄咄讀古，而不知此味，即日垂衣執笏，陳寶列俎，終是三館畫手，一堂木偶耳，何所討真趣哉！」〔註44〕又說：「小說家唯說鬼、說狐、說盜、說黥、說雷、說水銀、說幻術、說妖道士，皆闕體中第一義也。」〔註45〕湯顯祖作為明代的詩文大家和著名詩論家，他親自點評小說，創作戲曲，其小說和戲曲理論高度肯定小說、戲曲的教育和審美作用及在文化史上的重要地位，其對小說描寫內容的熱情讚頌和倡導戲曲理論中的情至論以熱情歌頌男女青年的戀情，皆徹底打破儒道佛三家的侷限和禁錮，高揚人性之美，達到與當時西方人文主義文學和理論同樣的思想高度，而各有特點，異曲同工。

此外，湯顯祖在強調詩歌和文學創作中的「天機」、天意之同時，又重視詩人作家追本溯源、苦學前人的必要性，他指出：「學律詩必從古體始乃成，從律起終為山人律詩耳。學古詩必從漢魏來，學唐詩終成山人古詩耳。」〔註46〕他創作戲曲，也苦學元雜劇，得其神髓，極得當時曲論家的好評。在學習前人進行創作方面，既講學習前人之法又講究變化。他認為「學藝」固需「求可為法者」，而「文字，起伏離合斷接而已。極其變，自熟而自知之。父不能得其子也。雖然，盡於法與機耳。法若止而機若行。」〔註47〕又說，學習別人則

〔註42〕《合奇序》，《湯顯祖集》第二冊，第 1077 頁。
〔註43〕《豔異編序》第二冊，第 1503 頁。
〔註44〕《點校虞初志序》，《湯顯祖集》第二冊，第 1482 頁。
〔註45〕《續虞初志評語三十二則》，《湯顯祖集》第二冊，第 1483 頁。
〔註46〕《與喻叔虞》第二冊，第 1448 頁。
〔註47〕《湯許二會元制義點閱題詞》，《湯顯祖集》第二冊，第 1100 頁。

「總之各效其品之所異，無失於法之所同耳已。」「故真有才者，原理以定常，適法以盡變。常不定不可以定品，變不盡不可以盡才。才不可強而致也，品不可功力而求。」「語之於文，狷者精約儼厲，好正務潔。持斤捉引，不失繩墨，士則雅焉。然予所喜，乃多進取者。其為文類高廣而明秀，疏夷而蒼淵。」「於天人之際，性命之微，莫不有所窺也。」此因「江湖之濱，無不猥大。」「顧其中有負萬乘之器，而連卷離奇；有備百物之宜，而爛熳歷落。」於中可自證通物之理，而求「獨造之致」。〔註48〕又極強調要得此「獨造之致」必須痛下苦功雕琢，他說：「蘇有嫗賣水磨扇者，磨一月，直可兩，半月者八百錢。功力貴賤可知。吾鄉文字，近不能與天下爭價者，一兩日水磨耳。」〔註49〕而成功之作，則「美成在久，久乃論定。」〔註50〕「總之，有韻之文，可循習而似。至於長行文字，深極名理，博盡事勢，要非淺薄敢望。時一強為之，輒棄去，誠自知不類昔人之為也。」〔註51〕可見其本人的詩歌創作，實踐其理論認識，都下苦功，故不愧為有明一代之名家。

湯顯祖又曾論述地域與詩風的關係，其義甚精：「詩者，風而已矣。或曰：風者物所以相移，亦物所自足，有不可得而移者。十三國之風，採而為《詩》。舒促鄙秀，澹縟夷隘，各以所從。星氣有直，水土有比。」「此儀所以南操，而烏所莊吟也。」「江西有詩，而吳人厭其理致。吳有詩，江以西厭其風流。予謂此兩者好而不可厭，亦各其風然，不可強而輕重也。立言者能一其風，足以有行於天下。」〔註52〕湯顯祖指出蘇吳與江西的不同詩風和它們各自存在的價值，更進而指出其不同詩風，皆因其不同地域之風而然。地域之風氣，決定各地域萬物的變化（相移）和成長（自足），這與地域之星氣和水土有關。星氣，指該地域與其他星球的關係。這個認識非常深刻。他又曾指出詩文的不同風格：「或為風神形似之言，或以情理氣質為體。愜一而止，得全實難。」〔註53〕湯顯祖對不同的風格皆不偏廢，見出他胸襟廣闊的文學觀。

湯顯祖文學理論的基本風貌如上，其識見超群，由此可見；而其關於文氣

〔註48〕《攬秀樓文選序》第二冊，第1076～1077頁。
〔註49〕《與康日穎》，《湯顯祖集》第二冊，第1440頁。
〔註50〕《寄韓求仲》，《湯顯祖集》第二冊，第1455頁。
〔註51〕《答馬仲良》，《湯顯祖集》第二冊，第1421頁。
〔註52〕《金竺山房詩序》第二冊，第1086頁。
〔註53〕《答錢受之太史》，《湯顯祖集》第二冊，第1447頁。

說的闡釋和戲曲理論則貢獻更大，代表著明代和整個中國美學史和文學批評史的最高水平。

二、湯顯祖對文氣說的闡發

湯顯祖的文學理論有一個很大的特點，便是他對文氣說的重視和闡發。他關於文氣說的觀點頗多，而且十分全面，見出他於此十分重視，有的闡發見解獨到，為中國古代文化中的「文氣」說作出了一定的貢獻。

中國古代儒道佛三家都對氣論和煉氣、養氣十分重視，並作出了世界性的重大貢獻。湯顯祖在理論和實踐上都從哲學和修身養性、認識宇宙人生角度，繼承了儒道佛三家的精華，並引入到文氣理論中來。

湯顯祖《陰符經解》以氣學理論闡發道家經典《陰符經》（傳為黃帝所撰，由姜尚、范蠡、鬼谷子、張良、諸葛亮、李筌等注），認為：「天道陰陽五行，施行於天，有相變相勝之氣，自然而相於生，生而相於殺。」「天道害而生恩，公而成私。」「氣者人之龍蛇也。存伏藏之用，故曰制在氣。」〔註54〕明代唐琳認為顯祖此論超過前人：「惟海若解，最稱玄暢。」（唐琳《刻陰符經略記》）沈際飛評此文：「《陰符》傳注序說，所得見者二十餘家。朱子章句簡易可觀，要不過出自諸家叢論。臨川別有洗發，於神仙抱一之道思過半矣。」「『結局一氣貫串，經文大意了然，如明河之在天。」〔註55〕此皆繼承《周易》與易傳和《老子》的氣學理論〔註56〕略抒自己的體會而已，而他對「神仙抱一之道」的靜動關係，則頗有自己的獨特見解。顯祖既承認道佛氣學中「平心定氣，返見天性」〔註57〕的基本觀點，卻不贊成一味主靜的主張。「學道者，因『至日閉關』之文，為主靜之說。夫自然之道靜，知止則靜耳。安所得靜而主之。《象》曰：『商賈不行，後不省方。』此非主靜之言也。環天下之辨於物者，莫若商賈之行，與夫後之省方。何也，合其意識境界，與天下之物遇而後辨。」〔註58〕贊成《易》注的儒家理論，也主張以動養氣之說。他又闡發儒道兩家的養氣理論說：「通天地之化者在氣機。奪天地之化者亦在氣機。化之所至，氣必

〔註54〕《陰符經解》，《湯顯祖集》第二冊，第1207～1209頁。
〔註55〕《陰符經解》，《湯顯祖集》第二冊，第1209頁。
〔註56〕參見拙文《論老子之『道』之為氣》，《中國文化與世界》（國際學術研討會論文集），上海外語教育出版社，1992年。
〔註57〕《答鄒公履》，《湯顯祖集》第二冊，第1344頁。
〔註58〕《顧涇凡小辨軒記》，《湯顯祖集》第二冊，第1107頁。

至焉。氣之所至，機必至焉。」而又有「氣勝而機不勝者」，「機勝而氣不勝者」──

> 天下文章有類乎是。莽莽者氣乎，旋旋者機乎。莊生曰：「萬物
> 出乎機，入乎機。」……氣與機相輔相軋以出。天下事舉可得而議
> 也。吾以為二者莫先乎養氣。養氣有二。子曰：「知者動，仁者靜；
> 仁者樂山，而智者樂水。」故有以靜養氣者，規規環室之中，回回
> 寸管之內，如所云胎息踵息云者，此其人心深而思完，機寂而轉，
> 發為文章，如山嶽之凝正，雖川流必溶淯也，故曰仁者之見；有以
> 動養其氣者，泠泠物化之間，亹亹事業之際，所謂鼓之舞之云者，
> 此其人心煉而思精，機照而疾，發為文章，如水波之淵沛，雖山立
> 必陂陁也，故曰智者之見。二者皆足以吐納性情，通極天下之變。
> 下此，百姓文章耳。蓋日用飲食而未嘗知為者也。〔註59〕

此論中「氣」兼指宇宙萬物之生成的原動力性的物質及其同時形成的氣勢，是產生宇宙萬物的客觀物質基礎和力量；「機」則指人的機心，即機巧的心思或深沉轉變的心計，代表著人的主觀能動性。人能有所作為，包括進行成功的文藝創作，必賴氣機雙全，並且「氣與機相輔相軋以出」。顯祖認為「氣機」「二者莫先乎養氣」，此亦儒道佛三家的傳統觀點，孟子更提出吾人必須善養「浩然之氣」。顯祖進而闡發靜養、動養之不同作用和互補作用。靜養，除靜坐煉氣（胎息踵息）外，還指文藝家和文藝理論家在書齋中通過大量讀書和深思熟慮，發為文章；動養則指創作者和理論家遊歷山川而得其氣，並與山川萬物融為一體或參加社會、政治實踐，以此為內容髮為文章。顯祖對二者一視同仁，認為都可吐納性情，通極天下之變。而上焉者無疑是動靜得兼。

中國古代自老莊、孟子倡言養氣說以來，多偏重於養虛靜之氣。《老子》主張「致虛極，守靜篤」。（第十六章）「載營魄抱一，能無離乎？」（第十章）《莊子》又進而要求「坐忘」和「心齋」；「若一志，無聽之以耳而聽之以心，無聽之以心而聽之以氣。氣也者，虛而待物者也，唯道集虛。」（《人間世》）後來劉勰《文心雕龍》亦主要發揮虛靜之說，其《神思》篇說：「陶鈞文思，貴在虛靜，疏瀹五藏，澡雪精神。」於《養氣》篇又發揮之。惟至蘇轍才打破前人一味講究靜養的局面，他在《上樞密韓太尉書》中說：「以為文者，氣之所形，

〔註59〕《朱懋忠制義敘》，《湯顯祖集》第二冊，第1068頁。

然文不可以學而能，氣可以養而致。孟子曰：『我善養吾浩然之氣』，今觀其文寬厚宏博，充乎天地之間，稱其氣之小大。太史公行天下，周覽四海名山大川，與燕趙間豪俊交遊，故其文疏蕩，頗有奇氣。」蘇轍將孟子的浩然之氣，用「充乎天地之間」來形容；又將天地之氣分解為四海名山大川和人間豪俊二者，前者得江山之氣，亦即劉勰「得江山之助」，後者為得豪俊英傑之氣。蘇轍又點出「行」和「周覽」、「交遊」，強調司馬遷不僅有靜養工夫，且賴「行」而得江山和豪俊之氣而產生「奇氣」，極有見地。惜乎蘇轍未闡明此實為「動養」之觀點。而湯顯祖則將孔子的仁智之說和孟子、老莊的虛靜養氣說貫穿起來，又由「智者動」的規律出發，將養氣與物化、事業相結合，明確提出「以動養氣」的「動養」觀點。「物化」亦出於《莊子》，其《齊物論》敘莊周夢蝶，闡發一種消除事物差別、彼我同在的意境。湯顯祖以物化觀來看待人與自然的關係，將作家與山川萬物融為一體，以此體驗和觀察山川萬物並得其氣，則更遠勝過得江山之助的效益而無疑。又用勤勉（亹亹乎）的事業也作為「以動養氣」的過程，極為有見。「事業」不僅包括司馬遷為創作《史記》而「與燕趙間豪俊交遊」這樣深入到描寫對象中去，也包含達則兼治天下的政治實踐和社會實踐，從中體驗生活，獲得真切的感受，在人生奮鬥中修身養性，煉出真氣和浩然之氣，充實作家自己的內心，為創作打下堅實的基礎。因此，湯顯祖「物化」和「事業」式的「以動養氣」說，對文氣說的發展作出很大的理論貢獻。同時，湯顯祖也將自己的理論貫徹在自己的實踐中。他在刻苦攻讀儒道佛三家之書之時，也刻苦靜修養氣；又努力通過科舉考試，利用自己手中的權力進行政治和社會改革實踐，從中求得對生活的真切體會；包括他從政道路的曲折和受黑暗當局的打擊而歸隱林下，這個過程，給他的心胸以很重要的陶冶。而這一切，對他的詩文創作，尤其是「臨川四夢」的戲曲創作，作了鋪墊，我們在他的創作中，無論從其內容和藝術手段，都可看到以動養氣的出色效果。

湯顯祖繼承儒道佛三家共認的「一氣混成，三才互吞，以成宇宙，以生萬物」的觀點，在《陰符經解》中強調「天地交合，宇宙不散，人在其中。」「生死相根，恩害一門。」故而他揭示自己撰寫《牡丹亭》「生者可能死，死可以生」的情節乃因「人世之事，非人世所可盡。」〔註60〕站在宇宙觀的高度俯視人生，體現了他對人的終極關懷和對人的終極指歸的精當認識。

〔註60〕《牡丹亭記題詞》，《湯顯祖集》第二冊，第 1093 頁。

　　湯顯祖雖強調「平心定氣，返見天性」，以取回成年後失去的赤子之心，煉就通達宇宙萬物的「道氣」，創作「非偶然」之文〔註61〕，同時又辯證地提醒年幼者：「少年人不在平心定氣，而在讀書能縱能深，乃見天則耳。」〔註62〕因為少年人讀書少，缺少理論根柢和人生實踐，且性格好動難靜，極難「平心定氣」，需要大量和深入讀書，體會「天則」。顯祖認為青年朋友「王相如才氣橫絕，欲下帷讀書十年乃出，甚善。不盡讀天下之書，不能相天下之士。故曰外遊不如內遊。」〔註63〕讀書（內遊），是青少年認識宇宙人生的主要途徑，是今後外遊、行萬里路、「收江山之助」的基礎，也是以後進行文藝創作和理論建設的重要基礎之一。但同時，讀書時也需專心致志，「先儒云，收放心，即可記書不忘。足下靜坐存想，數月來讀書，覺有光景，不似往日。比如苦行頭陀忽然開霽，灡香千偈，不足為也。」〔註64〕如此則於無形中已初步進入「平心定氣」的修煉狀態。他對這種心理狀態和修煉境界在認識宇宙人生和文藝創作、理論建設中的重要作用的極端重視，是老莊關於心齋、坐忘學說的繼承和運用。

　　湯顯祖認為，也只有在這樣的心理狀態和修煉境界中，才能寫出與眾不同的優秀作品，他說：「世間惟拘儒老生不可與言文。耳多未聞，目多未見。而出其鄙委牽拘之識，相天下文章，寧復有文章乎？予謂文章之妙不在步趨形似之間。自然靈氣，恍惚而來，不思而至，怪怪奇奇，莫可名狀，非物尋常得以合之。蘇子瞻畫枯株竹石，絕異畫格，乃愈奇妙。若以畫格程之，幾不入格。米家山水人物，不多用意。略施數筆，形象宛然。正使有意為之，亦復不佳。故夫筆墨小技，可以入神而證聖。自非通人，誰與解此。」〔註65〕

　　湯顯祖此言推崇文藝創作中的自然靈氣，又釋此自然靈氣用「恍惚而來，不思而至」。此乃將《老子》的理論明確引入文藝理論之中。《老子》第十四章說：「其上不皦，其下不昧。繩繩兮不可名，復歸於無物。是謂無狀之狀，無物之象，是謂惚恍。」第二十一章又說：「道之為物，惟恍惟惚，惚兮恍兮，其中有象；恍兮惚兮，其中有物。」宋代李榮（嘉謀）《道德真經義解》釋曰：「惚恍者，出入變化，不主故常之謂也。」顯祖上言恍惚，即屬此義。他評《續

〔註61〕《與汪雲陽》，《湯顯祖集》第二冊，第1407頁。
〔註62〕《答鄒公履》，《湯顯祖集》第二冊，第1344頁。
〔註63〕《與王相如》，《湯顯祖集》第二冊，第1394頁。
〔註64〕《與余成輔》，《湯顯祖集》第二冊，第1442頁。
〔註65〕《合奇序》，《湯顯祖集》第二冊，第1078頁。

虞初志·賈人妻傳》：「恍惚幽奇，自是神俠。」也用此義。恍惚又有微妙模糊，閃爍不定之意，顯祖之言恍惚，亦兼有此義。這樣帶有自然靈氣恍惚而來又不思而至的藝術形象，是靈感的產物、神來之筆，是異乎尋常的高度獨創性的產物，故而怪奇莫名。

自然靈氣，湯顯祖有時又稱之為「生氣」：「天下文章所以有生氣者，全在奇士。士奇則心靈。心靈則能飛動，能飛動則下上天地，來去古今，可以屈伸長短生滅如意，如意則可以無所不如。……其人心靈能出入於微眇，故其變動有象。」〔註66〕此言從另一角度闡發自然靈氣之說，指出士奇則心靈，故能如意──自如地舒展自己的藝術想像力和創造力，寫出微眇、奇妙而又有變化的藝術形象。故而他認為「大雅之音」講究思微，體鉅，氣馴而意結。〔註67〕作者興會淋漓之時，有如「沖孔動鍵而有颺風，破隘蹈決而有潼河」，〔註68〕而「機來神熟，作者亦不知思之如流，氣之如雲，致之如環矣。」〔註69〕

湯顯祖的以上觀點對中國古代文化中的「文氣」說作出新的闡發，除此之外，他在評論文藝家和作品時非常喜歡用文氣說的各種概念和語彙。他在評價有意趣和氣概的作者時或稱意氣橫絕、意氣殊絕，有才華者為才氣英闊，或氣含天粹；與黑暗時勢格格不入的作者則「性氣乖時」；稱讚有的作者潛心「讀《易》之餘，雅意吟染，閒氣胸中一點無，令人惝然。」閒氣相當於濁氣。反之，「大雅之作，爽氣清人。」爽氣也即湯顯祖推崇的「清氣」。與清氣同樣高尚的還有「真氣」，和「伉壯不阿之氣」。〔註70〕又不同作品，氣有剛柔之分。「大致李（獻吉）氣剛而色不能無晦，何（仲默）色明而氣不能無柔。神明之際，未有能兼者。要其於文也，瑰如曲如，亦可謂有其貌矣。」〔註71〕又自述「以數不第，展轉頓挫，氣力已減」，於是轉讀「二氏之書，從方外遊」，又取宋六大家文更讀之，感到「宋文則漢文也。氣骨代降，而精氣滿勁。」〔註72〕而「佳作氣食全牛，自堪壓卷。」其評明文則認為「我朝文字，宋學士而止；方遜志已弱，李夢陽而下，至琅邪，氣力強弱鉅細不同，等贋文爾。」總之，

〔註66〕《序丘毛伯稿》，《湯顯祖集》第二冊，第1080頁。
〔註67〕《答卞玄》，《湯顯祖集》第二冊，第1411頁。
〔註68〕《調象庵集序》，《湯顯祖集》第二冊，第1038頁。
〔註69〕《玉茗堂批評種玉記·十五出〈促晤〉總評》。
〔註70〕《答余中宇先生》，《湯顯祖集》第二冊，第1244頁。
〔註71〕《孫鵬初遂初堂集序》，《湯顯祖集》第二冊，第1044頁。
〔註72〕《與陸景鄴》，《湯顯祖集》第二冊，第1338頁。

湯顯祖論人論文，講究「氣味」和「風神氣色音旨」，其對文氣說的獨特貢獻
處於當時領先地位，並對後世有頗大的影響。

三、湯顯祖的戲曲理論

　　湯顯祖不僅是中國和世界文學和戲曲史上的一流大家，也是中國和世界
文學批評和美學史上的一流大家。他在戲曲觀上的「湯、沈之爭」和「情至」
說，影響巨大，其理論貢獻前人與當世學者已述備矣。茲就學術界未及論述或
論述不充分、筆者有不同意見之處略述己見。

　　湯顯祖的「情至」論既是衝破儒道佛三家侷限之產物，又係與儒道佛三家
精華相結合之產物。關於前者，論者評述已多，茲不重複，筆者認為其要義是
湯顯祖打破儒道佛三家的思想侷限，強調男女青年戀情的合理性和必然性，更
強調其必勝性──必然戰勝一切思想和社會的形形色色障礙而達到兩情歡戀
的目的。湯顯祖的主要觀點是：「人生而有情。思歡怒愁，感於幽微，流乎嘯
歌，形諸動搖。或一往而盡，或積日而不能自休。」〔註73〕認為情與生俱來，
又認為文學創作來源於情，由情而生；「世總為情，情生詩歌，而行於神。天
下之聲音、笑貌、大小、生死，不出乎是。因以瞻蕩人意，歡樂舞蹈，悲壯哀
感鬼神、風雨、鳥獸，搖動草木，洞裂金石。」〔註74〕而文學作品，尤其戲曲，
還能「無情者可使有情，無聲者可使有聲。」甚至「可以合君臣之節，可以浹
父子之恩，可以增長幼之睦，可以動夫婦之歡，可以發賓友之儀，可以釋怨毒
之結，可以已愁憤之疾……孝子以事其親，敬長而娛死；仁人以此奉其尊，享
帝而事鬼。老者以此終，少者以此長。外戶可以不閉，嗜欲可以少營。人有此
聲，家有此道，疫癘不作，天下和平。豈非以人情之大竇，為名教之至樂也
哉。」〔註75〕將戲曲的強烈感化作用和教育作用歸結於人的感情。以情動人，
然後起教育、感化作用，確也是成功的文藝作品的普遍性規律之一。

　　湯顯祖的情至論又是繼承和結合儒道佛三家精華的產物。至今為止的湯
學研究家，多批判湯受儒家科舉思想和道佛兩家虛幻人生的消極影響而成為
其千古名著的創作侷限。筆者的觀點正好相反，筆者認為，湯顯祖正確、全
面、深入地學習、繼承儒道佛三家之精華，才能創造出以「臨川四夢」為代表

〔註73〕《宜黃縣戲神清源師廟記》，《湯顯祖集》第二冊，第 1127～1131 頁。
〔註74〕《耳伯麻姑遊詩序》，《湯顯祖集》第二冊，第 1050 頁。
〔註75〕《宜黃縣戲神清源師廟記》，《湯顯祖集》第二冊，第 1127～1131 頁。

的優秀作品並給當代和後世以巨大的影響。在儒家思想方面，他將情至論與儒家的忠孝節義相結合，歌頌杜寶的勤政愛民，在抗敵前線忠於職守；讚賞陳最良的古道熱腸、助人為樂和待人以信義為本；強調柳夢梅、杜麗娘在愛情問題上恪守信義，將負情漢李益也改寫成將愛情與信義結合的有情人，讓他與霍小玉兩情圓滿，白頭偕老。即如《邯鄲記》中名利薰心的盧生也忠於崔氏之情，《南柯記》中的淳于棼雖返人間，還苦戀螞蟻世界大槐安國金枝公主、自己的亡妻瑤芳。四劇中的男主角多為治世能臣，善於樹功。湯顯祖讓柳夢梅金榜題名，然後成婚，既反映古代知識分子「才子加美女」即郎才女貌的人生理想，又不以自己的人生曲折而產生思想和心理障礙，客觀肯定科舉考試制度網羅人材、選拔人才的合理性和必然性，反映了歷史的真實。〔註76〕湯顯祖戲曲和詩文創作中歌頌、肯定的人物都是實踐儒家「達則兼濟天下，窮則獨善其身」的知識分子，其優秀者又往往是善於養氣修道，善作詩文或為國立功的優秀人才。反之如《邯鄲記》中醉生夢死的盧生和受賄舞弊的考試官宇文融，《南柯記》中不理政治的原任太守和玩弄權術的右相段功，《紫釵記》中耍弄陰謀的盧太尉等敗類，禍國殃民，陷害無辜，皆為違背儒家教義的無恥之徒，是湯劇鞭撻的對象，湯劇亦藉此類人物的言行，批判晚明政局和官場的黑暗和腐敗。湯顯祖痛恨晚明的「此時世路人情，大非昔比」，〔註77〕他「最疾夫賣恩為名者」，〔註78〕在「直道不可行，亦其時也」〔註79〕之晚明，「此時男子多化為婦人，則行佞立，好語巧笑，乃得立於時。不然則如海母目蝦，隨人浮沉，都無眉目，方稱盛德。」〔註80〕湯顯祖又感慨：「世路之難行，宦情之難信，一至於此。」〔註81〕他教誨學生說：「昔人云：天下太平，必須不要錢不惜死。生或不愧此文官耶！」〔註82〕也即文官不愛錢，武官不怕死。湯顯祖的仕宦實踐言行一致，他對學生說：「然生在平（遂）昌四年，未嘗拘一婦人，非有學舍城垣公費，未嘗取一贖金。」〔註83〕他的戲曲創作都明顯地貫徹、體現了以上

〔註76〕 參閱拙文《〈牡丹亭〉人物三題》(1986·山西臨汾·第2屆全國古代戲曲研討
　　　　會論文)，《戲曲研究》第40輯，文化藝術出版社出版。
〔註77〕 《答樂愚上人》，《湯顯祖集》第二冊，第1444頁。
〔註78〕 《與吳繼正束》，《湯量祖集》第二冊，第1375頁。
〔註79〕 《與李儒德》《湯顯祖集》第二冊，第1405頁。
〔註80〕 《答馬心易》，《湯顯祖集》第二冊，第1402頁。
〔註81〕 《寄盧貞常》，《湯顯祖集》第二冊，第1444頁。
〔註82〕 《與門人時君可》，《湯顯祖集》第二冊，第1363頁。
〔註83〕 《與門人葉時陽》，《湯顯祖集》第二冊，第1363頁。

的觀點，並作出生動、藝術的反映。

　　湯顯祖又將情至論與道佛思想相結合，提倡作家「動則觀天地人鬼世器之變，靜則思之」，「生天生地生鬼生神，極人物之萬途，攢古今之千變」，「微妙之極，乃至有聞而無聲，目擊而道存」〔註84〕，從戲曲創作角度，發揮了靜思觀、有無相生和《莊子‧大宗師》「夫道……自本自根，未有天地，自古以固存；神鬼神帝，生天生地」〔註85〕的思想。湯顯祖認為：「夫道，視不可見，聽不可聞，體物不可遺。」這完全是繼承老莊的觀點，但他同時又認為：「道心之人，必具智骨；具智骨者，必有深情。」〔註86〕打破道家反對智、情的侷限，將道與情智結合。他認為自己的《南柯》《邯鄲》兩劇是道與情的結合：「弟之愛宜伶學二《夢》，道學也。性無善無惡，情有之。因情成夢，因夢成戲。」〔註87〕他又打破《老子》「淡乎其無味」（第三十五章）的觀點，作綺語，將綺語與道佛的夢幻觀相結合。「凡文以意趣神色為主。四者到時，或有麗詞俊音可用。」〔註88〕當朋友批評他：「著作過耽綺語」時，他回答：「二（夢）已完，綺語都盡。」〔註89〕他接受道佛兩家的夢幻觀，信奉「謂世如夢，南柯黃粱，轉為明顯耳。」〔註90〕因而自稱己作「傳奇多夢語，那堪兄醒眼人著眼。」〔註91〕感歎「詞家四種，里巷兒童之技，人知其樂，不知其悲。大者不傳，或傳小者。」〔註92〕前二語是他對《臨川四夢》的自謙，中二語感歎自己得自道佛的悲世思想人多不知而只欣賞其中樂處，末二語清醒地看到自己在文壇上聞名的「大者」詩文（包括「制舉義雖傳，不可以久」）未及戲曲「小者」更能傳於後世，產生深遠影響。

　　湯顯祖又將道家的自然觀引入曲論，認為「南歌寄節，疏足自然。五言則二，七言則三。變通疏促，殆亦由人。」〔註93〕又追隨老子的「恍惚」論：「二《夢》記甚覺恍惚。惟此恍惚，令人悵然。無此一路，則秦皇漢武為駐足之地

〔註84〕　《宜黃縣戲神清糠師廟記》，《湯顯祖集》第二冊，第1127～1129頁。
〔註85〕　《答陳古池》，《湯顯祖集》第二冊，第1367頁。
〔註86〕　《睡庵文集序》，《湯顯祖集》第二冊，第1015頁。
〔註87〕　《復甘義麓》，《湯顯祖集》第二冊，第1367頁。
〔註88〕　《答呂姜山》，《湯顯祖集》第二冊，第1337頁。
〔註89〕　《答羅匡湖》，《湯顯祖集》第二冊，第1435頁。
〔註90〕　《與吳柏霖》，《湯顯祖集》第二冊，第1381頁。
〔註91〕　《與丁長孺》，《湯顯祖集》第二冊，第1034頁。
〔註92〕　《答李乃始》，《湯顯祖集》第二冊，第1385頁。
〔註93〕　《再答劉子威》，《湯顯祖集》第二冊，第1242頁。

矣。」〔註94〕這就將情至論與恍惚論相結合，寫出以夢幻為內容的戲曲作品，以反映生活與時代之真實。

湯顯祖關於「人世之事，非人世所可盡。自非通人，恒以理相格耳。」〔註95〕受佛家文化「三世」觀的影響很深，又極見精彩。佛家的前世、今世、來世的三世觀，是佛教理論的精華之一，傳入中國後，極得人心。其「精華」表現在，對於信奉佛教理論的人來說，佛教的三世觀明確回答了人的今世從哪裏來、往哪裏去的神秘問題，顯示了佛教文化對人的終極指歸和終極關懷的深遠思考和有益探索；對不信者來說，也打開了精深廣闊的想像前景，為中國藝術作品開拓了廣闊深遠的創作領域。湯顯祖和深受其影響的蒲松齡、曹雪芹等巨匠一樣，他們信不信三世觀，可以商榷，但他們倘缺此類描寫，就不存在他們創作出來的一代巨著，則可無疑。湯顯祖據此提出「如麗娘者，乃可謂之有情人耳。情不知所起，一往而深，生者可以死，死可以生。生而不可與死，死而不可復生者，皆非情之至也。夢中之情，何必非真。」〔註96〕如無佛教理論的三世觀與有關內容的指導，湯顯祖無法寫出《牡丹亭》這部傑作，更無法提出上述的創作觀點。中國古代的優秀戲曲作品如《牡丹亭》《嬌紅記》直至《梁祝》等，主人公的愛情至上觀點都帶有中國的特色，〔註97〕即戀愛者雖失敗而死，但他們堅信自己的愛情可超越生命長存，此皆出於佛教思想的支撐。湯顯祖《臨川四夢》的夢幻描寫，也是佛教思想影響的產物。

湯顯祖在戲曲創作中極為重視神韻說的理論指導，而神韻說的倡始人王維，其創作和創作思想皆是佛教禪宗中南宗頓悟派的產物，故而王維帶有濃鬱詩意的畫作被明人追認為南宗畫的創始者。湯顯祖曾鄭重指出：「不佞《牡丹亭記》，大受呂玉繩改竄，云便吳歌。不佞啞然笑曰：昔有人嫌摩詰之冬景芭蕉，割蕉加梅，冬則冬矣，然非王摩詰冬景也。其中駘蕩淫夷，轉在筆墨之外耳。」〔註98〕此言末句，是神韻說講究含蓄和意在言外的重要觀點之一，而所舉王維「雪中芭蕉」之例，亦是王漁洋等神韻說宗師所奉為創始性典範的藝術創作和藝術觀念。湯顯祖極其重視此例，在自己的著作中多次重複提到，他將

〔註94〕　《寄鄒梅宇》，《湯顯祖集》第二冊，第 1363 頁。
〔註95〕　《牡丹亭記題詞》，《湯顯祖集》第二冊，第 1093 頁。
〔註96〕　《牡丹亭記題詞》，《湯顯祖集》第二冊，第 1093 頁。
〔註97〕　參閱拙文《〈牡丹亭〉人物三題》（《戲曲研究》第 40 輯）和《論嬌紅記》（《戲曲藝術》，1987 年第 3 期）。
〔註98〕　《答凌初成》，《湯顯祖集》第二冊，第 1345 頁。

自己打破時空界限、餘味不盡、寄託深遠的戲曲巨著，自覺而明確地歸到神韻派的旗下。

　　儘管湯顯祖清醒地認識到：「秀才念佛，如秦皇海上求仙，是英雄末後偶興爾。」〔註99〕並知西方信上帝不信佛教。「讀仁兄為天主之徒文字序，甚深微妙。東方人護佛，西方人乃破佛耶！」〔註100〕但他與南北朝至明清的眾多一流文學大家一樣，深刻地「獨自循省；為文無可不朽者。漢魏六朝李唐數名家，能不朽者，亦或詩賦而已。」「文章不得秉朝家經制彝常之盛，道旨亦為三氏原委所經，復何所厝言而言不朽？」〔註101〕深知儒道佛三家的原始經典博大精深，後來者於此三家之研究已無法超越，而應於藝文領域另闢勝場。漢魏六朝李唐以詩賦為勝，元明時代劇曲繼起，湯顯祖根據文壇的氣運和時代的風尚，選擇傳奇作為自己發揮創作才情的主要領域，極為明智而恰當，此亦皆因他能全面深入地繼承傳統文化，從而具有敏銳的眼光，善於審時度勢。將自己的理論創造首先貼切而有效地指導自己的創作實踐，並給當代和後世文壇以巨大的影響。此亦湯顯祖的文學和戲曲理論的重大意義之所在，值得我們學習和發揚。

中國古代文論第 9 屆年會暨國際研討會論文，
原刊上《華東理工大學學報》，1997 年第 1、3 期；
中國古代文學理論學會會刊《古代文學理論研究》
第 26 輯，華東師範大學出版社，2008 年

〔註99〕　《答王相如》，《湯顯祖集》第二冊，第 1436 頁。
〔註100〕　《寄虞德園》，《湯顯祖集》第二冊，第 1427 頁。
〔註101〕　《答李乃始》，《湯顯祖集》第二冊，第 1424 頁。

論石濤畫論的美學思想

　　石濤的畫論著作，主要是影響巨大的美學專著《畫語錄》18 章和其另一版本《石濤畫譜》，〔註1〕另有《大滌子題畫詩跋》四卷〔註2〕等。其中所蘊含的美學思想，現當代已有多種論著闡釋和闡發。本文就石濤在全面繼承傳統文化的基礎上堅持獨創、藝術家與宇宙山水之關係的探索和從比較文化、比較美學角度看石濤畫論的偉大成就等三個方面作一全面而簡要的論述。

一、在全面繼承傳統文化的基礎上堅持獨創

　　中國傳統文化發展至唐宋之後，已形成儒道佛三家鼎立互補的格局。石濤之所以能在創作和理論上皆取得劃時代的偉大成就，首先是因為他能全面深入地繼承中國傳統文化，並在此基礎上堅持獨創。

　　石濤《畫語錄》首章即論「一畫」，且以一畫始而又以一畫終，一畫論是

〔註1〕《畫語錄》和《石濤畫譜》之字句僅小有異同，劉長久校注《石濤畫譜》（四川美術出版社，1987 年版）附有《〈石濤畫譜〉和〈石濤畫語錄〉對校》，甚便學者。關於《畫語錄》和《畫譜》孰為先後，未有定說。一般論者謂《畫譜》為先，《畫語錄》為作者之定本，唯王遜《石濤的〈畫語錄〉及其繪畫理論》（《美術史論》，1982 年第 4 期）持相反觀點：「我之法與古人法的關係。對於這個問題，石濤前後有些變化，22 歲時認為南北宗說是可笑的，態度堅定；在 57、68 歲的兩次題跋中也是取嘲笑的態度；68 歲後把他自己之法與古法統一起來，認為我法與古法之間沒有嚴格的界限。這種變化在《畫語錄》中明顯，《畫譜》則較溫和。表明《畫語錄》似應早於《畫譜》。」此說也值得注意。

〔註2〕《大滌子題畫詩跋》四卷，原為清代汪繹辰輯校，原本甚少，後由黃賓虹、鄧實增輯為四卷，收入其合編之「美術叢書」中。然其中也有其同時名家王士禎（漁洋）、曹寅和藏家博爾都及後人如胡廥善等人為其畫作所作之題跋。而石濤自撰之題畫詩跋，黃、鄧四卷本仍有失收者。

《畫語錄》的中心論題。「一畫」之「一」,即來自《易經》乾卦中最基本的符號——陽爻—。陽爻—和由其發展而出的另一基本符號陰爻,皆代表宇宙萬物及其變化之根本。《易經》為儒道兩家和佛學的眾多中國研究者一致尊奉的經典。一畫的哲學背景可溯於道家創始之作《老子》:「天下之物生於有,有生於無。道生一,一生二,二生三,三生萬物。」《老子》此言既表達出宇宙生成的總規律,又大致描繪出地球上生命萬物的生成過程。〔註3〕中國繪畫表現天下萬物的規律既具道家的哲學背景又與道家揭示的天下萬物之生長規律相通。石濤《畫語錄》探索了藝術家與宇宙山水之關係,皆以儒道佛三家之哲學為背景,因斯題頗大,故而本文下節專作討論。

　　《畫語錄·資任章第十八》論述說:「山之得體也,以位;山之薦靈也,以神;山之變幻也,以化;山之蒙養也,以仁;山之縱橫也,以動;山之潛伏也,以靜;山之拱揖也,以禮;山之紆徐也,以和;山之環聚也,以謹;山之虛靈也,以智;山之峻厲也,以險;山之逼漢也,以高;山之渾厚也,以洪;山之淺近也,以小。此山受天之任而任,……是以仁者不遷於仁而樂山也。」又說:「山有是任,水豈無任耶?水非無為而無任也。夫水:汪洋廣澤也,以德;卑下循禮也,以義;潮夕不息也,以道;決行激躍也,以勇;瀠洄乎一也,以法;盈遠通達也,以察;沁泓鮮潔也,以善;折旋朝東也,以志。……是故知者,知其畔岸,逝於川上,聽於源泉而樂水也。」此據孔子《論語》「仁者樂山,智者樂水」之立論,其將山水與人的仁義道德和文武智勇之品格相比擬、聯繫,既包含儒家美學中的比德說、擬人說,又有文品和畫品與人品相一致的觀點,與儒家重視人品的根本觀念有密切聯繫。此章首言:「古之人寄興於筆墨,假道於山川,不化而應化,無為而有為。身不炫而名立」。《脫俗章第十六》言「操筆如無為」,則明顯與《老子》「萬物將自化」(三十七章)、「無為則無不為」(四十八章)、「功遂身退天之道」(九章)等著名觀點有傳承關係。《畫語錄·變化章第三》:「又曰『至人無法。』非無法也,無法而法,乃為至法。」首章言「以無法生有法」和《脫俗章第十六》「受事則無形,治形則無跡」,「尺幅管天地山川萬物而心淡若無者,愚去智生,俗除清至也」,皆自《老子》「有生於無」的著名原則和「無生萬物」的規律而生發。石濤《畫古木寒塘野老獨行》題跋云:「浮雲高士跡,枯木道人心。」亦透露出他推崇遺世獨立、枯心靜養

〔註3〕詳見拙文《論〈老子〉之「道」之為氣》,《中國文化與世界》(91'上海·國際研討會論文專輯),上海外國語大學·上海外語教育出版社,1992年。

的道家思想。

　　石濤對儒道兩家的養氣說的重視，值得引起我們的注意。他於題跋中稱：
「盤礡睥睨，乃是翰墨家生平所養之氣，崢嶸奇崛，磊磊落落。」(《大滌子題畫
詩跋》) 此乃繼承《孟子》「吾善養吾浩然之氣」而來。又認為「天地絪秀結」，
「天地渾融一氣，再分風雨四時」(《大滌子題畫詩跋》)。此皆源自《莊子‧知北
遊》：「通天下一氣耳，聖人故貴一。」他因此而認為作畫須「化一而成絪縕，
天下之能事畢矣」(《畫語錄‧絪縕章第七》)。此也即作畫「先要貫通一氣，不可拘
泥」(《畫語錄‧境界章第十》)。「作書作畫，無論老手後學，先以氣勝，得之者精
神燦爛」(《大滌子題畫詩跋》)。這些觀點，既與曹丕以來的文氣說理論有關，更
與中國哲學自《周易》至老、莊、孔、孟，直至明末的儒道兩家的氣學理論有
關，也與先秦至明末哲學家、文學家和藝術家修煉的親身體驗有關。石濤本人
也有此修煉實踐，他在題畫詩跋中多次言及。如「盤礡萬古心，塊石入危坐。
青天一明月，孤唱誰能和」(《大滌子題畫詩跋》)。

　　第二句言其靜坐練功的場所。又如：「數息閴穿日，如泉似水陂。有聲通
嶽處，無異挾山時。舊注癡龍養，幽歸亢鶴期。」(《大滌子題畫詩跋》) 首句即言
靜坐練功即數息，和練功的時間之長(「閴穿日」，即整天靜坐也)。因此他對宇宙的
認識──「天地渾融一氣」，除讀自道家典籍外，也是自己練功後的體驗。與
此相聯繫，他對藝術與時代的關係，也從文氣說的角度予以認識：「筆墨當隨
時代，猶詩文風氣所轉，上古之畫跡簡而意淡，如漢魏六朝之句；然中古之
畫，如初唐盛唐，雄渾壯麗，下古之畫，如晚唐之句，雖清麗而漸漸薄矣。」
(《大滌子題畫詩跋》) 進而認為元以後之畫「無復佳矣」。時代與風氣有關，與氣
運有關，石濤據此認識畫史的時代差別並擔當起開創新風的重任。

　　由於石濤認為書畫創作首要是「氣勝」，故而他在《尊受章第四》引「《易》
曰：『天行健，君子以自強不息。』此乃所以尊受之也。」在他的整個藝術生
涯中，他始終堅持積極強烈的進取態度；在創作中始終堅持「在於墨海中立
定精神，筆鋒下決出生活，尺幅上換去毛骨，混沌裏放出光明。縱使筆不筆，
墨不墨，畫不畫，自有我在」(《畫語錄‧絪縕章第七》)。將儒家的進取精神和道家
崇尚的自由空靈、不受拘束的創作態度及探索精神相結合，運用於繪畫的創作
和理論領域。

　　當代論者認為《畫語錄》重視對《周易》哲學的吸收，其重要概念「蒙養」
尤與《周易》有關，尤其是明代來知德《易經集注》卷二對「蒙養」的直接闡

發，更有利於我們對《畫語錄》的理解。〔註4〕「至人」、「混沌」等觀念出於《莊子》；石濤對山水的看法出自道家的宇宙生成論，其隱遁於江湖的人生軌跡，則遵循著道家的生活道路。

黃賓虹認為：「太極圖是書畫秘訣。」〔註5〕當代論者據此認為石濤繪畫美學和《周易》、《老子》發展而成的「太極美學」有關，亦有道理。〔註6〕

石濤雖因政治所迫而幼入空門，但他在康熙初年特地到松江（今屬上海市）崑山之泗州塔院拜高僧旅庵本月為師，其《生平行》詩鄭重追述入門時「三戰神機上法堂，幾遭毒手歸鞭驟」的證道悟道過程。因此論者一般都認為他受佛禪影響很深。但近亦有論者認為「石濤的繪畫美學思想與唯心的禪學無關」、「與佛教唯心學說，沒有任何關係」〔註7〕。實際上《畫語錄·四時章第十四》明言：「滿目雲山，隨時而變。以此哦之，可知畫即詩中意，詩非畫裏禪乎？」石濤又於多篇畫跋中強調：「法無定相，氣概成章。」「世尊云：『昨說定法，今日說不定法。』吾以此悟解脫法門也。」「古人立一法，非空論者。公開時拈一個虛靈，隻字莫作真識想。如鏡中取影，山水真趣，須是入野看山時，見它或真或幻，皆是我筆頭靈氣，下手時，他人尋起止不可得，此真大家也，此真大家也。」「丘壑自然之理，筆墨遇景逢緣。」「悟後運神草稿，鉤勒篆隸相形。一代一夫執掌，羚羊掛角門庭。」「真識相觸，如鏡寫影。」（《大滌子題畫詩跋》）這些都是直接運用佛禪的理論和觀念，且運用得當，借佛禪之理明喻畫理。又如畫跋中有言：「高人胸次應與苦瓜同一鼻孔出氣也。」（《大滌子題畫詩跋》）「一鼻孔出氣」貌似尋常口語，實為禪宗公案中名言類似的常用句法。至如其言山水皆有仁義道德、文武智勇及《一畫章第一》謂：「夫畫者，從於心也者。山川人物之秀錯，鳥獸草木之性情，池榭樓臺之矩度；未能深入其理，曲盡其態，終未得一畫之洪規也。」亦言山川萬物和鳥獸草木皆有靈性。此皆以佛家認為山川萬物、鳥獸草木乃至池榭樓閣、日常器具皆有生命和靈魂的生命觀為基礎。此外，當代論者紛紛指出石濤的一畫理論受其佛門之師「善果旅庵本月禪師的影響。玉林通秀曾問本月：『一字不加畫，是什麼字？』本月答曰：『文采已彰。』」〔註8〕這是一句禪機的話，意思是說，既有一字，就已經從

〔註4〕楊成寅《石濤畫學本義》，浙江人民美術出版社，1996年，第49～50頁。
〔註5〕趙志鈞編《黃賓虹論畫論》，第155頁。
〔註6〕楊成寅《石濤畫學本義》，第151～168頁。
〔註7〕鄧白《石濤畫學本義·序》。
〔註8〕《五燈全書》卷七三《本月》。

無到有，從『一』字開始，又會產生更多的字。『一』字雖然不加畫，但字形已備，文字已經開始，所以『文采已彰。』同樣第一根線條出現，那麼，造型藝術也就開始了。」〔註9〕認為其「受識」的觀念出自佛典，《廣五蘊論》云：「受，謂識之領納。」識是心的別名。佛學本體論為其繪畫美學體系的哲學基礎之一。〔註10〕等等這些，多論及石濤與佛家哲學和宇宙生成論的種種關聯，皆引之有據，言之成理，茲不重複。

綜上所述，石濤的畫論全面深入地繼承了中國傳統文化並作了具體、精闢的發揮。其繼承的全面性體現在儒道佛三家都予正確繼承；其深入性體現在以儒道佛三家的原典（《周易》《論語》《孟子》《老子》《莊子》和佛經）為自己的出發點，在正確領會的基礎上加以熟練運用。

石濤之所以能建立自己的繪畫美學體系，是因為他能在全面深入繼承傳統的基礎上堅持自己的獨創。其畫跋有云：「畫有南北宗，書有二王法。張融有言：『不恨臣無二王法，恨二王無臣法。』今問南北宗：我宗耶？宗我耶？一時捧腹曰：我自用我法。」「古人未立法之先，不知古人法何法，古人既立法之後，便不容今人出古法，千百年來遂使今人不能一出頭地也。冤哉！」（《大滌子題畫詩跋》）又謂自己作畫「我自發我之肺腑，揭我之鬚眉。縱有時觸著某家，是某家就我也，非我故為某家也。天然授之也，我於古何師而不化之有？」（《畫語錄·變化章第三》）此類言論甚多。其強調獨創的理論和實踐，功績巨大。但其中也有兩點值得重視。其一，他多次強調其獨創性的繪畫成就來自觀察山水，深入萬物，非憑空臆造，乃「搜盡奇峰打草稿也」（《畫語錄·山川章第八》）。其二，以上多為其年少氣盛時之語，在繪畫領域內有過分蔑視古法而一味強調獨創的偏頗，他於晚年時，態度趨向溫和，看法比較辯證。

石濤作為中國繪畫史上最偉大的畫家之一，其獨創性的偉大成就彪炳史冊，固然不容置疑，但當代有些論者獨尊獨創的大家石濤而全盤否定以繼承前人為創作主旨的清初四王，〔註11〕則不可取。我認為，藝術史和當代藝術的狀況都證明嚴格繼承前人創作出優秀之作的大家和突破前人立創新風的大家，都有其不可磨滅的貢獻和重要的歷史地位，多元並存是藝術繁榮之根本。

〔註 9〕俞劍華《石濤畫語錄》附錄，人民美術出版社，1959 年。
〔註10〕閻秀芝《論石濤繪畫美學體系的特徵》，《清華大學學報》，1995 年第 1 期。
〔註11〕李萬才《石濤》（明清中國畫大師研究叢書），吉林美術出版社，1996 年，第80～81 頁。

二、藝術家與宇宙山水關係的探索

作為一位山水畫的創作大家兼理論大家，石濤對藝術家與宇宙山水的關係，作了多角度的探討。

首先，石濤在宇宙生成論方面，以及在繼承道家的基礎上，結合畫學，作了自己的闡發。老子的道一論及其「昔之得一者，天得一以清，地得一以寧，神得一以靈，谷得一以盈，萬物得一以生」〔註12〕的闡發，對石濤為表現宇宙山川萬物的一畫論之產生，奠定了理論基礎。藝術家對宇宙生成的看法，對藝術家認識自己與宇宙的關係有決定性的作用。

其二，石濤對繪畫與宇宙山水的關係進行了理論上的總結。他在《畫語錄‧了法章第二》指出：「夫畫者，形天地萬物者也。」《變化章第三》進一步指出：「夫畫：天下變通之大法也，山川形勢之精英也，古今造物之陶冶也，陰陽氣質之流行也，借筆墨以寫天地萬物而陶泳乎我也。」又於《尊受章第四》補充說：「夫一畫，含萬物於中。畫受墨，墨受筆，筆受腕，腕受心。如天之造生，地之造成，此其所以受也。」將繪畫與宇宙山水和萬物之關係，表達得明白曉暢，尤其是繪畫「如天之造生，地之造成」一語，與《絪縕章第七》：「筆與墨會，是為絪縕。絪縕不分，是為混沌，闢混沌者，捨一畫而誰耶？」皆將繪畫對宇宙山水之藝術創造，比擬於自然界宇宙天地山水之生成，極有見地。

與此相關聯，石濤認為藝術家與宇宙山水的第一個關係是代言人的關係。《畫語錄‧山川章第八》謂：「且山水之大，廣土千里，結雲萬里，羅峰列嶂」，「以一畫測之，即可參天地之化育也」。「天有是權，能變山川之精靈；地有是衡，能運山川之氣脈；我有是一畫，能貫山川之形神。」「山川使予代山川而言也。山川脫胎於予也，予脫胎於山川也。搜盡奇峰打草稿也。山川與予神遇而跡化也，所以終歸於大滌（石濤之號──作者注）也。」於《蒙因章第七》又曾言畫家用一畫之法「畫於山則靈之，畫於水則動之，畫於林則生之，畫於人則逸之。得筆墨之會，解絪縕之分，作闢渾沌手，傳諸古今，自成一家，是皆智得之也」。此論具體闡發畫家在「代山川而言」時的創作任務，並提出「傳諸古今，自成一家」的目標和途徑。

與畫家為山川代言有緊密關係的是天人合一，因此藝術家與宇宙的第二個關係是天人合一的關係。

〔註12〕《老子》第三十九章。

　　中國傳統文化的儒道佛三家都持天人合一的觀點。天人合一，根據其繁複深奧的理論闡述包括氣學的理論和實踐，我認為大致可以歸結為三點：1. 宇宙（空間和時間）、山水和人與萬物，都由陰陽五行（金水木火土）組成，並根據陰陽五行的運動規律而變化、發展和生滅。2. 人是宇宙的產物，死後也回歸於宇宙之中。3. 人的五臟經絡等與宇宙有對應的關係，因此人是與大宇宙相對應的小宇宙。

　　學養深厚的石濤即以以上所概括的天人合一學說來認識藝術家與宇宙山水之關係，並闡發畫理。前已引及的《山川章第八》所言「山川脫胎於予也，予脫胎於山川也」，「山川與予神遇而跡化也，所以終歸之於大滌也」，即明顯地以天人合一的哲學認識為其立論之基礎。

　　其整個一畫理論，誠如俞劍華先生所指出的：「一畫的方法既然成立，眾法就不能不隨之而生。既然有法，就不能沒有規矩以為標準。規矩既為一切畫法的標準，也合於天地自然運行的原理。」〔註13〕也即其整個一畫的理論實亦為天人合一的產物。其運用天人合一的理論，與其他傳統文化的諸多原理、理論一樣，在闡發畫理時往往能做到如鹽著水，不見痕跡。如其題《耄耋圖》曰：「貓種出天竺國，不受中國氣。目睛旦暮俱圓，午豎一線，一名烏圓，一名蒙貴。」（《大滌子題畫詩跋》）意思是說貓是波斯種，於波斯天地之中生長，受氣與中國不同。氣，此指波斯貓生養之產地特殊的山水自然之地理環境特點所形成的對生物生長的一種影響力，其論點既以中國傳統的天人合一的理論為其哲學背景，又與西方泰納的地理環境影響文學藝術的理論相通。

　　石濤畫論中所反映的藝術家與宇宙山水之第三個關係是江山之助。「江山之助」雖由劉勰第一次提出，他於《文心雕龍・物色》篇云：「屈平之所以能洞鑒風騷之情者，抑亦江山之助乎？」從此成為中國傳統文論中的一個有名的理論，實際此論亦為天人合一理論的一個派生物，淵源甚早。石濤《畫語錄・尊受章第四》認為「夫一畫，含萬物於中」，「如天之造生，地之造成，此其所以受也」。強調「受與識，先受而後識也」。韓林德認為本章主旨為：「要求畫家在生活中加深對山川自然之美的直接感受，在創作中提高心與手、手與筆墨的諧調關係。」〔註14〕《資任章第十八》言：「因有蒙養之功」，「已受山川之質也」。畫家「以山川觀之，則受胎骨之任」。韓林德釋為：畫家因為洞察了天

〔註13〕俞劍華《石濤畫語錄》附錄，人民美術出版社，1959 年。
〔註14〕韓林德《石濤與畫語錄研究》，江蘇美術出版社，1989 年，第 210 頁。

地造化的秘密，把握了山川的內在本質，在山水畫創作中，接受造化、宇宙創造力的賦予，就寫山水來看，得接受大自然生命力的賦予。〔註15〕此皆已得石濤所論畫家受宇宙、江山之助之要旨。

石濤的畫跋和題詩中也常有此類言論。如《黃山圖題詩》首兩句即云：「黃山是我師，我是黃山友。」（《大滌子題畫詩跋》）《題畫山水》有云：「山水有清音，得者寸心是。」（《大滌子題畫詩跋》）又《題畫雪景贈劉石頭》亦云：「萬里洪濤洗胸臆，滿天冰雪眩雙眸。」（《大滌子題畫詩跋》）皆有江山之助之意。另如《題春江圖》謂：「吾寫此紙時，心入春江水。江花隨我開，江水隨我起。把卷望江樓，高呼曰子美。一笑水雲低，開圖幻神髓。」（《大滌子題畫詩跋》）則亦江水為其師，其為江花友矣。另如《丙寅深秋宿天隆古院快然作此》：「尋常多散亂，今坐靜無窮。偶失從前見，能遲向後功。山濤翻石出，松籟吼雲中。猛自發深省，寒生衣袂風。」「石蹬從空下，凌虛欲御風。置身丘壑裏，何慮險？中。天海青霄回，山峰丹障雄。此間描不盡，霜葉更飛紅。」（《大滌子題畫詩跋》）前詩言自己靜坐修煉得江山之助，後詩言繪畫題材得江山之助，且每逢美景常有「此間描不盡之感」。（《大滌子題畫詩跋》）由於石濤是一個山水畫家，因此他對江山之助的體會多從山水畫創作的角度闡發。

綜合以上的認識和其靜坐的修煉，石濤對宇宙山水別有會心，其題畫詩云：「古木蒼蒼，雲水淡淡，到者方知，非墨非幻。」「天地繫因結，四時朝暮垂垂。透過鴻　之理，堪留百代之奇。」（《大滌子題畫詩跋》）其會心之得結晶為畫論和畫作，但又如其題跋所言：「林靄欲浮春，嚴光動幽照，應知淨業人，忘言亦微笑。筆墨乃性情之事，於依稀彷彿中，有非筆墨所能傳者。」〔註16〕讀者亦須用悟心去領會。

三、從比較文化和比較美學的角度看石濤畫論的偉大成就

由於時代的侷限，石濤在自己的藝術創作和理論建樹中未能吸收和參照西方文化、美學的成果，但他的理論創造所取得的傑出成果則頗有與西學互通其理者。

《畫語錄‧了法章第二》：「是一畫者，非無限而限之也，非有法而限之

〔註15〕韓林德《石濤與畫語錄研究》，第 252、192 頁。
〔註16〕轉引自吳冠中《我讀石濤畫語錄‧石濤題畫詩跋選錄》，榮寶齋出版社，1996年，第 70 頁。

也。」提出了「無限」的觀念。吳冠中釋此語為「他之倡導一畫之說，就是要在無限中有一定之限，而又不限於既有之法」，抓住了此言之要旨。石濤此言提出「無限」觀念，很重要。「一畫」是無限的，而具體作畫時，運用一畫時又須「無限而限」，要在無限中有一定之限。此與古希臘歐幾米德平面幾何學之直線觀念相同。歐氏認為一直線之兩端原本無限，而在幾何學的運用之時，必須假設 AB 兩點為其有限之起始，然後方可作圖、運算。石濤繪藝術之圖的一畫法與歐氏繪科學之圖的直線法，發現了同樣的原理，厥功皆偉。《畫語錄》此章謂「夫畫者，形天地萬物者也，捨筆墨其何以形之哉？……古之人未嘗不以法為也，無法則於世無限焉。是一畫者，非無限而限之也，非有法而限之也。法，無障；障，無法。法自畫生，障自畫退。法障不參，乾旋坤轉之義得矣，畫道彰矣，一畫了矣」。此原理完全適用於西方自歐氏平面幾何學發展而來的描繪「天地萬物」的科學製圖之法。而西洋繪畫以自然科學方法為基礎的焦點透視、遠近比例之創作方法，其基本原理亦同。

《畫語錄‧變化章第三》云：「山川形勢之精英也，古今造物之陶冶也，陰陽氣度之流行也：借筆墨以寫天地萬物而陶泳乎我也。」又於《題畫雪景贈劉石頭》云：「萬里洪濤洗胸臆，滿天冰雪眩雙眸。」於《畫水》題畫詩云：「黃河落走河海，萬里瀉入胸懷間。」(《大滌子題畫詩跋》) 此「陶泳乎我」、「洗胸臆」和「萬里瀉入胸懷間」云云，皆與亞里士多德之陶冶、淨化 (洗滌) 說原理相通。亞里士多德認為文藝作品尤指悲劇對人的心理、性格有陶冶、淨化 (洗滌) 作用。石濤則認為山水畫對人有陶泳作用，他們所面對的藝術作品之類型雖不同，而其總結出的藝術原理則相同。

石濤於康熙三十七年戊寅 (1698) 三月十八日之題畫文云：

> 戊寅春三月望後二日，白田喬子以懷予詩見贈，兼有索畫之作，並筆墨數種。予正抱微屙於大滌堂中，展玩之際，心神俱爽！
> 古人云：「詩文字畫，得到極處，足以卻病延年，解悶消愁。」誠哉斯言也。越日遂作《桃源圖》並綴數語，以博一笑，非敢云報瓊也。〔註17〕

石濤認為優秀的藝術作品的欣賞，能使人「卻病延年，解悶消愁」，這個觀點，既與上所言及的亞里士多德《詩學》中的陶冶、淨化 (王國維譯為「洗滌」) 說原理相通，又與王國維所引進叔本華並加以發展的文藝作品「解脫說」互相

〔註17〕轉引自《石濤畫學本義‧石濤題畫詩文選錄》，第 260 頁。

生發。王國維指出:「美術(按即藝術)之務,在描寫人生之苦痛與其解脫之道,而使吾儕馮生之徒,於此桎梏之世界中,離此生活之欲之爭鬥,而得其暫時之平和,此一切美術之目的也。」〔註18〕石濤贊成古人關於藝術作品能「解悶消愁」,即與解脫說有關。近代意大利美學家賈斯莫·萊奧帕爾迪(1798～1837)說:「天才的作品永遠起著慰藉作用。」〔註19〕亦為此意。西方近代美學家這方面的相似論點頗多,皆是亞氏理論的發展。

石濤《畫語錄·了法章第二》曰:「規矩者,方圓之極則也;天地者,規矩之運行也。世知有規矩,而不知夫乾旋坤轉之義,此天地之縛人於法,人之役法於蒙,雖攘先天後天之法,終不得其理之所存。」石濤於《兼字章第十七》又曰:「天能授人以法,不能授人以功;天能授人以畫,不能受人以變。人或棄法以伐功,人或離畫以務變。是天之不在於人,雖有字畫,亦不傳焉。天之授人也,因其可授而授之,亦有大知而大授,小知而小授也。所以古今字畫,本之天而全之人也。自天之有所授而人之大知小知者,皆莫不有字畫之法存焉,而又得偏廣者也。」此言天(大自然)能授人以法則,但不保證成功;天擇人而授予法則,只有天分高的人(大知)才能充分接受天之啟迪(大授),也即「只有那種能領會法則的人才授予」〔註20〕。

康德在論述天才說時指出:

> 天才(一)是一種天賦的才能,對於它產生出的東西不提供任何特定的法規,它不是一種能夠按照任何法則來學習的才能;因而獨創性必須是它的第一特性;(二)……天才的諸作品必須同時是典範,這就是說必須能成為範例的。它自身不是由摹仿而產生,它對於別人卻須能成為評判或法則的準繩;(三)它是怎樣創造出它的作品來的,它自身卻不能描述出來或科學地加以說明,而是它(天才)作為自然賦於它以法規;(四)大自然通過天才替藝術而不替科學立定法規,並且只是在藝術應成為美的範圍內。〔註21〕

這便是康德之天才說和論天才與法規之關係的著名論斷。石濤《畫語錄》

〔註18〕 《紅樓夢評論》,拙編《王國維文學美學論著集》,北嶽文藝出版社,1987年,第9頁。
〔註19〕 萊奧帕爾迪《雜記》第1卷,第252頁。轉引自雷納·韋勒克《近代文學批評史》第2卷,上海譯文出版社,1990年,第333頁。
〔註20〕 韓林德《石濤與畫語錄研究》,江蘇美術出版社,1989年,第247頁。
〔註21〕 康德《判斷力批判》,商務印書館,1985年,第153～154頁。

之上引文字和有關論點，實亦明確、完整地表達了康德所作的理論揭示。「天能授人以法」，「天能授人以畫」，「天之不在於人，雖有字畫，亦不傳焉」，「天之授人也，因其可授而授之，亦有大知而大授」，即已表達出康德「天才是一種天賦的才能」的觀點；結合「至法無法」等理論，又表達出「不提供任何特定的法規，它不是一種能夠按照任何法規來學習的才能」的觀點。

石濤的以上論點同時也包容了康德「它（天才）作為自然賦於它以法規」的觀點。而「至人無法」、「至法無法」又超越了康德的見解，真正進入了藝術創造的自由王國；此亦是道家有生於無、佛家言語道斷的哲學背景和高超思維方式在畫論中的運用。

石濤的論說與西方美學家的觀點可以相通或互可生發之處尚多，除筆者的上述簡論外，吳冠中先生所著《我讀石濤畫語錄》在評論《畫語錄·林木章第十二》「吾寫松柏古槐古松之法，如三五株，其勢似英雄起舞，俯仰蹲立，踽躍排宕」時認為：「西方近代美學中德國立普斯（1851～1914）的『移情』觀點早在石濤作品中遇知音，尤其在樹木中最為明顯，石濤不僅重視每一顆樹身段體態的性格特徵，更著眼於群樹之間的人情呼應。」於評論其《資任章第十八》時指出石濤「古之人寄興於筆墨，假道於山川」，在論述畫山的體會時，「利用山的多種狀貌與特徵，石濤談的全是人格：仁、禮、和、謹、智、文、武、險、高、洪、小……我無意，也無水平從哲學角度研究他的邏輯思維。畫家石濤，寫畫語錄，當主要著眼於繪畫表現中的意境與人情，為19世紀德國美學家立普斯的『感情移入』說提供了例證。」〔註22〕作為當代畫壇名家兼理論家的吳冠中於此體會特深。他還認為石濤的某些理論與法國波德萊爾（1821～1867）關於「畫中有詩」的發現、意大利克羅齊的「直覺說」殊途同歸，因而有評論者認為吳冠中《我讀石濤畫語錄》一書「站在中西、古今兩大座標體系之上，對石濤給予了有史以來的最高評價」，為石濤「二百年後遇知音」而深表慶幸。〔註23〕

吳冠中在此書前言中認為：「石濤與梵高，他們的語錄或書信是傑出作者的實踐體驗，不是教條理論，是理論之母。」「毫不牽強附會，他提出了20世紀西方表現主義的宣言。我尊奉石濤為中國現代藝術之父，他的藝術創造比塞尚早兩個世紀。」繪畫大師巴爾斯蒂也有類似的觀點，他說：

〔註22〕吳冠中《我讀石濤畫語錄》，榮寶齋出版社，1996年，第25、37頁。
〔註23〕沈必成《二百年後遇知音》，《文匯讀書週報》，1996年12月14日。

西方的偉大繪畫，正是那種並未同東方繪畫一刀兩斷的繪
畫⋯⋯

總之，不應該摹仿。摹仿怎麼能夠成為藝術呢？更何況，中國
有那麼多的好東西！道濟的《苦瓜和尚畫語錄》，寫得何等地好！在
我們西方，很少有這樣好的東西，現在的西方藝術理論，哪裏有談
得如此透徹的東西。西方墮落了。你們為什麼還要到西方藝術裏去
找出路？〔註24〕

石濤《畫語錄》及其題畫詩跋所取得的繪畫美學的成就在世界美學史上所
處的領先地位和深遠意義，於此可見。

本文係「中國古代文學理論國際學術研討會暨第 10 屆
年會」論文，原刊桂林《東方叢刊》，1998 年第 1 期

〔註24〕嘯聲輯錄《巴爾斯蒂論藝術》，上海人民美術出版社，1996 年。

宗白華美學思想述論

　　宗白華（1897～1986）經過五四洗禮，緊隨新文化運動，曾創作白話詩；又是留學德國的與時俱進的學者，翻譯和研究西方哲學、美學經典；但是他堅持中國傳統文化本位的立場，精到認識中國古典美學、戲曲和繪畫的精華在世界美學史上的崇高地位，並能借鑒西方的理論和方法，做出了卓越的研究貢獻。

　　宗白華是我國繼王國維之後的現代美學的先行者和開拓者，被公認為「融貫中西藝術理論的一代美學大師」，繼王國維之後的唯一美學大家。

一、宗白華是繼王國維之後的唯一美學大家

　　宗白華是 20 世紀上半期唯一能夠繼承王國維美學思想並能有所發展的美學大家。

　　中國 20 世紀第一國學大師王國維，也是中國近現代美學的開創者。王國維既翻譯西方哲美學名著，撰寫評論西方哲美學名著的文章，是中國最早引進和研究西方美學的學者；他又堅持中國傳統文化本位的立場，精到闡發中國古典美學，自 1904 至 1913 年發表了《紅樓夢評論》《人間詞話》《宋元戲曲考》為代表的經典美學著作，建立了 20 世紀中國唯一領先於世界的以中為主、三美（中國、印度、西方美學）融合的意境說美學體系〔註1〕。

　　王國維於 1912 年離開文學和美學研究領域，轉向國學研究，接著的 20～

〔註 1〕 參見拙著《王國維美學思想研究》，中國社會科學出版社，1992 年；增訂本 2017年。

40 年代，反傳統思潮彌漫中國，中國古典美學遭到徹底否定和鄙棄，西方美學全面佔領中國文壇，中國主流學者和作家幾乎都運用西方文藝理論和美學語言評論中國文學作品。

繼王國維之後，宗白華先生在 20 世紀 20 年代步入美學論壇。他與王國維一樣既翻譯和研究西方哲學、美學經典，又堅持中國傳統文化本位的立場，精到闡發中國古典美學的精華。

宗白華先生自 20 年代至 80 年代，60 多年中，共發表了近 60 篇美學論文。其關於西方美學論文多屬介紹性質，並無高深精義；其關於中國美學的論文則有精湛見解，從而成為融貫中西藝術理論的一代美學大師。

宗白華自稱「終生情篤於藝鏡之追求」〔註2〕，他是王國維境界說之後終生致力於研究和闡述藝術境界理論的美學大家。

在當時的美學界，眾人皆醉，唯宗獨醒。在大家醉心於西方理論，放棄中國理論、無人繼承王國維意境說的時候，只有宗白華，撿起意境說的旗子，繼續奮勇前進。

二、宗白華建設現代中國美學的主要貢獻

學術界公認宗白華先生對於中國民族美學體系的建構，是最具開拓性的，馮友蘭甚至認為，宗白華是最早建立中國美學體系的人。近年也有學者稱頌「宗白華是 20 世紀中國唯一的可以稱為有自己思想體系的美學家」。〔註3〕

前已言及，拙著《王國維美學思想研究》梳理和論述王國維建立的 20 世紀中國唯一領先於世界的以中為主、三美（中國、印度、西方美學）融合的意境說美學體系。而馮友蘭認為宗白華是最早建立中國美學體系的人。兩說並不矛盾，因為王國維並沒有撰文論述意境說美學體系，是拙著《王國維美學思想研究》將王國維所有的有關論述，分類梳理並綜合敘述，建立了王國維美學的理論體系。而宗白華則有《中國美學史中重要問題的初步探索》《中國藝術意境之誕生》等系列論文，闡發了中國美學思想體系。可是王國維出版劃時代的《人間詞話》《宋元戲曲考》，發表大量文章，完整地表達了他的系列性觀點，而宗白華儘管也像王國維一樣，其論著表達了文史哲結合、貫穿中外古今、構

〔註2〕 宗白華《藝鏡・前言》，宗白華《藝鏡》，北京大學出版社，1987 年，第 1 頁。按此序作於 1986 年 9 月，離他逝世僅三個月。
〔註3〕 章啟群《百年中國美學史略》，北京大學出版社，2005 年，第 168 頁。

連文學、藝術、宗教的體大思精的美學思想體系，可惜因時代條件的制約，未能完成一部全面、系統的專著，有多篇論文也還是未完成稿，屬於筆記、初稿、漫話、初步探索等等。

有的論者認為宗白華對中國藝術研究的突出貢獻有兩個，第一，發現了中國傳統藝術美的兩大類型，即「錯彩鏤金」的美與「芙蓉出水」的美，並認為後者是中國古典藝術所追求的最高境界。第二，在中西哲學、文化、藝術的大背景下，重新發現了中國傳統藝術中的時空意識，有此對中國藝術意境作了精湛絕倫的闡發，揭示了中國藝術不同於西方的、獨特的內涵、意蘊和精神，把中國藝術的方法論差別，上升到哲學和宇宙觀的高度。〔註4〕

筆者認為，中國傳統藝術美不止兩大類型。宗白華信奉的「芙蓉出水」是中國古典藝術所追求的最高境界，是中國古代美學的傳統觀點，絕不是宗白華的發現。「芙蓉出水」即清新自然，平淡天真，是王維、孟浩然、韋應物、柳宗元一類詩人的藝術風格，宗白華說：「唐人的絕句，像王、孟、韋、柳等人的，境界閒和靜穆，態度天真自然，寓穠麗於沖淡之中，我頂歡喜。」〔註5〕這是宗白華喜歡的一種類型，而不是他發現的這種類型。在宗白華之前，古人有關論述極多，例如蘇軾認為「凡文字，少小時需令氣象崢嶸，彩色絢爛，漸老漸熟，乃造平淡。其實不是平淡，絢爛之極也。」（蘇軾《與二郎姪書》，宋·趙令時的《侯鯖錄》）清代王士禎總結前人論述而建立的神韻說，即以王孟韋柳為典範，將天真自然、沖淡閒遠的詩歌作為最高境界的作品〔註6〕。

因此，宗白華的第一個主要貢獻在於他在現代美學史上，首次提供了中國美學史的框架、思路和重要內容的線索、重要的觀點等等。他發表了《中國美學史中重要問題的初步探索》《中國美學史專題研究：〈詩經〉與中國古代詩學簡論（初稿）》《中國美學思想專題研究筆記》《漫談中國美學史研究》《漫話中國美學》《中國書法裏的美學思想》《關於美學研究的幾點意見》等多篇論文，展現了眾多首創性的精當、精彩的見解。尤其如《中國美學史中重要問題的初步探索》（1981）是一部精當的中國美學簡史，在時間上從《易經》《莊子》起縱貫整個中國美學，在內容上涵蓋先秦工藝美術、繪畫、音樂和園林建築。

〔註4〕 章啟群《百年中國美學史略》，北京大學出版社，2005年，第134頁。
〔註5〕 宗白華《我和詩》，《美學散步》，上海人民出版社，1981年，第239頁。
〔註6〕 參見本書的拙文《論王士禎的詩論和神韻說》。

第二個主要貢獻是他對意境說的論述，全面深入地補充了王國維未予論及的內容，做了很大的推進。

三、宗白華美學的第一個主要貢獻，對中國美學史研究作出總體性的貢獻

王國維在 1912 年出版《宋元戲曲考》之後，離開美學研究，轉向國學研究。8 年以後，宗白華開始發表他的美學成果。這時——

自 20 世紀 20 年代前夕起，反傳統思潮要消滅中醫、戲曲、否定國畫，反對傳統的詩詞創作，提倡白話詩，甚至要消滅漢字，發展拼音文字。

1. 宗白華全方位地擴展了現代中國美學研究的範圍
美學的研究範圍

宗白華研究中國文學藝術和美學，他的美學理論研究涉及了古典詩歌、戲曲、國畫，兼及書法、音樂和建築，他都給以高度評價，並作理論闡發，全方位地擴展了中國美學的研究範圍，成為糾正在美學、藝術（尤其是戲曲和繪畫）領域反傳統思潮的中流砥柱。

他與王國維相比有所發展，尤其是對中國繪畫、書法、音樂美學的研究，拓展了觀照和論述的範圍。

2. 宗白華首次提供了中國美學史的框架、思路和重要內容的線索、重要的觀點

宗白華的《中國美學史中重要問題的初步探索》《中國美學史專題研究：〈詩經〉與中國古代詩學簡論（初稿）》《中國美學思想專題研究筆記》《漫談中國美學史研究》《漫話中國美學》《中國書法裏的美學思想》《關於美學研究的幾點意見》等多篇論文，已簡要和清晰地列出其觀點，本文不必重複其內容，故不再復述。

3. 宗白華從美學角度對戲曲作極高評價

宗白華的第一篇論文，《戲曲在文藝上的地位》（1920）一文，繼承王國維對中國戲曲的極高評價，面對新文化運動的主將們全盤否定中國戲曲的狀況，針鋒相對地指出，「中國舊式戲曲中有許多堅強的特性，不能夠根本推翻，也不必根本推翻」，「戲曲的藝術是融合抒情文學和敘事文學而加之新組織的，他是文藝中最高的製作，也是最難的製作」。「戲曲文學在文藝上實處於最高地位」，而現代的「中國戲曲文學不甚發達乃是中國文藝發展不及歐洲的徵

象，望吾國青年文學家注意」〔註7〕。

收集資料

宗白華認為：「中國古代的文論、畫論、樂論裏，有豐富的美學思想的資料，一些文人筆記和藝人的心得，雖則片言隻語，也偶然可以發現精深的美學見解。」例如《藝能編·堆石名家》中「有中國園林藝術中的美學思想，指出藝術作品要依靠內在結構裏的必然性，不依靠外來的支撐，道出了藝術的規律。像這樣的美學材料，是很多的，只是散見於各種書籍中，不容易搜集。」〔註8〕

宗白華又進而認為，我們研究中國美學史的，不應只侷限於從「文論、詩論、樂論和畫論中去收集資料，其實應當多多研究中國戲劇。蓋叫天談的藝術經驗，其中有不少是精闢的美學見解，他說武松、李逵、石秀同是武生，但表現這些人物的神情舉止，或是跌撲翻打、閃揮騰挪，要切合各人的身份、地位和性格特徵。又談到一個演員技巧的洗煉，往往從少到多義到少。他的話都寄寓著美學意味。」〔註9〕

他還贊成「當代的許多表演藝術家有豐富的藝術實踐經驗和心得，其中有不少意見是獨到的美學觀點」的觀點。「研究中國美學史的人應當打破過去的一些成見，而從中國極為豐富的藝術成就和藝人的藝術思想裏，去考察中國美學思想的特點。這不僅是為了理解我們自己的文學藝術遺產，同時也將對世界的美學探討，作出貢獻。現在，有許多人開始從多方面進行探索和整理，運用了集體和個人結合的力量，這一定會使中國的美學大放光彩。」〔註10〕

宗白華後在《漫話中國美學》（1961）又提出：與中國繪畫相比，「中國戲曲更是一種綜合藝術」，「我們研究中國美學史的，大都注重從文論、詩論、樂論和畫論中去收集資料，其實應當多多研究中國戲劇」，「研究中國美學史的人應當打破過去的一些成見，而從中國極為豐富的（戲曲）藝術成就和（戲曲）藝人的藝術思想裏，去考察這個美學思想的特點。」〔註11〕

戲曲是綜合藝術，宗白華不僅總體上對戲曲和戲曲文學評價極高，他還

〔註7〕 宗白華《戲曲在文藝上的地位》，原載《時事新報·學燈》，1920年3月30日，《藝鏡》，北京大學出版社，1987年，第9、10頁。
〔註8〕 宗白華《漫話中國美學》，《藝境》。
〔註9〕 宗白華《漫話中國美學》，《藝境》。
〔註10〕 宗白華《漫話中國美學》，《藝境》。
〔註11〕 宗白華《漫話中國美學》，《藝鏡》，第274、275頁。

給戲曲的舞臺美術給以極高評價。他在引用清初畫家笪重光《畫筌》「無畫處皆成妙境」後說：

　　這段話扼要地說出中國畫裏處理空間的方法，也叫人聯想到中國舞臺藝術裏的表演方式和布景問題。中國舞臺表演方式是有獨創性的，我們愈來愈見到它的優越性。而這種藝術表演方式又是和中國獨特的繪畫藝術相通的，甚至也和中國詩中的意境相通。中國舞臺上一般地不設置逼真的布景（僅用少量的道具桌椅等）。老藝人說得好：「戲曲的布景是在演員的身上。」演員結合劇情的發展，靈活地運用表演程序和手法，使得「真境逼而神境生」。演員集中精神用程序手法、舞蹈行動，「逼真地」表達出人物的內心情感和行動，就會使人忘掉對於劇中環境布景的要求，不需要環境布景阻礙表演的集中和靈活，「實景清而空景現」，留出空虛來讓人物充分地表現劇情，劇中人和觀眾精神交流，深入藝術創作的最深意趣，這就是「真境逼而神境生」。這個「真境逼」是在現實主義的意義裏的，不是自然主義裏所謂逼真。這是藝術所啟示的真，也就是「無可繪」的精神的體現，也就是美。「真」、「神」、「美」在這裡是一體。

　　做到了這一點，就會使舞臺上「空景」的「現」，即空間的構成，不須借助於實物的布置來顯示空間，恐怕「位置相戾，有畫處多屬贅疣」，排除了累贅的布景，可使「無景處都成妙境」。例如川劇《刁窗》一場中虛擬的動作既突出了表演的「真」，又同時顯示了手勢的「美」，因「虛」得「實」。《秋江》劇裏船翁一支槳和陳妙常的搖曳的舞姿可令觀眾「神遊」江上。〔註12〕

　　這段言論中，「中國舞臺表演方式」指的是舞臺美術；戲曲的舞臺美術「是有獨創性的，我們愈來愈見到它的優越性」，是指在世界上的獨創性的，比西方戲劇的舞臺美術優越；舞臺美術是美術，所以戲曲舞臺美術「又是和中國獨特的繪畫藝術相通的，甚至也和中國詩中的意境相通。」

　　宗白華認為「中國的繪畫、戲劇和中國另一特殊的藝術——書法，具有著共同的特點，這就是它們裏面都是貫穿著舞蹈精神（也就是音樂精神），由舞蹈動作顯示虛靈的空間。唐朝大書法家張旭觀看公孫大娘劍器舞而悟書法，吳

〔註12〕宗白華《中國藝術表現裏的虛與實》，原載《文藝報》，1961 年第 5 期，《美學散步》，第 77 頁。

道子畫壁請裴將軍舞劍以助壯氣。」——

　　而舞蹈也是中國戲劇藝術的根基。中國舞臺動作在二千年的發展中形成一種富有高度節奏感和舞蹈化的基本風格，這種風格既是美的，同時又能表現生活的真實，演員能用一兩個極洗煉而又極典型的姿式，把時間、地點和特定情景表現出來。例如「趟馬」這個動作，可以使人看出有一匹馬在跑，同時又能叫人覺得是人騎在馬上，是在什麼情境下騎著的。如果一個演員在趟馬時「心中無馬」，光在那裡賣弄武藝，賣弄技巧，那他的動作就是程序主義的了。——我們的舞臺動作，確是能通過高度的藝術真實，表現出生活的真實的。也證明這是幾千年來，一代又一代的，經過廣大人民運用他們的智慧，積累而成的優秀的民族表現形式。〔註13〕

「舞臺動作」即戲曲表演，戲曲表演以舞蹈為根基，「形成一種富有高度節奏感和舞蹈化的基本風格，這種風格既是美的，同時又能表現生活的真實，演員能用一兩個極洗煉而又極典型的姿式，把時間、地點和特定情景表現出來。」

4. 宗白華從美學角度對書畫的極高評價

面對新文化運動主將全盤否定中國畫的勢態，宗白華論述中國繪畫的文章頗多，主要有《中國詩畫中所表現的空間意識》《論中國畫法的淵源與基礎》《介紹兩本關於中國畫學的書並論中國的繪畫》《略論敦煌藝術的意義與價值》等，對於中國繪畫的極高藝術成就和豐富精湛的美學思想做了全面精深的闡發。

例如對於中國繪畫的總體評價，宗白華認為：「中國畫法不重具體物象的刻畫，而傾向抽象的筆墨表達人格心情與意境。中國畫是一種建築的形線美、音樂的節奏美、舞蹈的姿態美。其要素不在機械的寫實，而在創造意象，雖然它的出發點也極重寫實，如花鳥畫寫生的精妙，為世界第一。」

「中國畫真像一種舞蹈，畫家解衣盤礡，任意揮灑。他的精神與著重點在全幅的節奏生命而不沾滯於個體形相的刻畫。畫家用筆墨的濃淡，點線的交錯，明暗虛實的互映，形體氣勢的開合，譜成一幅如音樂如舞蹈的圖案。物體形象固宛然在目，然而飛動搖曳，似真似幻，完全溶解渾化在筆墨點線的互流

〔註13〕宗白華《中國藝術表現裏的虛與實》，第78頁。

交錯之中！」

「中國畫既超脫了刻板的立體空間、凹凸實體及光線陰影；於是它的畫法乃能筆筆靈虛，不滯於物，而又筆筆寫實，為物傳神。」〔註14〕

5. 宗白華對中國美學思想的高度評價

宗白華認為：「中國古代的文論、畫論、樂論裏，有豐富的美學思想的資料，一些文人筆記和藝人的心得，雖則片言隻語，也偶然可以發現精深的美學見解。」例如《藝能編‧堆石名家》中「有中國園林藝術中的美學思想，指出藝術作品要依靠內在結構裏的必然性，不依靠外來的支撐，道出了藝術的規律。像這樣的美學材料，是很多的，只是散見於各種書籍中，不容易搜集。」〔註15〕

宗白華贊成：「在中國，美學思想卻更是總結了藝術實踐，回過來又影響著藝術的發展。南齊謝赫的《六法》，總結了中國繪畫藝術的經驗。在他以前，國繪畫已達到很高的水平，六法中間的一法：「氣韻生動」，正是東周戰國藝術的特徵。音樂方面，《禮記》裏公孫尼子的《樂記》，是一個較為完整的體系，對歷代的音樂思想，具有支配的作用。還有受老莊思想影響的嵇康，他的《聲無哀樂論》，其中也有精深的美學見解，他認為音樂反映著大自然裏的客觀規律——「道」，不是主觀情或的發洩，這是極有價值的見解，可同近代西方音樂美學的爭論相互印證。」

宗白華對戲曲和國畫的極高評價，有很大的意義。中國古近代文學、戲曲和美術取得領先於世界的極高的藝術成就，但反傳統思潮則全盤否定戲曲和繪畫，誤導青年並形成了崇洋迷外的局面。實際上，在反傳統思潮彌漫的 20 世紀，戲曲和繪畫依舊處於領先於世界的地位〔註16〕。宗白華的評論撥亂反正，維護了中國傳統文化的尊嚴，伸張學術正氣，為中國現代美學的發展作出了貢獻。

四、宗白華發展意境說的重大貢獻

眾所公認，「意境」（境界）是中國美學的重要思想範疇，「意境美學」（境界

〔註14〕 宗白華《論中西畫法的淵源與基礎》，原刊《文藝叢刊》，1936 年第 1 輯，《美學散步》，第 100～101、102 頁。

〔註15〕 宗白華《漫話中國美學》，《藝境》。

〔註16〕 參見拙著《中國戲曲縱橫新論》（國家十三五重點出版項目、國家藝術基金出版項目），復旦大學出版社，2019 年。

美學）是中國美學的重要基本理論，在中國現當代美學的發展過程之中，意境美學是被闡釋最多的美學理論。此中，王國維、宗白華已將意境美學提升到中西比較美學的高度來考量。〔註17〕

宗白華於 1943 年發表《中國藝術意境之誕生》〔註18〕，在王國維研究的基礎上，將意境說做了新的闡釋，這是宗白華美學的最大貢獻之一。

《中國藝術意境之誕生》分五節論述了五個方面：一、意境的意義，二、意境與山水，三、意境創造與人格涵養，四、禪境的表現，五、道、舞、空白：中國藝術意境結構的特點。全面闡發了宗白華對意境說的創新性的認識和總結。

王國維的意境說，意境又稱境界。宗白華也將意境稱之為境界。他在《中國藝術意境之誕生》開首即說：「世界是無窮盡的，生命是無窮盡的，藝術的境界也是無窮盡的」。〔註19〕又如他說：「什麼是意境？人與世界接觸，因關係的層次不同，可有五種境界。」〔註20〕譯引阿米爾說：「一片自然風景是一個心靈的境」。〔註21〕

宗白華認為境界使用於所有的藝術門類，並非如王國維《人間詞話》和《宋元戲曲考》，僅侷限於詩歌（詩詞和散曲、戲曲中的曲），而應包括繪畫、音樂、舞蹈等各種藝術門類。例如六朝劉宋時的中國最早的山水畫家宗炳（公元五世紀）曾在他的《畫山水序》說山水畫家「所畫出來的是具有音樂的節奏與和諧的境界」，「山水對他表現一個音樂的境界」。〔註22〕

宗白華對意境說做了全面的更為清晰的闡釋，做了重大的推進，在 10 個方面提出了創新性重要觀點。

1. 此文的《引言》，開宗明義地指出了意境說在中國和世界美學中的崇高地位

現代的中國站在歷史的轉折點。新的局面必將展開。然而我們對舊文化的檢討，以同情的瞭解給予新的評價，也更形重要。就中

〔註17〕賴賢宗《意境美學與詮釋學》自序，北京大學出版社，2009 年，第 1 頁。
〔註18〕宗白華《中國藝術意境之誕生》，重慶《時與潮文藝》（雙月刊）創刊號，1943年 3 月。
〔註19〕《中國藝術意境之誕生》，宗白華《美學散步》，第 58 頁。
〔註20〕宗白華《中國藝術意境之誕生》一、意境的意義，《美學散步》，第 59 頁。
〔註21〕宗白華《中國藝術意境之誕生》一、意境的意義，《美學散步》，第 59 頁。
〔註22〕宗白華《中國詩畫中所表現的空間意識》，《美學散步》，第 82 頁。

國藝術方面——這中國文化史上最中心最有世界貢獻的一方面——
研尋其意境的特構，以窺探中國心靈的幽情壯采，也是民族文化底
自省工作。

《引言》明確指出了當時中國和中國文化發展的形勢，即處於轉折點，必
將打開新局面的時刻。在這個時刻對我們舊文化作新的評價。當時的中國文化
界分為兩大派，全盤否定中國傳統文化新文化陣營和以梁啟超、王國維、陳寅
恪等為代表的傳統文化精英陣營。《引言》指出了中國藝術及其意境是中國文
化史上最中心最有世界貢獻的一方面，這就確立了意境在中國和世界美學中
的崇高地位。

拙著《王國維美學思想研究》認為王國維建立的意境說是 20 世紀中國唯
一領先於建立了 20 世紀中國唯一領先於世界的以中為主、三美（中國、印度、
西方美學）融合的意境說美學體系。宗白華指出王國維之前的舊文化中，意境是
中國文化史上最中心最有世界貢獻的一方面。拙著的觀點包含了宗白華的這
個觀點，並進而認為，王國維在中國傳統文學和美學基礎上建立了意境說美學
理論。

2. 宗白華對意境說研究的發展，在方法論上體現在與王國維以詩
   詞舉例而作闡釋不同，宗白華則以繪畫為意境說的觀照和總結
   的方法，以詩論和畫論結合的方法，對意境說作了更為深入的
   闡釋

3. 宗白華指出了意境在中國文藝創作中的最重要的地位，意境是中
   國古代畫家詩人「藝術創作的中心之中心」

王國維《人間詞話》說：「詞以境界為最上，有境界則自成高格，自有名
句，五代、北宋之詞所以獨絕者在此。」這是以境界作為評判作品的價值的標
準，是最高標準。

宗白華則說：「畫家詩人『遊心之所在』，就是他獨闢的靈境，創造的意象，
作為他藝術創作的中心之中心」〔註23〕

他接著說：「一切美的光是來自心靈的源泉：沒有心靈的映像，是無所謂
美的。瑞士思想家阿米爾說：『一片自然風景是一個心靈的境界』。」

結合以上兩則言論，可知宗白華認為意境是中國古代畫家詩人「藝術創作
的中心之中心」。

〔註23〕宗白華《中國詩畫中所表現的空間意識》，《美學散步》，第 59 頁。

於是在王國維文藝作品「以境界為上」的基礎上，他認為創作有意境的作品，是詩人畫家創作的最高目標和唯一目標。

4. 詩人畫家達到意境的基本條件是「外師造化，中得心源」和心靈飛越，凝神寂照

宗白華說：「外師造化，中得心源」。唐代畫家張璪這兩句訓示，是這意境創現的基本條件。〔註24〕

他又認為：「這種微妙境界的實現，端賴藝術家平素的精神涵養，天機的培植，在活潑潑的心靈飛躍而又凝神寂照的體驗中突然地成就。」「所以藝術境界的顯現，絕不是純客觀地機械地描摹自然，而以『心匠自得為高』（米芾語）。」〔註25〕

以上除最後一段，皆為第一節《意境的意義》中闡發的內容。最後一段是第三節「意境創造與人格涵養」的主旨。從此則的內容看，宗白華所說的「人格涵養」指的是「精神涵養」，是天機培植、活潑心靈在飛躍和坐忘的體驗中突然成就的，這與靈感有關。凝神寂照就是莊子所說的坐忘，靜坐時保持大腦真空。

5. 意境有虛實兩種，即自然實境和心靈虛境

宗白華認為意境有虛實兩種，他在第一節《意境的意義》開首即引前人之言而做說明。

> 方士庶在《天慵庵隨筆》裏說：「山川草木，造化自然，此實境也。因心造境，以手運心，此虛境也。虛而為實，是在筆墨有無間，——故古人筆墨具此山蒼樹秀，水活石潤，予天地之外，別構一種靈奇。或率意揮灑，亦皆煉金成液，棄滓存精，曲盡蹈虛揖影之妙。」中國繪畫的整個精粹在這幾句話裏。本文的千言萬語，也只是闡明此語。

山川草木，造化自然，是實境；因心造境，以手運心，此虛境也。古人筆墨「予天地之外，別構一種靈奇」，即意境。於是——

> 龔定庵在北京，對戴醇士說：「西山有時渺然隔雲漢外，有時蒼然墮几席前，不關風雨晴晦也！」西山的忽遠忽近，不是物理學上

〔註24〕宗白華《中國詩畫中所表現的空間意識》，《美學散步》，第 61 頁。
〔註25〕宗白華《中國詩畫中所表現的空間意識》，《美學散步》，第 62、63 頁。

的遠近，乃是心中意境的遠近。

自然界的山景，因心中意境的遠近，而感到其忽遠忽近。更重要的是——

> 惲南田《題潔庵圖》說：「諦視斯境，一草一樹、一丘一壑，皆潔庵（指唐潔庵）靈想之所獨闢，總非人間所有。其意象在六合之表，榮落在四時之外。將以尻輪神馬，御冷風以遊無窮。真所謂藐姑射之山，汾水之陽，塵垢秕糠，淖約冰雪。時俗齷齪，又何能知潔庵遊心之所在哉！」〔註26〕

畫家畫中的草木丘壑都非人間所有，都是畫家靈想獨闢的意象，都是筆墨有無之間的實境轉化、別構一種靈奇的虛境。

6. 意境是「情」與「景」（意象）的結晶品〔註27〕和情景交織

王國維《人間詞話》說：「境非獨謂景物也，喜怒哀樂，亦人心中之一境界。故能寫真景物、真感情者，謂之有境界。否則謂之無境界。」

王國維說，「故能寫真景物、真感情者，謂之有境界。否則謂之無境界。」

王國維的情景交融是一個作品中的情景交融；宗白華繼承了王國維的這個看法，他以王安石的詩和馬致遠的散曲為例，表達了這個看法：

> 王安石有一首詩：「楊柳鳴蜩綠暗，荷花落日紅酣。三十六陂春水，白頭相見江南。」前三句全是寫景，江南的豔麗的陽春，但著了末一句，全部景象遂籠罩上，啊，滲透進，一層無邊的惆悵，回憶的愁思，和重逢的欣慰，情景交織，成了一首絕美的「詩」。

> 元人馬東籬有一首《天淨沙小令》：「枯藤老樹昏鴉，小橋流水人家，古道西風瘦馬，夕陽西下——斷腸人在天涯！」也是前四句完全寫景，著了末一句寫情，全篇點化成一片哀愁寂寞，宇宙荒寒，根觸無邊的詩境。

宗白華說，意境是「情」與「景」（意象）的結晶品。意思和情景交融完全一樣，但宗白華有更多的闡釋：

「藝術家以心靈映像萬象，代山川而立言，他所表現的是主觀的生命情調與客觀的自然景象交融互滲，成就一個鳶飛魚躍，活潑玲瓏，淵然而深的靈境；這靈境就是構成藝術之所以為藝術的『意境』」。

「主觀的生命情調與客觀的自然景象交融互滲，成就的靈境是構成藝術

〔註26〕宗白華《中國詩畫中所表現的空間意識》，《美學散步》，第58～59頁。
〔註27〕宗白華《中國詩畫中所表現的空間意識》，《美學散步》，第60頁。

之所以為藝術的『意境』」。

「在一個藝術表現裏情和景交融互滲，因而發掘出最深的情，一層比一層更深的情，同時也透入了最深的景，一層比一層更晶瑩的景；景中全是情，情具象而為景，因而湧現了一個獨特的宇宙，嶄新的意象，為人類增加了豐富的想像，替世界開闢了新境，正如惲南田所說『皆靈想之所獨闢，總非人間所有！』這是我的所謂『意境』。」〔註28〕

「中國大畫家石濤也說：『山川使予代山川而言也。……山川與予神遇而跡化也。』藝術家以心靈映像萬象，代山川而立言，他所表現的是主觀的生命情調與客觀的自然景象交融互滲，成就一個鳶飛魚躍，活潑玲瓏，淵然而深的靈境；這靈境就是構成藝術之所以為藝術的。意境」。「但在音樂和建築，這時間中純形式與空間中純形式的藝術，卻以非模仿自然的境相來表現人心中最深的不可名的意境，而舞蹈則又為綜合時空的純形式藝術，所以能為一切藝術的根本型態」。〔註29〕

與王國維的看法不同，王國維的情景交融是一個作品中的情景交融；宗白華此處闡發的是客觀的景物和詩畫家的感情的交融，這是創作作品時，作品完成前的交融。宗白華的這個觀點，以山水畫為觀照對象而得出的，但自然也適合於創作詩文。

7. 藝術意境具有豐富的不同色相

宗白華認為：「藝術的意境，因人因地因情因景的不同，現出種種色相，如摩尼珠，幻出多樣的美。同是一個星天月夜的景，影映出幾層不同的詩境」，元人楊載《景陽宮望月》函蓋乾坤的封建的帝居氣概，明畫家沈周《寫懷寄僧》迥絕世塵的幽人境界，清人盛青嶁詠《白蓮》風流蘊藉，流連光景的詩人胸懷，一主氣象，一主幽思（禪境），一主情致。至於唐人陸龜蒙詠白蓮的名句，卻係為花傳神，偏於賦體，詩境雖美，主於詠物。〔註30〕

第二節《意境與山水》發表了下面這個新觀點。

8. 意境與山水具有不可分割的緊密關係

宗白華說：「藝術意境的創構，是使客觀景物作我主觀情思的象徵。我人心中情思起伏，波瀾變化，儀態萬千，不是一個固定的物象輪廓能夠如量表

〔註28〕宗白華《中國詩畫中所表現的空間意識》，《美學散步》，第61頁。
〔註29〕宗白華《中國詩畫中所表現的空間意識》，《美學散步》，第62頁。
〔註30〕宗白華《中國詩畫中所表現的空間意識》，《美學散步》，第60頁。

出，只有大自然的全幅生動的山川草木，雲煙明晦，才足以表象我們胸襟裏蓬勃無盡的靈感氣韻。」〔註31〕

「惲南田題畫說：『寫此云山綿邈，代致相思，筆端絲紛，皆清淚也。』山水成了詩人畫家抒寫情思的媒介，所以中國畫和詩，都愛以山水境界做表現和詠味的中心。和西洋自希臘以來拿人體做主要對象的藝術途徑迥然不同。董其昌說得好：「詩以山川為境，山川亦以詩為境。」藝術家稟賦的詩心，映像著天地的詩心。（詩緯云：「詩者天地之心。」）山川大地是宇宙詩心的影現；畫家詩人的心靈活躍，本身就是宇宙的創化，它的卷舒取捨，好似太虛片雲，寒塘雁跡，空靈而自然！」〔註32〕

9. 人與世界關係具有五種境界

宗白華在第一節《意境的意義》中，總結了人與世界的五種境界，主於美的藝術是最高境界：

> 什麼是意境？人與世界接觸，因關係的層次不同，可有五種境界：（1）為滿足生理的物質的需要，而有功利境界；（2）因人群、共存互愛的關係，而有倫理境界；（3）因人群組合互制的關係，而有政治境界；（4）因窮研物理，追求智慧，而有學術境界；（5）因欲返本歸真，冥合天人，而有宗教境界。功利境界主於利，倫理境界主於愛，政治境界主於權，學術境界主於真，宗教境界主於神。但介乎後二者的中間，以宇宙人生的具體為對象，賞玩它的色相、秩序、節奏、和諧，藉以窺見自我的最深心靈的反映；化實景而為虛境，創形象以為象徵，使人類最高的心靈具體化、肉身化。這就是「藝術境界」。藝術境界主於美。〔註33〕

王國維的《文學小言》《人間詞話》發表的三種境界說是文學創作和學術創造的三個階段說，以人生結合時間分段。宗白華的五種境界說，是人與世界的關係由低到高的功利（主於利）、倫理（主於愛）、政治（主於權）、學術（主於真）、藝術（主於美）五個層次，豐富和發展了王國維的意境理論。尤其是其第五種境界，「介乎學術境界主於真，宗教境界主於神之中間，以宇宙認識的具體為對象，藉以窺見自我的最深心靈的反映，化實景而為虛境，創形象以

〔註31〕宗白華《中國詩畫中所表現的空間意識》，《美學散步》，第60頁。
〔註32〕宗白華《中國詩畫中所表現的空間意識》，《美學散步》，第62頁。
〔註33〕宗白華《中國藝術意境之誕生》，《美學散步》，第59頁、《藝境》，第151頁。

為象徵，是人類最高的心靈具體化、肉身化，這就是『藝術境界』。藝術境界主於美」。將藝術認定為最高境界。

在宗白華之前，馮友蘭 1942 年在《新原人》第三章《境界》中提出並論述，〔註34〕後又於 1948 年出版的《中國哲學簡史》突出強調的「人生四個境界」：

1. 自然境界（一個人做事，可能只是順著他的本能或其社會的風俗習慣），2. 功利境界，3. 道德境界，4. 天地境界。天地境界為：「一個人可能瞭解到超乎社會整體之上，還有一個更大的整體，即宇宙。他不僅是社會的一員，同時還是宇宙的一員。他是社會組織的公民，同時還是孟子所說的「天民」。有這種覺解，他就為宇宙的利益而做各種事。他瞭解他所做的事的意義，自覺做他所做的事。這種覺解為他構成了最高的人生境界。」〔註35〕

宗白華是否受其啟發，不得而知。馮友蘭自哲學的角度論述，宗白華在美學的領域論述，都能給讀者以重大啟發。

10. 意境創造與人格涵養密不可分

此文第三節《意境創造與人格涵養》分析人的風格不同，其作品也因之不同。藝術大家有兩種風格，代表了兩種最高精神形式：「黃子久熱情深入宇宙的動象，和米友仁寧靜涵映世界的廣大精微，代表著藝術生活上兩種最高精神形式。」

他進而分析造成獨特精神形式憑藉的是深靜的心襟，「在這種心境中完成的藝術境界自然能空靈動盪而又深沉幽渺」，「幽情遠思，如睹異境」（南唐董源語）。「所以藝術境界的顯現，絕不是純客觀地機械地描摹自然，而以『心匠自得為高』」（米芾語）尤其是山川景物，煙雲變滅，不可臨摹，須憑胸臆的創構，才能把握全景。」

11. 最高靈境的三層次，最高的意境是禪境

此文第四節《禪境的表現》闡發意境與禪境的關係，和最高靈境的三層次。

首先，藝術意境有三個層次：「中國藝術家何以不滿於純客觀的機械式的模寫？因為藝術意境不是一個單層的平面的自然的再現，而是一個境界層深的創構。從直觀感相的模寫，活躍生命的傳達，到最高靈境的啟示，可以有三

〔註34〕馮友蘭《新原人》，馮友蘭《三松堂全集》第四卷，第 498～509 頁。
〔註35〕馮友蘭《中國哲學簡史》，馮友蘭《三松堂全集》第六卷，河南人民出版社，2001 年，第 285～286 頁。

層次。」

蔡小石在《拜石山房詞》序裏形容詞裏面的這三境層極為精妙：

「夫意以曲而善托，調以杳而彌深。始讀之則萬萼春深，百色妖露，積雪縞地，餘霞綺天，一境也。（這是直觀感相的渲染）再讀之則煙濤澒洞，霜飆飛搖，駿馬下坡，泳鱗出水，又一境也。（這是活躍生命的傳達）卒讀之而皎皎明月，仙仙白雲，鴻雁高翔，墜葉如雨，不知其何以沖然而澹，翛然而遠也。（這是最高靈境的啟示）」

江順貽評之曰：「始境，情勝也。又境，氣勝也。終境，格勝也。」

這三個層次是：情勝，直觀感相的渲染，「情」是心靈對於印象的直接反映；氣勝，活躍生命的傳達，「氣」是「生氣遠出」的生命；格勝，最高靈境的啟示，「格」是映像著人格的高尚格調。

與西方相比較，西洋藝術裏面的印象主義、寫實主義，是相等於第一境層。浪漫主義傾向於生命音樂性的奔放表現，古典主義傾向於生命雕象式的清明啟示，都相當於第二境層。至於象徵主義、表現主義、後期印象派，它們的旨趣在於第三境層。

而西方人沒有達到的是，中國美學在這三個層次之上，還有最高的境界，即理想的境界。

宗白華指出：「而中國自六朝以來，藝術的理想境界卻是。澄懷觀道。（晉宋畫家宗炳語），在拈花微笑裏領悟色相中微妙至深的禪境。」

宗白華借用冠九在《都轉心庵詞序》評論詞的佳作的說法：澄觀一心而騰踔萬象，是意境創造的始基，鳥鳴珠箔，群花自落，是意境表現的圓成。〔註36〕

宗白華認為，不僅在詞，在「繪畫裏面也能見到這意境的層深」。明畫家李日華在《紫桃軒雜綴》裏說：

凡畫有三次。一曰身之所容；凡置身處非邃密，即曠朗水邊林下、多景所湊處是也。（按此為身邊近景）二曰目之所矚；或奇勝，或渺迷，泉落雲生，帆移鳥去是也。（按此為眺矚之景）三曰意之所遊；目力雖窮而情脈不斷處是也。（按此為無盡空間之遠景）然又有意有所忽處，如寫一樹一石，必有草草點染取態處。（按此為有限中見取無限，傳神寫生之境）寫長景必有意到筆不到，為神氣所吞處，是非有心於忽，蓋不得不忽也。（按此為借有限以表現無限，造化與

〔註36〕宗白華《中國藝術三境界》，《宗白華全集》第二卷，第 64 頁。

心源合一，一切形象都形成了象徵境界）其於佛法相宗所云極迴色極略色之謂也。

宗白華在《中國藝術三境界》：說起「境界」，的確是個很複雜的東西。不但中西藝術裏表現的「境界」不同，單就國畫來說，也有很多差異。不過可以綜合說來有下述三種境界。一、寫實（或寫生）的境界。中國的畫家是很講究寫實的。中國畫家不但重視表面寫實，更透入內層。中國畫家不僅可以畫得很像，或至入神。並且，相信畫家是個小上帝，簡直可以創造出真實的東西來。畫家有創造生命的藝術。二、傳神的境界。三、妙悟的境界。〔註37〕

宗白華總結：「於是繪畫由豐滿的色相達到最高心靈境界，所謂禪境的表現，種種境層，以此為歸宿。」認同惲南田「畫也而幾乎禪」的觀點，分析：「禪是動中的極靜，也是靜中的極動，寂而常照，照而常寂，動靜不二，直探生命的本原。禪是中國人接觸佛教大乘義後體認到自己心靈的深處而燦爛地發揮到哲學境界與藝術境界。」「靜穆的觀照和飛躍的生命構成藝術的兩元，也是構成『禪』的心靈狀態。」禪境是最高的詩境和畫境：

> 所以中國藝術意境的創成，既須得屈原的纏綿悱惻，又須得莊子的超曠空靈。纏綿悱惻，才能一往情深，深入萬物的核心，所謂「得其環中」。超曠空靈，才能如鏡中花，水中月，羚羊掛角，無跡可尋，所謂「超以象外」。色即是空，空即是色，色不異空，空不異色，這不但是盛唐人的詩境，也是宋元人的畫境。〔註38〕

而詩境、畫境都是禪境，禪境即色空。

12. 中國藝術意境結構的特點是道、舞、空白

本文第五節《道、舞、空白：中國藝術意境結構的特點》，首先以《莊子·養生主》庖丁解牛的精彩的描寫，評論：「莊子是具有藝術天才的哲學家，對於藝術境界的闡發最為精妙。」在他是「道」，這形而上原理，和「藝」，能夠體合無間。「道」的生命進乎技，「技」的表現啟示著「道」。「道」的生命和「藝」的生命，遊刃於虛，莫不中音，合於桑林之舞，乃中經首之會。音樂的節奏是它們的本體。

所以儒家哲學也說：「大樂與天地同和，大禮與天地同節。」《易》云：

〔註37〕宗白華《中國藝術三境界》，《宗白華全集》第二卷，安徽教育出版社，1994年，第382～387頁。

〔註38〕宗白華《中國藝術三境界》，《宗白華全集》第二卷，第65頁。

「天地絪蘊，萬物化醇。」這生生的節奏是中國藝術境界的最後源泉。石濤題畫云：「天地氤氳秀結，四時朝暮垂垂，透鴻濛之理，堪留百代之奇。」藝術家要在作品裏把握到天地境界！石濤也說：「在於墨海中立定精神，筆鋒下決出生活，尺幅上換去毛骨，混沌裏放出光明。」藝術要刊落一切表皮，呈顯物的晶瑩真境。

藝術家經過「寫實」、「傳神」到「妙悟」境內，由於妙悟，他們「透過鴻濛之理，堪留百代之奇」。這個使命是夠偉大的！

那麼藝術意境之表現於作品，就是要透過秩序的網幕，使鴻濛之理閃閃發光。這秩序的網幕是由各個藝術家的意匠組織線、點、光、色、形體、聲音或文字成為有機諧和的藝術形式，以表出意境。

因為這意境是藝術家的獨創，是從他最深的「心源」和「造化」接觸時突然的領悟和震動中誕生的，它不是一味客觀的描繪，像一照相機的攝影。所以藝術家要能拿特創的「秩序的網幕」來把住那真理的閃光。音樂和建築的秩序結構，尤能直接地啟示宇宙真體的內部和諧與節奏，所以一切藝術趨向音樂的狀態、建築的意匠。

以上是論意境的道的特點。以下論意境的舞的特點。

然而，尤其是「舞」，這最高度的韻律、節奏、秩序、理性，同時是最高度的生命、旋動、力、熱情，它不僅是一切藝術表現的究竟狀態，且是宇宙創化過程的象徵。藝術家在這時失落自己於造化的核心，沉冥入神，「窮元妙於意表，合神變乎天機」（唐代大批評家張彥遠論畫語）。「是有真宰，與之浮沉」（司空圖《詩品》語），從深不可測的玄冥的體驗中升化而出，行神如空，行氣如虹。在這時只有「舞」，這最緊密的律法和最熱烈的旋動，能使這深不可測的玄冥的境界具象化、肉身化。

在這舞中，嚴謹如建築的秩序流動而為音樂，浩蕩奔馳的生命收斂而為韻律。藝術表演著宇宙的創化。所以唐代大書家張旭見公孫大娘劍器舞而悟筆法，大畫家吳道子請裴旻將軍舞劍以助壯氣：「庶因猛厲，以通幽冥！」然後畫出平生最得意之作。

詩人杜甫形容詩的最高境界說：「精微穿溟涬，飛動摧霹靂。」（夜聽許十一誦詩愛而有作）前句是寫沉冥中的探索，透進造化的精微的機緘，後句是指著大氣盤旋的創造，具象而成飛舞。深沉的靜照是飛動的活力的源泉。反過來說，也只有活躍的具體的生命舞姿、音樂的韻律、藝術的形象，才能使靜照中的

「道」具象化、肉身化。

他這話使我們突然省悟中國哲學境界和藝術境界的特點。中國哲學是就「生命本身」體悟「道」的節奏。「道」具象於生活、禮樂制度。道尤表象於「藝」。燦爛的「藝」賦予「道」以形象和生命，「道」給予「藝」以深度和靈魂。莊子《天地》篇有一段寓言說明只有藝「象罔」才能獲得道真「玄珠」，非無非有，不皦不昧，這正是藝術形相的象徵作用。「象」是境相，「罔」是虛幻，藝術家創造虛幻的境相以象徵宇宙人生的真際。真理閃耀於藝術形相裏，玄珠的皪於象罔裏。歌德曾說：「真理和神性一樣，是永不肯讓我們直接識知的。我們只能在反光、譬喻、象徵裏面觀照它。」又說：「在璀璨的反光裏面我們把握到生命。」生命在他就是宇宙真際。他在《浮士德》裏面的詩句：「一切消逝者，只是一象徵」，更說明「道」、「真的生命」是寓在一切變滅的形相裏。英國詩人勃萊克的一首詩說得好：「一花一世界，一沙一天國，君掌盛無邊，剎那含永劫。」這詩和中國宋僧道燦的重陽詩句（田漢譯）：「天地一東籬，萬古一重九」，都能喻無盡於有限，一切生滅者象徵著永恆。

人類這種最高的精神活動，藝術境界與哲理境界，是誕生於一個最自由最充沛的深心的自我。這充沛的自我，真力彌滿，萬象在旁，掉臂遊行，超脫自在，需要空間，供他活動。（參見拙作《中西畫法所表現的空間意識》）於是「舞」是它最直接、最具體的自然流露。「舞」是中國一切藝術境界的典型。中國的書法、畫法都趨向飛舞。莊嚴的建築也有飛簷表現著舞姿。

以上宗白華還將道和舞結合而論述意境。最後談意境的一個很大的特點是空白。

莊子說：「虛室生白。」又說：「唯道集虛。」中國詩詞文章裏都著重這空中點染，摶虛成實的表現方法，使詩境、詞境裏面有空間，有蕩漾，和中國畫面具同樣的意境結構。

中國特有的藝術——書法，尤能傳達這空靈動盪的意境。我們見到書法的妙境通於繪畫，虛空中傳出動盪，神明裏透出幽深，超以象外，得其環中，是中國藝術的一切造境。

笪重光說：「虛實相生，無畫處皆成妙境。」三人的話都是注意到藝術境界裏的虛空要素。中國的詩詞、繪畫、書法裏，表現著同樣的意境結構，代表著中國人的宇宙意識。盛唐王、孟派的詩固多空花水月的禪境；北宋人詞空中蕩漾，綿渺無際；就是南宋詞人姜白石的「二十四橋仍在，波心蕩冷月無聲」，

周草窗的「看畫船盡入西冷，閒卻半湖春色」，也能以空虛襯托實景，墨氣所射，四表無窮。但就它渲染的境象說，還是不及唐人絕句能「無字處皆其意」，更為高絕。中國人對「道」的體驗，是「於空寂處見流行，於流行處見空寂」，唯道集虛，體用不二，這構成中國人的生命情調和藝術意境的實相。這是道與空白的關係。

王船山又說：「工部（杜甫）之工在即物深致，無細不章。右丞（王維）之妙，在廣攝四旁，圜中自顯。」又說：「右丞妙手能使在遠者近，摶虛成實，則心自旁靈，形自當位。」這話極有意思。「心自旁靈」表現於「墨氣所射，四表無窮」，「形自當位」，是「咫尺有萬里之勢」。「廣攝四旁，圜中自顯」，「使在遠者近，摶虛成實」，這正是大畫家大詩人王維創造意境的手法，代表著中國人於空虛中創現生命的流行，絪縕的氣韻。

王船山論到詩中意境的創造，還有一段精深微妙的話，使我們領悟「中國藝術意境之誕生」的終極根據。他說：「唯此窅窅搖搖之中，有一切真情在內，可興可觀，可群可怨，是以有取於詩。然因此而詩則又往往緣景緣事，緣以往緣未來，經年苦吟，而不能自道。以追光躡影之筆，寫通天盡人之懷，是詩家正法眼藏。」「以追光躡影之筆，寫通天盡人之懷」，這兩句話表出中國藝術的最後的理想和最高的成就。唐、宋人詩詞是這樣，宋、元人的繪畫也是這樣。

中國畫上畫家用心所在，正在無筆墨處，無筆墨處卻是飄渺天倪，化工的境界。（即其筆墨所未到，亦有靈氣空中行）這種畫面的構造是植根於中國心靈裏蔥蘢絪縕，蓬勃生發的宇宙意識。

藝術的境界，既使心靈和宇宙淨化，又使心靈和宇宙深化，使人在超脫的胸襟裏體味到宇宙的深境。中國文藝裏意境高超瑩潔而具有壯闊幽深的宇宙意識生命情調的作品，如宋人張于湖《念奴嬌·過洞庭湖》詞云：「應念嶺表經年，孤光自照，肝膽皆冰雪。短髮蕭疏襟袖冷，穩泛滄溟空闊。吸盡西江，細斟北斗，萬象為賓客。（對空間之超脫）叩舷獨嘯，不知今夕何夕！（時間之超脫）」

13. 論述藝術意境的深度、高度、闊度

宗白華認為「藝術的意境有它的深度、高度、闊度。杜甫詩的高、大、深，俱不可及。」

杜甫詩「吐棄到人所不能吐棄為高，含茹到人所不能含茹為大，曲折到人

所不能曲折為深。」（劉熙載評杜甫詩語）葉夢得《石林詩話》裏也說：「禪家有三種語，老杜詩亦然。『如波漂菰米沉雲黑，露冷蓮房墜粉紅』，為函蓋乾坤語。『落花游絲白日靜，鳴鳩乳燕青春深』，為隨波逐浪語。『百年地僻柴門迥，五月江深草閣寒』，為截斷眾流語。」函蓋乾坤是大，隨波逐浪是深，截斷眾流是高。杜甫則「直取性情真」（「由來意氣合，直取性情真」，杜甫《贈王二十四侍御契四十韻（王契，字佐卿）》），他更能以深情掘發人性的深度，他具有但丁的沉著的熱情和歌德的具體表現力。

以上已將杜甫與但丁和歌德做比較，認為杜甫兼具但丁和歌德之長。

「李太白的詩也具有這高、深、大。」「李、杜境界的高、深、大，王維的靜遠空靈，都植根於一個活躍的、至動而有韻律的心靈。承繼這心靈，是我們深衷的喜悅。」

14. 中西意境的比較

中國人與西洋人同愛無盡空間（中國人愛稱太虛太空無窮無涯），但此中有很大的精神意境上的不同。

西洋人站在固定地點，由固定角度透視深空，他的視線失落於無窮，馳於無極。他對這無窮空間的態度是追尋的、控制的、冒險的、探索的。近代無線電、飛機都是表現這控制無限空間的欲望。而結果是彷徨不安，欲海難填。

中國人對於這無盡空間的態度卻是如古詩所說的：「高山仰止，景行行止，雖不能至，而心嚮往之。」人生在世，如泛扁舟，俯仰天地，容與中流，靈嶼瑤島，極目悠悠。中國人面對著平遠之境而很少是一望無邊的，像德國浪漫主義大畫家菲德烈希（Friedrich）所畫的傑作《海濱孤僧》那樣，代表著對無窮空間的悵望。在中國畫上的遠空中必有數峰蘊藉，點綴空際，正如元人張秦娥詩云：「秋水一抹碧，殘霞幾縷紅，水窮雲盡處，隱隱兩三峰。」或以歸雁晚鴉掩映斜陽。如陳國材詩云：「紅日晚天三四雁，碧波春水一雙鷗。」我們嚮往無窮的心，須能有所安頓，歸返自我，成一迴旋的節奏。

我們的空間意識的象徵不是埃及的直線甬道，不是希臘的立體雕像，也不是歐洲近代人的無盡空間，而是瀠洄委曲，綢繆往復，遙望著一個目標的行程（道）！

我們的宇宙是時間率領著空間，因而成就了節奏化、音樂化了的「時空合一體」。這是「一陰一陽之謂道」。《詩經》上蒹葭三章很能表出這境界。其第一章云：「蒹葭蒼蒼，白露為霜。所謂伊人，在水一方。溯洄從之，道阻且長。

溯游從之，宛在水中央。」而我們前面引過的陶淵明的《飲酒》詩尤值得我們再三玩味：「採菊東籬下，悠然見南山。山氣日夕佳，飛鳥相與還。此中有真意，欲辨已忘言！」

中國人於有限中見到無限，又於無限中回歸有限。他的意趣不是一往不返，而是迴旋往復的。唐代詩人王維的名句云：「行到水窮處，坐看雲起時。」（王維《終南別業》）韋莊詩云：「去雁數行天際沒，孤雲一點淨中生。」（韋莊《題盤豆驛水館後軒》）儲光羲的詩句云：「落日登高嶼，悠然望遠山，溪流碧水去，雲帶清陰還。」（儲光羲《遊茅山五首》）以及杜甫的詩句：「水流心不競，雲在意俱遲。」（杜甫《江亭》）都是寫出這「目既往還，心亦吐納，情往似贈，興來如答」的精神意趣。

「水流心不競」是不像歐洲浮士德精神的追求無窮。「雲在意俱遲」，是莊子所說的「聖人達綢繆，周遍一體也」。也就是宗炳「目所綢繆」（《畫山水序》）的境界。中國人撫愛萬物，與萬物同其節奏：靜而與陰同德，動而與陽同波（莊子語）。我們宇宙既是一陰一陽、一虛一實的生命節奏，所以它根本上是虛靈的時空合一體，是流蕩著的生動氣韻。哲人、詩人、畫家，對於這世界是「體盡無窮而遊無朕」。（莊子語）「體盡無窮」是已經證入生命的無窮節奏，畫面上表出一片無盡的律動，如空中的樂奏。「而遊無朕」，即是在中國畫的底層的空白裏表達著本體「道」（無朕境界）。莊子曰：「瞻彼闋（空處）者，虛室生白。」這個虛白不是幾何學的空間間架，死的空間，所謂頑空，而是創化萬物的永恆運行著的道。這「白」是「道」的吉祥之光（見莊子）。宋朝蘇東坡之弟蘇轍在他《論語解》內說得好：

「貴真空，不貴頑空。蓋頑空則頑然無知之空，木石是也。若真空，則猶之天焉！湛然寂然，元無一物，然四時自爾行，百物自爾生。粲為日星，淪為雲霧。沛為雨露，轟為雷霆。皆自虛空生。而所謂湛然寂然者自若也。」

蘇東坡也在詩裏說：「靜故了群動，空故納萬境。」這納萬境與群動的空即是道。即是老子所說「無」，也就是中國畫上的空間。老子曰：

「道之為物，惟恍惟惚。惚兮恍兮，其中有象。恍兮惚兮，其中有物。窈兮冥兮，其中有精。其精甚真，其中有信。」（《老子》二十一章）

這不就是宋代的水墨畫，如米芾雲山所表現的境界嗎？

以上是宗白華就空間意識及其無限和虛靈做中西比較，中國的有關論述比西方更為詳盡和深入。

五、未完成《中國美學史》的遺憾和對後人的指導與啟示

宗白華先生曾在 20 世紀 50 年代美學熱潮和高校教材編寫的計劃中有志於寫一部「中國美學史」，然而由於當時學術界的思維方式形成的思路和觀點，導致宗白華不能按照自己意願來寫作和完成這部大著。

但是關於「中國美學史」的撰寫，宗白華先生留下了一些很好的意見。例如宗白華先生贊成湯用彤先生的佛教經典中的資料也是美學史的重要總結內容的見解，湯、宗兩位先生都主張從藝術實踐所總結的美學思想出發，強調中國美學應該從更廣泛的背景上搜集資料。一些文人筆記和戲曲藝人的心得，雖然片言隻語，但有精深的美學見解。

又如宗先生留下來的大量中國美學史筆記（《宗白華全集》第四卷附錄，安徽教育出版社，1994 年），可以啟發和指引後來者撰寫「中國美學史」的寫作。

尤其是宗白華先生發表的多篇論文所闡發的儒道佛三家融匯的哲學和美學，以及中國繪畫和詩歌的光輝實踐的總結，審美悟道、藝進乎道的高度，個體生命與無窮宇宙的相應相生的體驗和探索，學貫中西、中西比較的研究方法，都具有很大的指導意義。

> 本文為提交 2017（10 月 12 日）·同濟大學中文系和南京大學
> 藝術研究院聯合主辦首屆「宗白華美學論壇·重新發現
> 宗白華之美」（紀念宗白華先生誕辰 120 週年）論文